ANDREAS AUSTILAT

Hotel kann jeder

GOLDMANN
Lesen erleben

Buch

Das erste eigene Modell ist zwanzig Jahre alt, ohne Toilette, und abends baut man auf jedem freien Quadratzentimeter ein Bett. »Is ja wegen der Kinder«, erklärt Andreas Austilat, bemüht, den Imageschaden zu begrenzen. Es stört ein wenig, dass man nun zur selben Zeit wie die Kinder ins Bett muss. Dieser ständige Mangel an Intimsphäre wird zur Belastungsprobe für die Liebenden. Wahrscheinlich schreien seine Frau und er sich deshalb auch nach einer Woche an. In der Hoffnung auf entspannte Ferien für alle kaufen sie einen größeren Wohnwagen. Von da an brechen sie jedes Jahr auf, das teure Ding kann ja schließlich nicht einfach nur rumstehen: Sie trotzen herbstlichen Sturmtiefs in der Lüneburger Heide, ziehen mit dem Wohnwagen durch überfüllte süditalienische Mautstationen und durch die hitzeflirrenden Pyrenäen. Sie verteidigen ihn gegen holländische Vorzelte, betrinken sich mit Belgiern und streiten so mit dem halbwüchsigen Sohn, dass der mitten in Frankreich beschließt auszuziehen. Als auch die jüngere Tochter beginnt, ihre eigenen Wege zu gehen, könnten die Austilats eigentlich für den Rest ihres Lebens wieder Urlaub machen wie jeder normale Mensch. Im Hotel. Doch das Verreisen im Wohnwagen schweißt zusammen. Wer sich einmal dem Abenteuer hingegeben und sich auf dem Terrain bewährt hat, gibt die grenzenlose Freiheit nicht so leicht wieder auf.

Autor

Andreas Austilat, geboren 1957, ist stellvertretender Leiter des Ressorts *Sonntag* beim Tagesspiegel. Regelmäßig erscheint dort seine beliebte Kolumne »Meine Frau, ihr Garten und ich«. Er ist verheiratet, hat Sohn und Tochter und lebt in Berlin – wenn er nicht gerade mit dem Wohnwagen unterwegs ist.

Von Andreas Austilat ist im Goldmann Verlag außerdem erschienen:
Auch das geht vorbei

Andreas Austilat

Hotel kann jeder

Meine Frau, unser Wohnwagen und ich

GOLDMANN

Dieses Buch ist auch als E-Book erhältlich

FSC
www.fsc.org
MIX
Papier aus verantwortungsvollen Quellen
FSC® C014496

Penguin Random House Verlagsgruppe FSC® N001967

12. Auflage
Originalausgabe April 2014
Wilhelm Goldmann Verlag, München,
in der Penguin Random House Verlagsgruppe GmbH,
Neumarkter Str. 28, 81673 München
Umschlaggestaltung: UNO Werbeagentur, München
Umschlagabbildung: FinePic®, München
Redaktion: Antje Steinhäuser
KF · Herstellung: Str.
Druck und Bindung: GGP Media GmbH, Pößneck
Printed in Germany
ISBN: 978-3-442-15773-0
www.goldmann-verlag.de

Besuchen Sie den Goldmann Verlag im Netz

Inhalt

Vorwort

Meine Frau hat wirklich schöne Augen. Und einen Schwiegervater habe ich auch. Dieses Buch enthält also wahre Kerne. Anderes ist frei erfunden.

Das muss an dieser Stelle gesagt werden, schließlich will ich auch in Zukunft noch Freunde haben.

1 Wie wir wurden, wie wir sind

Wusch, war er auch schon vorbei. »Papa, das war ein Ferrari!«, rief der Junge von hinten, »mit mindestens zweihundertfünfzig.« Mindestens. Erstaunlich, was so ein flaches Ding für einen Wind macht. Die Bö hatte den Wohnwagen erfasst, für Sekunden schlingerten wir wie ein Schiff in schwerer See. Meine Hände schwitzten, wahrscheinlich weil ich das Lenkrad derart fest gepackt hielt. Ich guckte in den Rückspiegel, ob noch einer kommt. Sie kommen oft paarweise, jagen sich gegenseitig. Mal angenommen, ich würde kurz rüber auf die Überholspur. Dann hätte der auch Stress, wenn plötzlich eine fahrende Schrankwand vor ihm auftaucht. War natürlich nur ein Gedanke, würde ich nie machen. Nachher knallt mir noch einer hinten in die Sitzgruppe. Ja: Die wahren Kapitäne der Straße fahren gemächliche achtzig, ziehen einen Wohnanhänger hinter sich her und zeichnen sich durch überlegene Friedfertigkeit aus.

»Wenn man eure Bilder so sieht, könnte man meinen, ihr wart entweder auf der Autobahn, oder ihr habt am Swimmingpool gelegen«, riss mich Basti aus meinem Vortrag, mit dem ich versucht hatte, meiner privaten Diashow die Würze zu geben. Sebastian ist mein kleiner Bruder. Das heißt, er ist gar nicht wirklich kleiner, nur deutlich jünger als ich, ein Nachzügler sozusagen.

»Ich dachte, du interessierst dich dafür, wie das so ist mit der Fahrerei«, antwortete ich ein wenig gereizt. Wahrscheinlich wäre es klüger gewesen, das Programm zu straffen. Auf mindestens zehn Bilder, die unser Gespann aus Auto und Wohnwagen in verschiedenen Perspektiven zeigten – »elf Meter lang«, wie ich mehrmals einwarf, schon um zu unterstreichen, was für ein toller Kerl ich sein musste, so etwas wohlbehalten ans Urlaubsziel zu bringen –, folgte tatsächlich eine längere Sequenz Poolbilder. Ich hatte sie aus pädagogischen Gründen aufgenommen. Weil ich meiner Familie unbedingt demonstrieren wollte, dass diese modernen Campingplätze ganz anders sind, als sie sich das vorstellen. Also hatte ich den Pool in geschickten Einstellungen auf eine Weise in Szene gesetzt, dass er aussah wie in einer Bacardi-Werbung.

Das Problem ist doch, dass kaum jemand weiß, wie das wirklich ist, das Verreisen mit dem Wohnwagen. Schlimmer, auf der Autobahn werden Gespannfahrer gern als Hindernis betrachtet und um jeden Preis überholt. Weil, wer möchte sich schon dahinter einordnen? Und zu Hause mag niemand, der nicht dabei gewesen ist, die Urlaubsbilder sehen. Keine Frage, als Camper bekommt man leicht ein Imageproblem. Und auf Verständnis darf man schon gar nicht hoffen.

Das war an meinem Geburtstag nicht anders. Ich hatte mir lauter Dinge gewünscht, die ich für mein neues Camperleben brauchen konnte. Echtes Geschirr zum Beispiel ist im Wohnwagen unpraktisch. Jedes einzelne Stück muss sorgsam verpackt werden, alles zusammen ist wahnsinnig schwer. Eigentlich dürfte man gar nichts anderes mehr einladen, diese Anhänger sind nämlich erstaunlich schnell überladen, was erstens verboten ist und zweitens die Fahrerei nicht leichter macht. Ich wollte also Gläser aus Acryl und Teller aus Melamin.

»Wofür denn das?«, hatte Basti gefragt.

»Das ist besonders leichtes Geschirr«, versuchte ich ihm zu erklären, »und kaum kaputtzukriegen.«

Was machte Basti? Er brachte mir einen Satz Pappteller mit, weil die auch leicht seien, »und wenn einer kaputt ist, schmeißt du ihn weg.« Meine Güte, Melamin, das ist ein Spezialkunststoff, solche Teller sehen fast aus wie aus Porzellan, wiegen dabei nur einen Bruchteil und sind quasi unzerbrechlich. »Melamin klingt eklig«, sagte Basti zu seiner Verteidigung, »wie eine schlimme Hautkrankheit. Nimm die Pappteller. Und als Geschenk hab' ich dir ein Buch mitgebracht.« Es handelte sich um John Steinbecks »Reise mit Charley«. Zumindest damit hatte Basti bewiesen, dass er mitdenkt. In dem Buch bereist Steinbeck seine amerikanische Heimat mit dem Wohnmobil. Ist zwar nicht dasselbe wie ein Wohnwagen, aber immerhin. Ich sagte ihm das. »Ich weiß«, antwortete er und befingerte einen Zelthammer, den mir mein Schwiegervater geschenkt hatte. »Was ist das denn?«

»Das ist ein Zelthammer, lass ihn liegen, bevor du was kaputt machst.«

Basti blinzelte durch seine Designerbrille. »Wofür braucht man den? Ich dachte, du bist mit dem Wohnwagen unterwegs?«

»Fürs Vorzelt. Damit kommst du in jeden Boden, selbst wenn er gefroren ist. Falls du dein Vorzelt mal im Winter aufbauen willst.«

Mein Bruder schüttelte sich. »Wer sollte so etwas tun?«, bemerkte er, während er den Zelthammer weglegte. Er klang jetzt gar nicht mehr amüsiert, sondern eher ein wenig besorgt.

Basti wohnt in Prenzlauer Berg, obwohl er sich schon fragt, ob das noch cool genug ist, und arbeitet irgendetwas in der Kreativbranche. »Campst du eigentlich bei jedem Wetter?« Bastis Lächeln wurde eine Spur breiter. Wahrscheinlich stellte er sich vor, wie ich im Freien saß, Pudelmütze auf dem Kopf, Decke über den Knien. Hinter mir der Caravan, über sieben Meter lang, zwei Meter dreißig breit. Vor mir eine Dose Bier. Weil, Camper sitzen nach landläufiger Meinung doch immer draußen und trinken Bier, im Sommer in Shorts, im Winter in der Trainingshose.

Dabei hätte es auch anders kommen können. Wenn Goethe zum Beispiel ein bisschen mehr riskiert hätte. Der alte Dichter, das heißt seinerzeit war er noch ein junger Dichter, ist auch Camper gewesen und sogar mit dem Wohnwagen verreist, 1792 nach Valmy. Weiß nur kaum jemand. Goethe selbst hat seinem Eckermann vorgemacht, er habe dort die Nacht in einem Zelt auf dem Boden verbracht. In Wirklichkeit soll er sich zur Schlafenszeit in einen mit Pferden bespannten Wohnwagen zurückgezogen haben, ausgestattet mit Diwan, Schreibtisch und Waschschüssel aus Porzellan. Warum Goethe das nicht zugegeben hat? Weil er wohl um seinen Ruf fürchtete, wenn sich die Zeitgenossen ihn in Trainingshose auf einem Klappstuhl vorstellen. Hätte der Meister mehr Bekennermut gehabt, der Wohnwagen wäre womöglich fester Bestandteil der deutschen Klassik geworden. Heute stünde er in der Mitte der Gesellschaft, wie in Holland, und ich wäre jetzt nicht in Erklärungsnot geraten.

»Is' wegen der Kinder«, sagte ich und zeigte dem Onkel Bilder von seinem Neffen, wie er gerade eine Kartoffel ins Lagerfeuer hielt. Was man nicht sah, war, wie ich die verkokelte Knolle später wegwarf. »Kinder lieben Camping. Weil sie nichts mehr hassen als Hotelzimmer, wo ihnen das Zimmermädchen immer die Legosteine wegfeudelt.« Genauso ist es doch. Und die schicke Finca im Hinterland? Die hassen sie ebenfalls. Weil es ihnen nämlich furchtbar egal ist, ob abends die Sonne hinter Olivenhainen verglüht oder hinter einem kastenförmigen Doppelachser mit Fliegengittern vor jedem Ausstellfenster. Den Unterschied sehen sie gar nicht. Stattdessen fragen sie nur: »Was soll ich'n hier machen?« Und spätestens dann würde doch jeder die Finca hassen. Und bereit sein für den Campingplatz. Da gibt es keine Zimmermädchen, da gibt es nicht einmal Zimmer. Mit ein bisschen Glück gibt es Olivenbäume oder wenigstens mannshohe Büsche. Sollte man drauf achten, weil es nämlich sonst aussieht, als ob man seinen Urlaub auf einem Parkplatz verbringt. Nicht dass den Kindern das auffallen würde. Die sind sowieso den ganzen Tag weg. Genau das ist nämlich der große Vorteil von Campingplätzen: Wenigstens im Sommer gibt es dort Kinder in rauen Mengen. Und vom ersten Tag an haben sie keine Zeit mehr für ihre Eltern.

»Warum gehst du nicht in eins dieser Clubdörfer, da gibt es auch Kinder, und du hast ein anständiges Dach über dem Kopf.« Basti hatte natürlich keine Ahnung, was ein Urlaub in einem Clubdorf in der Hauptsaison kostete. Er hat nämlich keine Kinder, außerdem ist er Single.

»Die Queen«, sagte ich, »wusstest du, dass die Queen von England schon an Bord eines Wohnmobils gesehen wurde?« Was Besseres fiel mir gerade nicht ein, ich dachte nur, ich müsste ein bisschen mehr Luxus in die Geschichte bringen. Und es stimmt tatsächlich, ich hatte es in der Zeitung gelesen: Queen Elizabeth II. war mit ihrem Prinzgemahl an Bord eines Wohnmobils der Marke Bailey of Bristol gesehen worden. Der Artikel trug die Überschrift »The Queen goes Glamping.« »Man nennt das Glamping«, sagte ich also,

»eine Mischung aus Glamour und Camping.« Die Queen selbst soll nach ihrer Spritztour, sie blieb für zweihundert Meter an Bord, übrigens gesagt haben, der Wagen fühle sich an wie ein richtiges Zuhause. Was da alles drin ist, sogar ein Herd und eine Heizung. Und der Prinzgemahl machte einen Verbesserungsvorschlag: Er hätte die Betten lieber längs statt quer eingebaut – wahrscheinlich, weil das im Buckingham Palast auch so ist. Oder auf der königlichen Jacht. Geordert hat Elizabeth später leider nicht. Darüber soll der Chef von Bailey ein bisschen enttäuscht gewesen sein.

Ich verstehe die Queen. Erstens ist ein Wohnmobil ziemlich teuer, das ist praktisch gar nicht reinzuurlauben. Und zweitens hat es auch Nachteile. Die Leute denken immer, mit diesen Wohnmobilen sei man irre mobil. Dann stehen sie irgendwo und merken, dass sie keine Brötchen haben. Oder das Bier ist alle. Also, packen sie alles wieder ein und fahren mit ihrem Riesenteil auf den Supermarktparkplatz. Ich dagegen kann am Ziel einfach abkoppeln, das Ding irgendwo hinstellen und habe immer noch das Auto. Toll ist das mit dem Wohnwagen. Doch davon wusste Basti zu diesem Zeitpunkt nichts. Vor allem wusste er nicht, dass er Jahre später mit uns einmal Urlaub in Frankreich machen würde, nein, nicht im, aber zumindest neben unserem Wohnwagen, wo er ein eigenes Zelt aufschlagen sollte.

Michi, mein großer Bruder, hatte auch keine Ahnung. Natürlich hatte er mir ebenfalls keine Melamin-Teller geschenkt, weil er fand, dass die irgendwie nach Plastik aussähen. Davon könne man nicht essen, sagte er. Und wenn doch, wolle er nichts damit zu tun haben. Michi ist selbstständig. Mit seinem Kompagnon betreibt er ein Restaurant. Obwohl er dort eigentlich mehr für das Kaufmännische zuständig ist, hält er sich für einen Feinschmecker. Weshalb er sich gern über kulinarische Themen unterhält. Zum Beispiel darüber, ob man mit einem Campingkocher richtiges Essen zubereiten könne oder ob es da immer nur Ravioli aus der Dose gebe. Den Campingbackofen, den wir ebenfalls geschenkt bekommen hatten, ignorierte er. Das liegt natürlich auch an Carola, seiner Frau. Die ist ein bisschen eigen. Morgens in einem Waschhaus wildfremden Leuten zu begegnen, die Gummilatschen tragen und auch ansonsten nur unvollständig bekleidet sind, ist mehr, als sie ertragen kann. Wie recht ich damit hatte, sollte sich erst noch erweisen, als uns die beiden auf einem Campingplatz besuchten. Ich glaube nicht, dass sie dieses Experiment wiederholen werden.

Erst jetzt bemerkte ich, dass meine Mutter während meines Diavortrags eingenickt war. Auch sie konnte wohl nicht viel damit anfangen. Meine Mutter spricht nie von Campingplätzen, wenn ich ihr von unseren Urlaubsplänen erzähle. Sie verwendet stattdessen hartnäckig das Wort »Zeltplatz.« Und es nutzt nichts, wenn ich ihr sage: »Mama, wir werden nicht zelten. Wir schlafen in einem Wohnwagen, da haben wir ein richtiges Bett.« Nicht dass sie irgendwie snobistisch wäre. Auf keinen Fall, sie ist ein sehr bodenständiger, eher praktischer Mensch. Ich glaube nur, es fehlt ihr mangels Anschauung jedwedes Vorstellungsvermögen dafür, wie es auf einem Campingplatz zugeht. Ich habe mit meinen Eltern keinen einzigen Campingurlaub gemacht. Zum Glück, ich erinnere mich an eine Reise, von der ich nicht weiß, ob wir die überlebt hätten, wenn hinten am Auto ein Wohnwagen gehangen hätte. Meine Mutter kann nämlich sehr spontan sein. Einmal fand sie mitten auf einer dänischen Autobahnbrücke, mein Vater, der den Wagen gerade lenkte, hätte eine Erfrischung verdient. Sie wischte ihm mit einem kalten Lappen das Gesicht ab. Wahrscheinlich war meinem Vater von der ewigen Geradeausfahrerei ohnehin etwas dämmrig zumute, jedenfalls traf ihn die plötzliche Fürsorge vollkommen unvorbereitet. Er schrie, ließ das Lenkrad los und versuchte, meine Mutter abzuwehren. Michi und ich schrien auch. Basti gab es noch nicht, ich bin aber überzeugt davon, er hätte nicht anders reagiert, wenn er gesehen hätte, wie wir auf die Leitplanke zuschleuderten, während mein Vater mit einem Lappen kämpfte.

Es war verdammt knapp, aber mein Vater konnte den Wagen wieder abfangen. Wir setzten unseren Weg in ein dänisches Ferienhaus fort, das wir auch schadlos erreichten. Das heißt, mein Vater hatte eine derbe Schwellung am Hals. Dort hatte ihn eine Wespe gestochen, nachdem meine Mutter erst gebrüllt hatte: »Vorsicht, eine Wespe!«, und ihn dann zum zweiten Mal auf dieser Fahrt mit dem Lappen traktierte. Zum Glück waren wir da schon runter von der Autobahn.

Es war unser einziger Urlaub, der Campingferien relativ nahekam. Mein Bruder Michi und ich schliefen in Etagenbetten. Ich habe seitdem eine kleine Narbe auf der Stirn, weil er als der Größere sich natürlich das obere Bett nahm. Und als wir uns irgendwann mal stritten, langte er nach unten und erwischte mich mit irgendetwas Hartem an der Stirn. Es kann sich nicht um Absicht, sondern nur um einen Zufallstreffer gehandelt haben, weil es in unserem Zimmer nämlich stockdunkel war.

Das Haus hatte keinen Strom. Wenn man Licht haben wollte, musste man eine Petroleumlampe anzünden. Eines Tages platzte der Glasschirm mit einem gewaltigen Knall, wahrscheinlich hatte meine Mutter auch dieses Ding feucht gewischt, obwohl die Lampe brannte und der Schirm entsprechend heiß war. Meine Mutter kriegte einen Riesenschreck, und mein Vater machte irgendetwas Ungeschicktes, er war kein sonderlich praktisch veranlagter Mensch. Jedenfalls fiel die Lampe um, das Öl lief aus und brannte noch ein bisschen auf dem Tisch weiter. Was für eine Sauerei. Ich glaube, von diesem Tag an hatte meine Mutter eine tief sitzende Abneigung gegen alles, was irgendwie provisorisch wirkt, worunter Ferienhäuser eindeutig fielen. Zelte erst recht. Ein Zelt hätte sie wohl nur akzeptiert, wenn wir irgendwie auf der Flucht gewesen wären. Man kann also mit Fug und Recht behaupten, ich komme aus einer Familie, der jeder Gedanke an einen Campingurlaub vollkommen fremd ist. Und bis heute können sie nicht begreifen, warum ich, ihr Bruder, Schwager und Sohn, mit seinem ganzen Hausrat in die Ferien fahren will.

Schuld ist eigentlich meine Frau. Und als ich sie kennenlernte, hatte ich keinen Schimmer, was auf mich zukommen sollte. Obwohl ich es ziemlich früh hätte erkennen müssen. Mein Gott, es war Liebe, da hört man doch nicht immer so hin. Zum Beispiel, als sie anfing, mir von ihrem Leben zu erzählen, von den Reisen, die sie als Kind unternommen hatte. Sie zeigte mir farbstichige Bilder, wie sie auf Sylt gezeltet hatte, wie sie mit ihren Eltern in Frankreich die Loire entlanggefahren war und sogar auf dem Parkplatz vor Versailles übernachtet hatte. Ich sah Aufnahmen von einem zahnsteinfarbenen Ei auf zwei absurd kleinen Reifen, das ihr Vater bis nach Malaga gezogen und in dem sie alle geschlafen hatten, der Vater, ein Riesenkerl, der ein bisschen aussah wie eine Mischung aus Bud Spencer und Luciano Pavarotti, die Mutter, die auf den Bildern eigentlich immer lächelte, wobei man ihre schönen Zähne sah, und ein kleines Mädchen, das auch schöne Zähne hatte und aussah wie eine Indianerin mit Topfschnitt, weil sie dermaßen braun war und die Haare so ulkig trug. »Ulkig«, sagte ich also und erfreute mich wieder an dem strahlenden Lächeln. Schöne Augen hat sie auch. Ich war also abgelenkt, als sie immer wieder schwärmte. Wie toll das gewesen sei, jeden Tag woanders und doch irgendwie immer zu Hause, weil man ja in seinem eigenen Bett schlief. Beinahe jeden Sommer hätten sie auf diese Weise verbracht. Und allein von besagter Reise nach Malaga konnte sie stundenlang erzählen. Wie sie die Küstenstraße nahmen, wie sie in ihrem Wohnwagen einen Meter vom Abgrund entfernt übernachteten, wie sie sich Wasser über die Köpfe gossen, weil es derart heiß war. Ich erinnere mich, dass ich an dieser Stelle einmal den Einwand erhob, dass diese Fahrt doch ewig gedauert haben, mithin eine Tortur gewesen sein müsse. Da ging sie gar nicht drauf ein, erzählte mir stattdessen von der Bretagne, wo sie wieder an irgendeinem Abgrund gestanden hätten und ihre Eltern den ganzen Campingplatz nach ihr absuchten, während sie in den Klippen mit einem französischen Jungen rumknutschte. Immerhin, an dieser Stelle hörte ich aufmerksam zu und beschloss, vorsichtig zu sein, sollten wir jemals in Frankreich Urlaub machen. »Dein Vater war bestimmt ganz schön sauer?«, fragte ich.

»Och nö«, antwortete sie, war ja Urlaub. Ihr Vater machte mir danach ein wenig Angst. Was musste das für ein Typ sein, der Tausende Kilometer fuhr, dabei vergleichsweise gelassen blieb und das Unterfangen auch noch Urlaub nannte?

Ursprünglich hätte ihr Vater ja die Idee gehabt, einen Anhänger zu bauen und darauf irgendwie ein Zelt zum Zusammenklappen zu errichten, erzählte sie mir. Abends bräuchte man das nur auseinanderzufalten, und fertig sei die Unterkunft. Ich staunte, wie man überhaupt auf solch eine Idee kommen konnte. Man muss dazu wissen, dass mein Vater nicht mal in der Lage war, einen Fahrradschlauch zu flicken. Mein Schwiegervater dagegen erwies sich als Multifunktionshandwerker, der grundsätzlich erst einmal alles selber machte, weil das billiger und wahrscheinlich auch besser würde. Später sollte ich bemerken, dass sein unerschütterliches Selbstvertrauen in die eigenen handwerklichen Fähigkeiten sogar so weit geht, dass er es für überflüssig hält, irgendwelche Gebrauchsanweisungen zu konsultieren – was mir zuweilen wiederum Angst macht. Vor allem, wenn es um etwas Elektrisches geht oder mit Gas zu tun hat. Beides kommt im Wohnwagen oft vor. Trotzdem sollte er seinen Plan vom selbst gefertigten Klappanhänger nie verwirklichen, weil er nämlich feststellen musste, dass ihn das zumindest dieses eine Mal viel teurer käme als der Kauf eines gebrauchten Wohnwagens. Kurz, meine Frau kommt aus einer Camperfamilie.

Anfangs bekam ich davon nicht viel mit. Wenn wir in den Urlaub fuhren, mieteten wir uns in Hotels ein, in Pensionen oder was immer, wie die meisten anderen Menschen eben auch. Selbst als Florian geboren wurde, unser erstes Kind, änderte sich daran nichts. Dann wurde er zwei, und wir mussten im Flugzeug für ihn bezahlen. Das allein wäre noch in Ordnung gegangen. Schließlich kam Sophie zur Welt, unsere Tochter. Und irgendwann flogen wir das erste Mal zu viert nach Griechenland in die Ferien. Es war natürlich Pech, dass wir mit der Bahn erst einmal nach München fahren mussten, weil wir keinen geeigneten Flug ab Berlin mehr bekommen hatten. Auf dem Münchner Hauptbahnhof standen wir dann zu viert an der Rolltreppe. Ich überlegte, wie das zu bewerkstelligen sei, meine Frau könnte mit dem Kinderwagen die Kleine nehmen, ich einen Koffer, der Junge damals fünf, würde inzwischen oben auf das übrige Gepäck aufpassen. Auf diese Weise würde ich viermal auf und ab fahren. Ich hielt nach einem Gepäckträger Ausschau, die es in jenem Jahr tatsächlich noch gab. Leider war er weder für Geld noch gute Worte bereit, mir zu helfen, weil, »ich bin nur fürs Obergeschoss zuständig, Rolltreppe mach ich nicht«. Ich verwünschte den Mann, machte mich an die Arbeit und musste mir anschließend von meiner Frau unter Tränen erzählen lassen, wie schön das früher gewesen sei, als sie mit ihren Eltern und dem Wohnwagen in den Urlaub gefahren war. Weil, im Wohnwagen, da hat man gar keine Koffer. Wozu auch, alles liege doch vom ersten Urlaubstag an parat im Schrank. Ich muss zugeben, ich hielt das plötzlich für einen verlockenden Gedanken.

2
Kurzer Exkurs über das Zelten

Natürlich hätte man das alles viel einfacher haben können. Wenn man unbedingt auf einen Campingplatz will, braucht es doch dafür eigentlich nur ein Zelt. Um zu erklären, warum ich das inzwischen anders sehe, muss ich ein wenig ausholen.

Ich war sechzehn und ging in meinen ersten Urlaub ohne die Eltern. Zu diesem Zweck hatte ich mir von einer Freundin für die Sommerferien ihr Mofa geborgt. Ich kann nicht sagen, wieso ihre Eltern das zugelassen haben, vermute aber im Nachhinein, dass sie entweder mich oder das Mofa loswerden wollten. Mit sechzehn dachte ich weder an das eine noch an das andere, sondern ergriff, ohne zu zögern, die Gelegenheit. Ich wollte mit zwei Freunden, die jeder ein Mofa besaßen, kreuz und quer durch Deutschland fahren. Es gab damals noch zwei deutsche Staaten, genau genommen sogar drei, denn wir waren aus West-Berlin, das bekanntermaßen von einer Mauer umschlossen war. Und die einzigen Landverbindungen, die wir als Transitstrecke ins Bundesgebiet nutzen durften, waren Autobahnen. Mofas durften dort natürlich nicht fahren. Denn selbst wenn wir sie für richtige Maschinen hielten, im Grunde handelte es sich, wie der Name schon andeutet, um Fahrräder mit Hilfsmotor. Für die Lösung sorgte der Vater einer meiner Freunde.

Der verdiente sein Geld als Importeur für Wild und Geflügel, weshalb sein Sohn von uns den Spitznamen Hühnchen verpasst bekommen hatte. Wir hätten ihn auch Hirsch nennen können oder Hase. Die Wahl fiel auf Hühnchen. Hühnchens Vater besaß einen Kühllastwagen, mit dem wurden unsere Mofas ins bayerische Hof kurz hinter der deutsch-deutschen Grenze transportiert. Ich weiß nicht, ob das legal war, schließlich war der Laster für den Transport von Lebensmitteln vorgesehen. Aber ich glaube, seinerzeit nahm man das noch nicht so genau. Und falls ich mich da irre, ist die Geschichte bestimmt längst verjährt. Die Firma gibt es auch nicht mehr, sogar Hühnchen ist aus meinem Leben verschwunden.

Wir hatten angenommen, der Laster würde auf dem Weg gen Westen nicht gekühlt, schließlich sollte er doch leer sein. Ein Irrtum, unsere Mofas trafen tiefgefroren in Hof ein. Natürlich sprang kein einziges an. Bei dem Versuch, die Dinger anzuschieben, rannten wir fast bis Bayreuth. Es wurde trotzdem eine großartige Tour, wir fühlten uns wie die Könige, fern der Heimat und ohne jede erwachsene Aufsicht. In unserem Übermut wurden wir schnell kriminell. Ich kann das hier freimütig erzählen, denn auch diese Geschichte dürfte inzwischen verjährt sein. Wir führten nämlich einen Campingkocher und Blechgeschirr mit, und tatsächlich ernährten wir uns anfangs überwiegend von Ravioli aus der Dose. Die einzige Abwechslung stellten Konserven mit Bami Goreng und Nasi Goreng dar. Dann kam der Tag, an dem ich lernte, dass Campingküche keineswegs eintönig sein muss.

Der Gasthof, in dem wir unterkamen (wir waren fürs Zelten nicht bereit, und der Wirt hatte uns für kleines Geld in einem noch nicht ganz fertiggestellten Flügel seines Hauses einquartiert), lag in der Nähe mehrerer Forellenteiche. Einen dieser Teiche nahmen wir uns vor. Zwar war er vollständig eingezäunt, und auf dem schmalen Wiesenstreifen innerhalb der Umzäunung patrouillierte ein Schäferhund um den Teich, aber das machte nichts. Unsere Angel war lang genug. Wir warfen Haken und Köder über das Grün, was der Hund wohl bemerkte, es nutzte ihm nur nichts. Natürlich war das Wilderei oder sogar Schlimmeres, aber wir waren aus der Stadt und dachten wohl, was da alles im Wasser rumschwimmt, gehört eigentlich jedem. Außerdem war der Teich im Grunde viel zu voll, die Viecher wollten ja raus, die schnappten schon nach unserem Köder, wenn der noch ein Stück über der Oberfläche hing. In vergleichsweise kurzer Zeit holten wir sechsundzwanzig Forellen aus dem Wasser. Sechs aßen wir selbst, was wir ohne Hühnchen nie geschafft hätten. Das wäre schon daran gescheitert, die Tiere fachgerecht zu erlegen. Eine Forelle ist ja sehr glitschig, und wie sie so nach Luft schnappt, sieht sie ganz schön traurig aus. Hühnchen machte das nichts aus, er konnte die Fische sogar richtig ausnehmen. Zwanzig verkauften wir dem Wirt, der uns Quartier gegeben hatte. Und mit einigem Stolz registrierten wir am nächsten Tag die Tafel neben dem Eingang zu seinem Gasthof. Mit Kreide hatte er darauf geschrieben: »heute frische Forellen«. Wir waren derart angefeuert von unserem Erfolg, dass wir am nächsten Tag versuchten, eine Ente zu angeln. Mir war zwar schleierhaft, wie das funktionieren sollte, aber Hühnchen war sich seiner Sache sehr sicher. Er legte eine Spur aus Brotkrumen aus, und am Ende wartete unser Angelhaken mit der letzten Krume. Ich muss sagen, als dann tatsächlich eine Ente angewatschelt kam, mit ihren Jungen im Schlepptau, stockte mir der Atem. Ich war wirklich froh, dass das Federvieh unseren Haken liegen ließ, fühlte mich aber trotzdem mies, allein schon wegen unseres Versuchs.

Der Tiefpunkt kam erst noch. Im Allgäu strandeten wir ganz in der Nähe des Forggensees. Das ist der See unterhalb von Schloss Neuschwanstein, das Bayernkönig Ludwig II. dort in den Hang hatte setzen lassen. Das Schloss hatte später Micky-Maus-Erfinder Walt Disney so gut gefallen, dass er ein nachempfundenes Abbild als sein Logo verwendete. Wir beachteten das Schloss nicht weiter, denn als Quartier kam es wohl nicht infrage, wir hatten aber noch keinen Platz für die Nacht. Und weil wir uns, obwohl zu dritt, inzwischen fühlten wie Tom Sawyer und Huckleberry Finn, beschlossen wir schließlich, unser Lager im Wald aufzuschlagen. Kaum hatten wir unsere Schlafsäcke im Wald ausgerollt, fing es an zu regnen. Bedauerlicherweise hatte niemand von uns daran gedacht, ein Zelt mitzunehmen. Ich weiß auch nicht, wie wir uns das vorgestellt hatten, wie gesagt, ich kam aus einer Familie, die mit Camping gar nichts am Hut hatte.

Wenigstens hatte Nils, der Dritte aus unserem Team, eine große Plane dabei, die wir an den Bäumen ringsum aufspannten, und zwar ungefähr fünfzig Zentimeter über dem Boden, damit es nicht von der Seite reinregnete. Wie wir da so auf dem Rücken lagen, nebeneinander, das war nicht schön. Es war kalt, es war nass, man konnte nicht aufstehen. Am nächsten Morgen wachte ich mit einem heftigen Pochen im Ohr auf. Ich sehnte mich nach einem heißen Zwiebelsäckchen, ein altes Hausmittel, mit dem meine Mutter eine aufkommende Mittelohrentzündung zu bekämpfen pflegte, aber wir hatten nicht einmal warmes Wasser. Mir war klar, dass ich auf jeden Fall besser vorbereitet sein musste, sollte ich mich je wieder auf etwas Vergleichbares einlassen. Was allerdings sehr unwahrscheinlich war, denn Camping hatte für mich seither den Ruch des Semikriminellen, war überdies mit Schmerzen verbunden.

Es dauerte ein paar Jahre, bevor ich wieder von Nils hörte. Die Erinnerung an unsere gemeinsame Deutschlandreise war inzwischen verblasst, da erfuhr ich, dass er auf einem dänischen Campingplatz Urlaub machen würde. Ja, sie seien überhaupt alle dort, die ganze Truppe aus Jugendtagen – bis auf Hühnchen. Mir wurde nostalgisch zumute, und ich dachte daran, wie einfach das wäre, den ganzen Krempel ins Auto zu laden – wir fuhren inzwischen einen Kombi – und loszufahren.

Camping würde auch sehr preiswert sein. Ich erkundigte mich, der Aufenthalt auf der Insel Falster, auf einem wunderbaren Platz unmittelbar am Ostseestrand, würde mich für vier Personen nicht mehr als vierzig Mark die Nacht kosten – den Euro gab es noch nicht. Das war so billig, wie es eben in einem Land nur billig sein kann, in dem ein einziger Hotdog durchaus acht Mark, also umgerechnet vier Euro, kosten konnte. Wobei es inzwischen vermutlich eher sechs Euro wären. Ich begann, mir die Sache schönzureden: Seit Karl May das Lagerfeuer und den Wigwam in Deutschland eingeführt hat, ist Zelten doch sowieso die höchste Form des Campings. Theoretisch wenigstens. Und wäre es damals am Forggensee nicht sehr idyllisch gewesen, wenn wir statt einer einfachen Plane ein richtiges Zelt gehabt hätten?

Florian, er muss um die acht gewesen sein, hat sich auch mächtig gefreut, als ich ihm vorschlug, wir würden mit dem Zelt nach Dänemark fahren. Ein Riesenabenteuer. Er hat sich vorgestellt, wie wir abends am Lagerfeuer Würstchen braten. Und uns nachts den Schlafsack bis über die Ohren ziehen. Zumindest das haben wir auch getan, das mit dem Schlafsack. Pfingsten kann sehr kalt sein in Dänemark. Nicht so gut hat es mit dem Lagerfeuer geklappt, schon wegen des Regens.

Wenn ich ganz ehrlich bin, war der Urlaub ohnehin nicht allzu toll. Einen halben Tag haben wir gebraucht, dünne Eisenhaken in den knallharten Boden zu hämmern – um zwei geliehene Zelte aufzubauen, von denen wir nur so ungefähr wussten, wie der Hersteller sich das gedacht hatte. War nicht leicht, wahrscheinlich hatte deshalb niemand den geborstenen Ast bemerkt, der nur noch an einem Rest Rinde direkt über uns hing. Irgendwann entdeckten wir ihn. Das heißt, zuerst sahen wir die Harzflecken auf unserem Stoffdach.

»Hier können wir nicht bleiben«, stellte meine Frau sofort klar.

»Ach was«, behauptete ich lahm, »der hängt da sicher schon ewig, keine Gefahr.« Ich stellte Überlegungen an, wie man das Harz in einer Plastiktüte auffangen könnte.

»Du kannst ja darunter schlafen«, meinte meine Frau und machte mich darauf aufmerksam, dass sie mit den Kindern ins zweite Zelt ziehen würde, außerhalb der mutmaßlichen Flugbahn des Astes.

Ich begann mir auszumalen, wie es wohl aussehen würde, wenn sich der Ast nachts erst in mein Zelt und dann in mich bohren würde. Wir brauchten einen halben Tag, um mit Sack und Pack umzuziehen. Und noch einen ganzen, um das Harz auszuwaschen. Natürlich hätte ich darauf auch verzichten können, »aber dann kannst du das Zelt vergessen«, versicherte mir Nils.

Ich hatte Nils lange nicht gesehen. Er hatte inzwischen vier Kinder. Und jedes Jahr fuhr er mit Frau, Wohnwagen und seinen vier Kindern nach Skandinavien. Wahrscheinlich dachte er, das sei er seinem Namen schuldig. Wir nannten seinen Wohnwagen denn auch die schwedische Legebatterie, weil er aus schwedischer Produktion kam und innen im Wesentlichen aus Betten bestand. Wenn man reinkam, tat sich links ein schmaler Gang auf, der von Etagenbetten gesäumt wurde. Wie in dem Film »Das Boot«. Nils steht sehr auf Skandinavien. Jedenfalls heißen seine Kinder Ole, Björn und Sven, und eine Tochter hat er auch, Annika. Seine Frau heißt, klar, Karen (wahrscheinlich hatte er sie nach dem Namen ausgesucht). Immer noch trug er sehr gern Clogs wie in seiner Jugend, man sah ihn zumindest außerhalb seines beruflichen Lebens praktisch ausschließlich in diesen dänischen Holzschuhen, von denen er nach wie vor behauptete, darin könne er am besten laufen. Was definitiv nicht stimmte. Von Beruf war Nils inzwischen Ingenieur, irgendetwas Elektrisches, Praktisches, weshalb man ihn immer um Rat fragen kann, wenn etwas kaputt ist. Nils war in Sachen Camping eine echte Koryphäe geworden. Nun ließ er mich also wissen: »Einmal zusammengerollt, klebt dein Zelt zusammen wie Baumkuchen. So verharzt wie das ist, kriegst du die Schichten nie wieder auseinander.« Dabei rieb er sich mit seiner Rechten über die Bartstoppeln auf seiner Wange, bis es knirschte, es stimmt schon, Camper sind selten glatt rasiert, und dazu lachte er sein vertrautes keckerndes Lachen. Manchmal frage ich mich, wie jemand mit diesen Schuhen und solch einer Lache in eine führende Position gelangen konnte? Nils war irgendetwas Höheres in seiner Firma. Es konnte nicht nur an seinem großzügigen Wesen, es musste auch an seiner Expertise liegen.

Meine Frau und ich, wir schrien uns dann ein bisschen an, weil, irgendjemand musste ja schuld sein am bisherigen Verlauf unseres Urlaubs. Die Kleine fing an zu weinen. Eigentlich sollte der Große sich um seine Schwester kümmern. Aber der war weg. Richtig, Kinder auf Campingplätzen sind ja praktisch nie zu Hause. »Waschbenzin«, sagte Nils plötzlich, »damit kriegt man Harz raus.« Also wollte ich noch mal los, Waschbenzin besorgen, weil das Zelt ja nur geborgt war, und wenn es sich nie wieder hätte auseinanderrollen lassen, das wäre nicht so gut gewesen. »Ich komm' mit«, verkündete Nils, er ging für sein Leben gern in Baumärkte, »bring nur schnell noch das Klo weg.« Ich hatte es längst begriffen: Ein Wohnwagen wäre viel toller als unser Zelt. Und dass es darin ein Klo geben würde, fand ich besonders faszinierend. Nur die Tatsache, dass man den Inhalt dieses Klos wegbringen musste, verstörte mich. Gibt es da keine andere Lösung? Wahrscheinlich nicht, sonst hätte Nils sie längst gefunden gehabt. Ein Schrei riss mich aus meinen Überlegungen, Nils war mit seinen Clogs umgeknickt, bereits das zweite Mal an diesem Tag. Aus seinem Chemieklo suppte etwas Dunkelblau-Graues auf seine Jeans. Es roch schlecht. »Lass mal«, sagte ich, »ich fahr allein. Und du solltest deinen Knöchel kühlen.« Nils hatte empfindliche Bänder, weil er so oft mit seinen dämlichen Clogs umknickte.

Natürlich wäre es mit den Würstchen am Lagerfeuer auch ohne Regen nichts geworden, denn am Abend war mir vom vielen Waschbenzin schlecht. Zur Schlafenszeit nahm meine Frau die Kinder mit rüber ins andere Zelt. Ich verbrachte die Nacht allein unter einem kontaminierten Stoffdach, das nicht weit von meiner Nase entfernt war. Der Benzindunst roch trotz des Regens immer noch entsetzlich. Ich dachte an den Forggensee, malte mir aus, wie ich bald die Besinnung verlieren und es niemand bemerken würde, wenn ich mich im Schlaf übergebe und einen Tod wie Jimi Hendrix erleide. Es wurde eine bedrückende Nacht.

Meine Frau freilich fand den Urlaub dann doch ganz gut.

Zu Hause kramte sie ihre alten Urlaubsfotos wieder raus und schwärmte mir von den Sommern ihrer Kindheit vor. »Guck mal«, meinte sie, »das sind wir, wie wir den Brenner überqueren.« Mein Gott, von mir gibt es auch alte Fotos, von meiner Einschulung zum Beispiel. Auf denen trage ich Hosenträger mit Verkehrszeichen drauf, auf die war ich furchtbar stolz. Na und? Will ich deshalb wieder solche Hosenträger haben? Mir schwante, da steckt mehr dahinter, irgendetwas Genetisches vielleicht. Aber eines wusste ich, zelten würde ich nie wieder. Stattdessen dachte ich an Nils Wohnwagen. Und ich sagte: »Schatz, was meinst du zu einer Anhängerkupplung? Würde sich die nicht gut an unserem Auto machen?«

3

Sylt, du Perle der Reichen

Es war dieses metallische Klirren, wie man es in Jachthäfen manchmal hört, wenn Leinen und Beschläge im Wind gegen den Alumast schlagen. Und dazu singen dann die Möwen. Singen Möwen überhaupt? Ist das nicht mehr ein Meckern? Egal. Es war ja gar kein Jachthafen, es war ein Campingplatz. Dieses metallische »ling, ling, ling«, das mich praktisch den ganzen Urlaub über begleitete, kam von den Reißverschlüssen, die gegen die Stangen des Vorzeltes schlugen, weil der Wind permanent am Gewebe zerrte. »Ling, ling, ling« war das Geräusch dieses Urlaubs. Wir waren auf Sylt, und es war meine erste Reise im Wohnwagen. Wenn ich daran denke, habe ich sofort wieder dieses Klingeln im Ohr. Und so wie der Wind am Vorzelt zerrte, ging er auch mir auf die Nerven. Ja, es hätte nicht viel gefehlt, und es wäre schon wieder zu Ende gewesen, mit mir und dem Camping. Trotzdem kam es anders. Aber der Reihe nach.

Ich hatte zwar eingewilligt, dass wir am Wagen eine Anhängerkupplung anbringen lassen würden. Aber das war im ersten Überschwang und unter dem Eindruck dieser Dänemark-Reise. In der Sicherheit unserer heimischen Wohnung und bei nüchterner Betrachtung der Sachlage sah das doch schon wieder ganz anders aus. Ich meine, wir waren auch mal in Tunesien im Urlaub, da haben wir eine Dose

Harissa gekauft, diese Gewürzpaste. Das Zeug liegt heute noch irgendwo im Keller, weil, wenn der Urlaub zu Ende und man wieder zu Hause ist, wer denkt da an Harissa. Ich habe es jedenfalls nie wieder angerührt. So ähnlich ging es mir nun auch mit der Anhängerkupplung. Ich dachte darüber nach, wie es wohl wäre, die Reisen meiner Frau noch einmal nachzuerleben. Sie würde mich immer mit ihrem Vater vergleichen, und am Ende träfe sie womöglich irgendwelche Franzosen wieder. Wahrscheinlich waren die ja jetzt selbst als Camper unterwegs. Außerdem fuhr ich nicht mehr so gern mit dem Auto in den Urlaub, nicht seit dieser Sache bei Dessau. Es gibt dort eine Autobahntankstelle, bei der ich etwas sehr Dummes machte. Als wir auf dem Weg zu Basti waren, der eine Zeitlang in Saarbrücken lebte. Ich hatte extra neue Scheibenwischergummis besorgt, es aber nicht mehr geschafft, sie gegen die alten auszuwechseln. In Höhe Dessau wurde ich plötzlich übermütig.

»Schatz«, sagte ich zu meiner Frau, »schau mal, wie grau es dahinten kommt, ich fahr schnell raus und wechsele die Wischergummis.«

Meine Frau protestierte leise, viel zu leise, wie ich im Nachhinein fand. Also winkelte ich die Wischer von der Scheibe ab und rupfte die Gummis runter. Das Aufstecken der neuen erwies sich leider als unmöglich. Offenbar hatte ich da irgendeine Ziffernfolge auf dieser blöden Schachtel zu großzügig interpretiert, jedenfalls waren es die falschen. »Kein Problem«, ließ ich möglichst beiläufig fallen, weil ich den Eindruck hatte, dass meiner Frau das jetzt zu lange dauerte. »Ich lauf einfach rüber zur Tankstelle und gucke, ob sie die passenden haben.« Fast wäre ich schon weg gewesen, aber ich hielt kurz inne, schaute auf die jetzt blanken Wischerhaken, die von der Scheibe wegstanden, was ich unästhetisch fand, und ließ sie zurückschnappen. Es gab ein sehr hässliches Geräusch, ein kurzes Knacken. Von außen sah auf den ersten Blick alles aus wie immer. Aber als ich den Kopf ins Auto steckte, bemerkte ich den Riss sofort, der sich quer über dem unteren Rand der Scheibe abzeichnete, dort, wo der Wischerkopf aufgeschlagen war. »Verdammt«, rief ich, »wie kann das sein?« Meine Frau sah irgendwie traurig aus. »Was meinst du«, fragte ich sie unnötigerweise, »ob die Scheibe hält oder ob sich das weiter ausbreitet?«

Dann sagte sie doch etwas: »Tu mir einen Gefallen, fass nichts mehr an, steig in dieses Auto und fahr hier weg.«

Ich fand das ein bisschen irrational, wenigstens neue Wischer musste ich ja schon aufstecken. Egal, diese Geschichte ließ mich nicht mehr los, sie verfolgt mich bis heute, wenn wir an Dessau vorbeifahren, und mahnt mich, was alles schiefgehen kann, wenn man mit dem Auto in den Urlaub fährt. Mal ganz abgesehen davon, dass Basti das natürlich auch mitgekriegt hatte und es mir von Zeit zu Zeit unter die Nase rieb.

»Schatz«, meinte ich, »willst du das wirklich tun, denk an Dessau!« Schließlich brauchte es beim Camping etwas handwerkliches Geschick, und wenn es eines Beweises bedurft hätte, dass ich da manchmal ein wenig unglücklich operiere, dann doch wohl auf diesem vermaledeiten Parkplatz.

»Ach was«, erwiderte sie entschlossen, »so blöd kann man nicht zweimal sein.« Sie sagte tatsächlich »blöd«. Ich dachte über eine passende Antwort nach, konnte den Gedanken aber nicht verfolgen, weil sie einfach weitersprach. »Wirst sehen, wie toll das wäre. Meine Eltern leihen uns ihren Wohnwagen. Und wenn wir was essen wollen, halten wir an und können sogar unterwegs in unserer eigenen Küche ein Sandwich machen. Und du hast ganz viel Platz zum Essen.« Das war eine Anspielung auf unseren Flug nach England, der ähnlich unglücklich verlaufen war wie meine Vorbeifahrt an Dessau.

Meine Frau hat eine Tante in Birmingham, hatte aber eingesehen, dass ich da auf keinen Fall mit dem Auto hinfahren würde, vor allem nicht mit einem Wohnwagen im Schlepp. Die Straßen drüben sind viel zu schmal, außerdem fahren alle auf der falschen Seite. Ich meine, deutsche Wohnwagen haben ihre Tür auf der rechten, der von der Straße abgewandten Seite. In England kann es mir doch passieren, dass ich in einer Fahrpause mal hinten aufs Klo gehe, und wenn ich anschließend in Gedanken versunken wieder aus der Tür trete, werde ich sofort überfahren. »Nicht mal dein Vater ist mit dem Wohnwagen nach England gefahren.« Das stimmte, sie hatten dafür dort eine Nacht zu dritt im Auto verbracht. Wir waren auch zu dritt auf unserem Flug, ohne Florian. Ich konnte mich noch zu gut an das letzte Mal erinnern, wie das beim Umsteigen auf dem Münchner Hauptbahnhof war, mit zwei Kindern und Gepäck. Mit Florian wäre es außerdem gleich teurer gewesen. Sophie war noch klein, hatte deshalb auch keinen Anspruch auf einen Sitzplatz. Sie reiste gewissermaßen als Handgepäck.

Die Maschine nach Birmingham war ausgebucht, also nahm ich unsere Tochter auf den Schoß. Wäre Florian dabei gewesen, hätte er an Stelle eines mir unbekannten Engländers neben mir gesessen, und ich hätte den von mir stets favorisierten Gangplatz behalten. Stattdessen kam dieser Typ, und ich musste in die Mitte rücken. Ich hasse den Mittelplatz. Es war dieser Flug, der letztendlich alles ins Rollen brachte. Meine Frau saß am Fenster, ich hatte Sophie vor der Brust, als die Stewardess kam, um einen Imbiss zu servieren. Lächelnd klappte sie das Tablett vor mir aus. Ich konnte Sophie in letzter Sekunde zu meiner Frau weiterreichen und verhindern, dass die Stewardess sich auch an ihrem Tischchen zu schaffen machte. »Lassen Sie nur«, sagte ich, »ich kann meine Frau füttern.« Es gab Gurkensandwich. Ich weiß es deshalb noch so genau, weil mir die Gurke aus dem Sandwich fluppte und im Schritt meines englischen Sitznachbarn zur Linken verschwand. Instinktiv griff ich hinterher. Der Engländer stieß einen sehr überraschten Schrei aus und versuchte aufzustehen. Weit kam er nicht, weil er ja noch angeschnallt war. Außerdem hatte er ebenfalls einen Klapptisch vor sich. Zum Glück fiel sein Saft nicht um, ich glaube, es war Tomate, das hätte er mir bestimmt nicht verziehen. Aber auch so redete mein Nachbar während des gesamten restlichen Fluges kein Wort mehr mit mir. Na ja, er war auch vorher nicht besonders gesprächig gewesen. »Du hättest nicht die Gurkenscheibe unter ihm vorziehen sollen«, meinte meine Frau hinterher. Was hätte ich denn machen sollen? Sie dort liegen lassen?

In Gedanken wog ich Dessau und den Englandflug gegeneinander ab. Ohne Zweifel war mich die Sache mit dem Scheibenwischer teurer gekommen. Aber es stimmte, derart blöd konnte man nicht zweimal sein. »Vielleicht hast du recht«, sagte ich, »Fliegen ist sowieso schlecht für die Umwelt.« Autofahren auch, aber wenn man zu viert im Wagen sitzt, sieht es ja schon wieder anders aus.

»Anhängerkupplung, kümmere ich mich jetzt wirklich drum.« Ich stellte mich vor den Küchenkalender und gab vor, nach freien Terminen Ausschau zu halten, an denen ich das erledigen könnte. Lässig überblätterte ich den laufenden Monat, schlug schon mal den nächsten auf.

»Ich hab schon mit Wolle gesprochen«, hörte ich die

Stimme meiner Frau, »der sagt, das ist gar kein Problem, wenn du diese Woche noch kommst. Du könntest das Donnerstag früh erledigen, ich habe schon geguckt, das passt.« Sie lächelte. Meine Frau hat wirklich wunderschöne Zähne.

Wolle, der eigentlich Wolfgang heißt, ist Chef und gleichzeitig einziger Mitarbeiter der Werkstatt unseres Vertrauens. Es ist auch sehr unwahrscheinlich, dass Wolles Betrieb sich irgendwann einmal vergrößern würde, dafür fehlt es ihm einfach am nötigen Geschäftssinn. Mein Schwiegervater ist auch einmal in Wolles Kreuzberger Hinterhofwerkstatt vorgefahren, weil er mitten auf der Motorhaube seines alten Mercedes eine unschöne Stelle im Lack hatte. Normalerweise macht mein Schwiegervater so etwas selbst, in diesem Fall hatte es aber nicht richtig geklappt, im Gegenteil, der Fleck sah noch ein bisschen matter aus als vorher, und das wurmte ihn mächtig. »Fahr doch mal zu Wolle«, riet ich ihm, »der ist billig.« Ich hätte es besser wissen müssen, Wolle ist nämlich extrem maulfaul. Es kann vorkommen, dass sein einziger Beitrag zu einer längeren Konversation darin besteht, dass er in drei oder vier Tonlagen irgendetwas brummt. Und dabei hält er die ganze Zeit noch die Arme vor der Brust verschränkt. Mit anderen Worten: Neukunden fühlen sich durch Wolles Auftritt oft ziemlich unerwünscht.

Mein Schwiegervater ist seinerseits auch nicht besonders gesprächig. Manchmal ruft er einen an, sagt aber nichts. Er schweigt einfach in den Hörer. Erst wenn man ruft: »Hallo, ist da wer?«, sagt er: »Ja, bitte«, als ob er angerufen worden wäre. Ich glaube, das hat damit zu tun, dass er sein Leben lang Taxi gefahren ist und viel zu viele Gespräche mit angehört hat. Er hat gewissermaßen eine Überdosis abbekommen. Jedenfalls fuhr er zu Wolle, sagte »der Lack« und zeigte dazu auf die Haube. Wolle muss wohl gebrummt haben, wie er das immer tat. Dann dauerte es eine Weile, bis mein Schwiegervater fragte: »Was kann man'n da machen?« Wolle, der mit seinem Schnauzbart ein bisschen aussieht wie der Fernsehdetektiv Magnum früher, zog einen Lappen aus der Tasche seines grauen Arbeitsanzugs, Wolle trägt immer Graumann, aus dem auch immer ein Lappen heraushängt, rubbelte ein bisschen auf der Haube herum und sagte: »Würd's so lassen.« Natürlich fühlte sich mein Schwiegervater veräppelt. Richtig sauer wurde er aber, als Wolle ihm ein Stück Schleifpapier in die Hand drückte, und meinte: »Oder du machst's selbst, kommt auch billiger.« Wolle duzte jeden, aber das war nicht das Problem. Dass er gesagt hatte »Mach's doch selbst«, war einfach zu viel. Zumal sich mein Schwiegervater mächtig hatte überwinden müssen, überhaupt eine Werkstatt aufzusuchen. Jedenfalls erzählte er uns erst auf mehrfaches Nachfragen von dem Vorfall. Zu Wolle fuhr er nie wieder.

Ich verstand meinen Schwiegervater, ich fand Wolles Art auch nicht leicht. Erst sagte er gar nichts, und dann sprach er plötzlich über Teile, von deren Existenz ich nicht das Geringste ahnte. Damit gab er einem erst recht das Gefühl, irgendwie minderbemittelt und ungefragt in sein Leben eingedrungen zu sein. Aber Wolle war billig und gehörte einer aussterbenden Art an. Wolle war einer der letzten Nerds des analogen Zeitalters. »Schatz, kannst du das mit der Werkstatt nicht erledigen«, fragte ich, »kommt auch billiger.« Bei meiner Frau war Wolle immer wie ausgewechselt. Er konnte plötzlich reden, ich habe sogar einmal beobachtet, wie er dabei mit den Armen fuchtelte, statt sie wie üblich vor der Brust zu verschränken. Er konnte lächeln. Bei mir lächelte Wolle nie. Aber meine Frau wollte nicht. »Nein«, sagte sie, »mach du.« Also fuhr ich auf Wolles Hof, und da kam er auch schon, in seinem Graumann, in der Hand den obligatorischen Lappen.

»Wolle, ich brauche eine Anhängerkupplung.«

»Wozu das denn, du hast doch'n Kombi.« Na klar, statt einfach mal einen Auftrag anzunehmen, musste Wolle erst einmal die Arbeit verweigern.

»Wolle, ich will keine Möbel transportieren, ich will einen Wohnwagen ziehen.«

»Echt?«

»Ja, das wird toll.«

Wolle stellte keine weiteren Fragen, manchmal weiß ich seine Wortkargheit zu schätzen. Stattdessen ging er voran in sein Büro, das nicht viel mehr war als eine Kammer neben der Garage, in der ein vollgemüllter Schreibtisch stand. Er nahm meinen Fahrzeugschein, tippte auf seinem Computer rum und erklärte mir, dass es vielleicht besser wäre, wenn ich mir einen Wagen kaufen würde, der schon eine Hängerkupplung ab Werk hätte. »Die haben dann auch einen stärkeren Kühler.«

»Braucht man den?«, fragte ich. »Wir wollen ja nicht über die Alpen, ich will nach Sylt.«

Wolle brummte: »Wird auch so gehen.« Das war der Wolle, wie ich ihn kannte.

Ein paar Tage später holte ich den Wagen ab. Wolle hielt mir einen ungewöhnlich langen Vortrag, was das für eine Aktion gewesen sei mit Dauerplus und so. Dauerplus? »Strom«, sagte er, »wenn du unterwegs anhältst und hinten mal Licht anmachen willst.« Das musste man ihm lassen, Ahnung hatte Wolle. Er nahm mir für seine Verhältnisse eine Menge Geld ab. Gut, dachte ich, das amortisiert sich rasch, weil ich ab jetzt im Urlaub einen Haufen sparen würde.

»Muss da nicht eine Art Steckdose sein?«, fragte ich ihn, als ich mir den Haken besah.

»Ist ja auch«, sagte Wolle, »nur ein bisschen weiter unter dem Wagen.«

Ich guckte unter den Wagen, wollte wissen: »Warum das denn?«

»Weil man den Haken abmachen kann. Aber dann sieht man die Steckdose, dachte, das willst du nicht. Sieht doch peinlich aus. Gut, nicht?«

Was soll daran gut sein, dachte ich, als ich bemerkte, dass ich nun halb unter das Auto kriechen musste, wenn ich das Ding ankoppeln wollte.

»Wo ist deine Steckdose?«, fragte prompt mein Schwiegervater, als er das Ding sah.

»Wolle meint, ist besser so«, murmelte ich ein bisschen vage.

»Wollen wir das jetzt mal ausprobieren?« Mein Schwiegervater erklärte mir, dass er uns für das Wochenende bei einem Fahrtraining angemeldet hatte, weil das Ganze doch neu für mich wäre und er mir immerhin seinen Wohnwagen überlassen würde. Ein ziemlich betagtes Modell übrigens, selbst wenn es sich nicht mehr um das Ei von den ganz alten Familienbildern handelte.

Ich beschwerte mich bei meiner Frau. »Das geht ja gar nicht, ich soll zur Fahrschule, und dein Vater guckt mir dabei zu? Wer bin ich denn?«

Meine Frau erklärte mir, dass ich jemand sei, der noch nie mit einem Anhänger hinter seinem Auto gefahren wäre, und sagte, dass ich Glück hätte, mit meinem Führerschein keine Prüfung mehr machen zu müssen. Da wäre es doch ganz gut, wenn wir das mal übten, und überhaupt, sie würde auch mitkommen. Das wurde ja immer besser.

Das Fahrtraining bestand aus zwei Teilen, Theorie und Praxis. Gekommen waren nur Männer, und die meisten waren schon etwas älter. Das warf jetzt kein gutes Licht auf die Camperei, fand ich. »Ist bestimmt Zufall«, meinte meine Frau. In der Theorie erfuhren wir allerhand über Bremswege, Gewicht, Geschwindigkeitsbegrenzungen. Spannung kam nur einmal auf, als der Prüfer – der ja eigentlich kein Prüfer war, weil er uns nicht wirklich prüfte, ich sträube mich aber, ihn Fahrlehrer zu nennen, weil ich ja schon fahren konnte –, als dieser Mann also eine Aufgabe stellte: »Angenommen Sie fahren mit Ihrem Gespann ein wenig schneller, als Sie sollten, und die ganze Chose kommt ins Schlingern. Werden Sie dann a) bremsen, b) gegenlenken oder c) Gas geben?«

Es meldete sich ein Mann mit einem Kinnbart nach Seemannsart, so eine Krause von einem Ohr zum anderen wie Gregory Peck sie trug, als er Käpt'n Ahab war und Moby Dick jagte. Bekleidet war er mit einer komischen Fotografenweste mit enorm vielen Taschen, von der ich zu diesem Zeitpunkt nicht wusste, dass ich sie auf Campingplätzen noch öfter sehen würde, weil Camper gern Sachen mit enorm vielen Taschen tragen. Fotoweste sagte: »c), Gas geben.«

»Warum?«, fragte der Prüfer, der keiner war.

»Weil ich beim Beschleunigen das schlingernde Gespann wieder geradeziehe.«

»Meine Herren, meine Dame«, sagte der Prüfer, der keiner war, »merken Sie sich eines: Wenn Ihr Gespann schlingert, dann müssen Sie bremsen, notfalls bis Sie stehen. Wenn Sie Gas geben oder gegenlenken, kann es Ihnen ganz schnell passieren, dass Sie von Ihrem eigenen Wohnwagen überholt werden. Und das ist nicht schön, weil der ja mit Ihrem Fahrzeug immer noch fest verbunden ist.« Der Mann mit der Fotoweste wurde rot. Ich habe mir diese eine Lektion wirklich gemerkt. Dafür allein hatte sich das Wochenende schon gelohnt.

Anschließend sollten wir mit unserem Wohnwagen auf einem Schulparkplatz vorfahren. Ich war der Einzige, der sich mit jemand anders, meinem Schwiegervater nämlich, einen Wohnwagen teilte. Außerdem war unser Hänger der mit Abstand älteste. Den tollsten hatte Fotoweste, mit Klimaanlage und Satellitenantenne. Ich hielt das für unsportlich und stand treu zu unserem Wohnwagen. Da hatte ich allerdings auch noch keine drei Wochen darin gelebt. Unser Trainer hatte mit roten Plastikhütchen einen kleinen Parcours aufgebaut, wir mussten Schlangenlinie fahren, das Ding rückwärts einparken und in eine Parklücke rangieren. War eigentlich gar nicht so schwer, wenn man sich beim Rückwärtsfahren erst einmal daran gewöhnt hatte, immer alles andersrum zu machen, als man eigentlich vorhatte. Das Einparken konnte meine Frau am besten.

»Das ist meine Frau«, erklärte ich Fotoweste, der mir seinerseits versuchte weiszumachen, dass man ein Gespann tatsächlich geradeziehen könnte, wenn der Wagen nur stark und schnell genug wäre, was seiner zweifellos sei.

»Meine Herren, meine Dame«, sagte unser Prüfer, der keiner war, zum Abschied, »denken Sie daran, im Zweifel immer bremsen, bremsen, bremsen.« Und damit entließ er uns auf die Campingplätze dieser Welt.

Mein Schwiegervater hatte sich große Mühe gegeben, seinen Wohnwagen extra für uns herzurichten. Das Ding hatte schon fast zwanzig Jahre auf dem Buckel, war zu seiner Zeit mal ein richtiges High-End-Modell gewesen. Inzwischen entsprach er nicht mehr ganz dem Zeitgeschmack.

Die Möbel waren im Stil Eiche altdeutsch gehalten, wobei es sich natürlich um Imitat handelte. Beim Wohnwagenbau kommt es darauf an, Gewicht zu sparen. Umso überraschter war ich, dass das Ding tatsächlich über eine Dunstabzugshaube über dem Herd verfügte, die mit feinem Summen ansprang, wenn man an einer Strippe zog. Mein Schwiegervater hatte uns eine Freude machen wollen, den Wagen innen mit Raufaser tapeziert und lindgrün gestrichen, passend zu den dunkelgrünen Vorhängen, die Schwiegermutter genäht hatte. Ich glaube, wenn es so leichte Fliesen gegeben hätte, hätte er auch noch den Boden gefliest oder Parkett verlegt, beides machte er sehr gern. Das kleine Bad war deshalb eine Enttäuschung. Es war nämlich nicht gefliest. Eigentlich handelte es sich auch nicht um ein Badezimmer, sondern eher um einen Wandschrank. Im Waschbecken kam nur Wasser, wenn man den Hahn aufdrehte und gleichzeitig eine Art Lichtschalter anknipste, erst dann sprang irgendwo eine unsichtbare Pumpe an. Eine Toilette hatte im Baujahr des Wagens nicht zum Standard gehört, weshalb ihm nachträglich ein tragbares Kassettenklo spendiert worden war. Das stand aber sicherheitshalber in einer Plastikwanne, weil die altersschwachen Dichtungen schon ein wenig leckten. Jedenfalls schwappte da irgendetwas in der Wanne.

»Was ist denn das, was da schwappt?«, fragte ich und zeigte auf die Wanne.

»Wasser«, brummte mein Schwiegervater.

Der Wagen war mit einem Doppelbett und einer Sitzgruppe ausgerüstet, wobei man die Sitzgruppe ebenfalls zu einem Bett umbauen konnte. »Himmel«, sagte ich, als ich das lindgrüne Interieur zum ersten Mal sah. Vor allem die Toilette schockierte mich wirklich, zumal diese Art Wandschrank für Kassettenklo und Waschbecken eigentlich viel zu klein war. Weshalb man große Schwierigkeiten hatte, die Tür zu schließen, wenn man es tatsächlich bis hinein geschafft hatte. Worauf hatte ich mich nur eingelassen?

»Hat mein Vater gut gemacht, nicht wahr?« Meine Frau strahlte mich an.

»Ich liebe dich«, sagte ich ein wenig zu mechanisch und schwieg dann erst einmal. Sie erklärte mir die Pläne für den Sommer. Ihre Eltern würden mit dem Wohnwagen nach Sylt vorfahren. Wir kämen nach, würden den Wagen auf der Insel übernehmen und bräuchten deshalb auch nur eine Strecke, nämlich zurück, mit dem Anhänger zu fahren. Dadurch sparten wir noch mehr, nach Sylt kann man nämlich gar nicht so einfach mit dem Auto fahren, weil es sich bekanntermaßen um eine Insel handelt. Man muss entweder die Fähre nehmen oder sich mit dem Wagen Huckepack von der Bahn transportieren lassen, die die Insel auf einem Damm mit dem Festland verbindet. Die Bahn ist sicherer, weil man für die Fähre einen Umweg über Dänemark nehmen muss und es einem auch passieren kann, dass die Fähre bei Sturm ausfällt. Sturm kommt auf der Nordsee regelmäßig vor. Von der Bahn waren mir keine Zwischenfälle bekannt, erst später hörte ich, dass schon ein- oder zweimal im Sturm Wohnwagen von den Eisenbahnwaggons geweht worden waren. Und einmal ist ein kleiner Junge aus einem Wohnmobil gefallen. Aber davon wusste ich noch nichts, mir war nur ein Vorfall persönlich bekannt. Und den verursachte mein Schwiegervater.

Er hatte nämlich eine Art Spoiler auf dem Autodach. Das Ding sollte wie ein Windabweiser funktionieren und den Luftwiderstand des Wohnwagens reduzieren, der ja ansonsten so aerodynamisch ist wie ein kleines Einfamilienhaus. Irgendwie hatte er den Spoiler aber nicht richtig auf dem

Dach befestigt, wahrscheinlich hatte er die Betriebsanleitung wieder nicht gelesen, jedenfalls drohte ihm das Blech ausgerechnet bei der Überfahrt auf der Bahn wegzufliegen. Das wäre ohne Frage sehr hässlich gewesen, weil es dann nämlich höchstwahrscheinlich hinten in seinem eigenen Wohnwagen gesteckt hätte. Oder in dem dahinter. So eine Wohnwagenhaut ist ja außerordentlich verletzlich, besteht praktisch nur aus Alu, Styropor und Pappe. Also hat sich mein Schwiegervater während der Fahrt aus dem Seitenfenster gelehnt wie einst John Wayne im Wilden Westen aus der Postkutsche und das Blech die ganze Zeit festgehalten, während Schwiegermutter drinnen seine Füße gepackt hielt. Zwanzig Minuten lang. Respekt. Wie gesagt, mein Schwiegervater sieht aus wie eine Mischung aus Bud Spencer und Luciano Pavarotti, und es war für seine Frau durchaus nicht leicht, ihn derart lang zu halten. Ich wäre gern dabei gewesen. Das Spektakulärste, an das ich mich bei unseren Familienreisen im Auto meiner Eltern erinnern kann, habe ich ja schon erzählt, das war, als meine Mutter bei voller Fahrt meinem Vater mit einem Waschlappen das Gesicht abwischte. Die Geschichte, wie mein Schwiegervater zwanzig Minuten aus dem Fenster hing, wurde jedenfalls Bestandteil der Familienlegende meiner Frau. Vor allem aber zeigt sie, dass mein Schwiegervater sehr an seinem Wohnwagen hing, ja, geradezu eine emotionale Bindung zu ihm hatte.

Was mir Sorgen bereitete, war eigentlich nicht die Anreise, mich belastete ganz etwas anderes. »Soll das heißen, wir schlafen zu sechst in dem Ding?«, sagte ich. Ich stellte mir vor, wie praktisch jeder Quadratzentimeter im Innern des Wagens mit Betten belegt sein würde. »Wir sind doch nicht auf der Flucht, wir wollen in den Urlaub.«

»Nur eine Nacht«, antwortete meine Frau. Ich rang ihr

das Versprechen ab, dass wir diese eine Nacht im Auto schlafen würden, die Kinder könnten ja meinetwegen schon mal in den Wohnwagen einziehen, aber die Vorstellung, wenn überhaupt, nur durch eine dünne Pappwand getrennt von ihren Eltern zu nächtigen, noch dazu in einem Wohnwagen, bei dem ungewiss war, ob man die Klotür wirklich zukriegte, bereitete mir massives Unbehagen. »Schön, wir schlafen im Auto«, sagte meine Frau. Was wir natürlich nicht taten, wie sich zeigen sollte.

Drei Wochen später war es dann so weit. Wir fuhren nach Sylt. Die Hinfahrt war wie immer, kein Wunder, wir hatten ja noch keinen Anhänger hinten dran. Dafür sahen wir bei Bad Segeberg etwas sehr Unangenehmes: Im Straßengraben lag ein Wohnwagengespann. Das Auto hing mit dem Heck voran von der Straße runter, der Wohnwagen war weiterhin angekoppelt, lag aber auf der Seite. Überall waren Sachen verstreut. Ich sah Handtücher, eine Kaffeemaschine und ein paar Teller, wahrscheinlich war der Wohnwagen aufgerissen, konnte man im Vorbeifahren nicht genau erkennen. Dafür sah ich ein Paar engumschlungen neben dem Wrack stehen. Die Frau schluchzte. Wenigstens schien ihnen nichts passiert zu sein. Weil schon ein Auto neben dem Unglückswagen stand und ein Mann mit einem Warndreieck am Straßenrand entlanglief, fuhr ich weiter. Wir konnten hier eh nichts mehr tun.

»Hast du die beiden gesehen?«, fragte meine Frau.

»Hm«, sagte ich, »Fotoweste war es nicht.«

»Lass die dummen Witze.« Meine Frau war ehrlich betroffen. Aber ich muss zugeben, die Szene hatte mich auch berührt. Konnte mich gar nicht erinnern, jemals einen verunglückten Wohnwagen gesehen zu haben. Wahrscheinlich hatte ich nie darauf geachtet.

In Niebüll fuhren wir auf den Zug, um nach Westerland überzusetzen. Der Transport erinnerte mich an meinen ersten und einzigen Besuch im Autokino, man bleibt auf dem Eisenbahnanhänger im Auto sitzen. Damals im Autokino hatte ich übrigens »Flammendes Inferno« gesehen und mich die ganze Zeit gefragt, was eigentlich passieren würde, wenn es zu regnen anfinge. Ich meine, man kann doch nicht »Flammendes Inferno« sehen, während vor einem der Scheibenwischer hin und her schwingt? Wie wir so mit der Bahn über den Damm fuhren, musste ich daran denken. Ich erzählte meiner Frau davon: »Was meinst du, ob in einem solchen Fall der Film abgebrochen wird?«

»Keine Ahnung«, antwortete sie ein wenig überrascht. Sie war auch mal im Autokino gewesen, hatte dort aber die »Addams Family« gesehen, da sei sie gar nicht auf die Idee gekommen, darüber nachzudenken, was bei Regen passieren würde.

Bevor wir den Gedanken weiterspinnen konnten, waren wir auch schon drüben. Da hatten wir Glück, im Sommer kommt es vor, dass sich die Autos vor der Bahn stauen, man ewig warten muss. Das Gleiche passiert dann bei der Rückfahrt noch mal.

Auf der Insel fuhren wir zunächst nach Rantum, wo sich die Schwiegereltern aufgebaut hatten. Dort wollten wir aber nicht bleiben. Ich hatte Besseres vor, traute mich nur nicht, das gleich so zu formulieren. Der Campingplatz von Rantum ist durch eine Straße vom Strand getrennt, der in Westerland reicht dagegen direkt bis in die Dünen, hat einen direkten Zugang zum Strand. Außerdem hatte er zumindest damals, ist ja schon ein paar Jahre her, die höchsten Ausstattungsnoten im ADAC-Campingführer und warb mit einem Kinderanimationsprogramm. Wenn ich mich schon auf dergleichen einlasse, so meine Überlegung, ist das Beste gerade gut genug. Wobei ich zugeben muss, dass der Platz in Rantum eigentlich ganz schön war. Den in Westerland kannte ich noch nicht.

Wir hatten einfach zu viel Kram im Auto, Gummiboot, Strandzelt, um die Kosten für einen Strandkorb zu sparen, Buddelequipment, Gasgrill, das Nötigste halt. Es war kein Platz, um auch darin liegen zu können. Auspacken konnten wir auch nicht, solange im Wohnwagen die Sachen von meinen Schwiegereltern lagen. »Ich kann doch allein im Auto schlafen«, bot ich an, »das macht mir gar nichts. Außerdem könnte ich dann besser auf unsere Sachen aufpassen.«

»Auf unsere Sachen muss niemand aufpassen«, erwiderte meine Frau und erklärte mir, dass ihre Eltern es als Affront werten würden, wenn ich draußen bliebe. Meine Frau hat wirklich sehr schöne Augen. Was hatte ich für eine Wahl?

Abends haben wir dann zusammen gegrillt. Ich wagte nicht, mehr als zwei Bier zu trinken, um später in der Nacht nicht aufs Klo zu müssen. Denn egal, wie ich es anstellen würde, ich müsste entweder das Wohnwagenklo benutzen, dessen Tür man nicht richtig zukriegte, oder mich am Lager meiner Schwiegereltern vorbeischleichen. Außerdem hatte ich Angst, ich würde sonst schnarchen. Meine Frau behauptet, ich würde schnarchen, wenn ich mehr als zwei Bier trinke. Glaube ich zwar nicht, aber wie sollte ich das überprüfen. Mein Schwiegervater hatte einen Vorhang vor unserem Bett angebracht, um uns einen Rest Intimsphäre zu bewahren. Nett von ihm. Außerdem hatte er über unserem Bett eine zweite Ebene eingezogen, es war jetzt sozusagen ein Etagendoppelbett, und die Kinder schliefen direkt über uns, und zwar nur einen halben Meter entfernt.

Ich konnte mich kaum aufrichten, starrte auf die Matratze dicht über meinem Gesicht. Wirklich bedrückend. Ich fühlte mich, als wäre ich selbst wieder Jugendlicher, hier heimlich eingedrungen und dürfte mich bloß nicht mucksen, weil mich die Eltern meiner Freundin sonst erwischen würden. Ich dachte an Michi und Basti, meine Brüder. Wenn die mich jetzt sehen könnten, sie würden sich totlachen. Jemand schnarchte. Ich hatte meinen Schwiegervater im Verdacht, linste durch den Vorhang. Er war es nicht, das kam von draußen, wahrscheinlich aus einem Zeit in der Nachbarschaft. Ich muss später doch eingeschlafen sein, jedenfalls träumte ich, ich sei tatsächlich wieder sechzehn, liege zwischen Nils und Hühnchen am Forggensee unter einer Plastikplane, die sich direkt über meinem Gesicht befindet. Jemand rüttelte an mir, ich schreckte hoch, stieß mir den Kopf am Bettrahmen über mir.

»Was ist denn?«, fragte ich noch nicht ganz auf der Höhe.

»Du hast immerzu gerufen: ›Nicht die Ente!‹«

Hühnchens versuchter Mord an einer Entenmutter, meine Mittäterschaft, jahrelang war sie tief in meinem Unbewussten verborgen gewesen. Worauf hatte ich mich da nur eingelassen?

Am nächsten Morgen wirkten die Schwiegereltern beim Frühstück bemerkenswert gut erholt.

»Bitte, pass gut auf ihn auf«, sagte mein Schwiegervater und händigte mir seine Wohnwagenschlüssel aus.

»Wird schon schiefgehen«, antwortete ich, worauf er mich ein wenig irritiert anblickte.

»Sollen wir noch bleiben und euch beim Ankoppeln helfen?«, fragte er, immerhin wollten wir ja auch heute weg hier und den Platz wechseln.

»Lass mal, ich schaff das.«

Und so fuhren sie dann los und überließen uns unserem Schicksal.

Tatsächlich brauchten wir eine halbe Stunde, weil ich die alte Anhängerkupplung nicht aufkriegte. Und das, obwohl wir rasch von Campern umringt waren, die alle gern halfen. Das muss man wirklich sagen, Camper sind eine außerordentlich hilfreiche Gemeinschaft. Sie fassen gern mit an, wenn es gilt, den Wohnwagen hin und her zu schieben oder mit irgendeinem Kabel auszuhelfen. Jetzt erklärte mir einer, ich müsste in die Kupplung greifen und die Bremsbacken auseinanderdrücken, bis sie aufschnappen. Sie mussten sich irgendwie verklemmt haben. Ich traute mich erst nicht, die Tatsache, dass da etwas schnappen könnte, wo ich meine Finger reinstecke, war mir unangenehm. Ich hatte begründete Zweifel, ob aus mir je ein guter Camper werden würde. Endlich fuhren wir los, der Anhänger wippte nur ganz leicht, ich spürte, wie er auf die Anhängerkupplung drückte. Ohne Probleme fuhren wir ins benachbarte Westerland. Als wir dort vor der Rezeption stoppten, kam ich mir schon vor wie ein Trucker. Kein schlechtes Gefühl, mit steiferen Beinen als nötig stakste ich zur Anmeldung rüber.

Wie gesagt, es ist schon ein paar Jahre her. Mag sein, dass der Campingplatz in Westerland sich seitdem kolossal verändert hat. Damals erschloss sich einem nicht sofort, warum der so eine Topbewertung hatte. Auf den ersten Blick sah er aus wie ein Parkplatz, kein Baum, kein Strauch, die Wohnwagen standen wie mit dem Lineal ausgerichtet in Reih und Glied. Aus der Nähe fiel mir dann auf, dass einige doch versucht hatten, ihrer Parzelle eine persönliche Note zu geben. Ich sah grüne Kunstrasenteppiche, einer hatte seine Parzelle mit einem kleinen Scherengitter von den Nachbarn abgegrenzt, das sich aus der Nähe als mobiles Jägerzaunimitat entpuppte. So etwas war mir in Rantum gar nicht aufgefallen. An der Rezeption erklärte mir eine Frau mit blonder Dauerwelle, wie sie das hier mit der Mülltrennung halten würden.

»Mülltrennung«, sagte ich, »Sie meinen, ich muss in meinem Wohnwagen, der kleiner ist als unsere Abstellkammer zu Hause, mehrere Mülleimer aufstellen.«

»Flaschen, Papier und Restmüll bitte getrennt«, erklärte sie ungerührt.

»Was ist mit Kunststoff, Eierschalen und Batterien?«, antwortete ich, um die Atmosphäre ein wenig aufzulockern.

Sie warf mir einen bösen Blick zu.

»Und wo geht es hier zur Kinderanimation?«

Jetzt schaute sie, als ob ich Schlimmes im Schilde führte.

»Ist nicht für mich, ist für die Kinder.«

»Die Straße runter im Jugendfreizeitheim.« Immerhin gab sie mir einen Plan mit.

Die ganze Sache hatte irgendwie etwas Deprimierendes. Aber der Strand war schön, und man musste nur über die Düne rüber.

»Da musst du schon sehr lange suchen, bis du ein Ferienhaus findest, das so toll gelegen ist«, versuchte mich meine Frau aufzuheitern.

»Das ist das richtige Stichwort«, antwortete ich, »lass uns unser Ferienhaus erst einmal aufbauen.«

So ein Wohnwagen ist ja im Grunde nur eine halbe Sache, baut man ein Vorzelt auf, verdoppelt sich die Wohnfläche. Allerdings ist das nicht ganz einfach. Es galt vierzig Stangen derart miteinander zu verschrauben, dass daraus ein tragfähiges Gerüst entstand. Das allein wäre schon schwer genug, aber man verrichtet diese Arbeit unter einer Gummihaut, die erst einmal in eine Schiene an der Vorderseite des

Wohnwagens gezogen werden muss und an der später per Reißverschluss mehrere Seitenteile befestigt werden. Vollkommen klar, dass diese Arbeit gewaltiges Konfliktpotenzial in sich birgt, vor allem, wenn man sie wie wir auch noch in einsetzendem Nieselregen verrichten muss, der einem die Brille beschlägt. Heute haben wir darin eine gewisse Routine, vor allem sind wir längst dazu übergegangen, die Kinder rechtzeitig wegzuschicken. Helfen können sie ohnehin nicht, die Gefahr, dass sie im Weg rumstehen und über kurz oder lang angeschrien werden, ist viel zu groß. Damals erkannte ich das einen Tick zu spät. Ich stolperte mit der Firststange in der Hand über Sophie, der First glitt mir aus der Hand und knallte dem Wohnwagen in die Flanke, die Flügelschraube voran. Zum Glück verfehlte sie das Küchenfenster, hinterließ dafür aber eine hässliche Delle in der Außenwand. Meine Frau fing an zu weinen. Ich brüllte den Jungen an, er solle mit seiner Schwester auf den Spielplatz gehen, entschuldigte mich gleich wieder. Der Junge trottete davon.

Wir bekamen Verstärkung, Horst mischte sich ein. Horst hatte früher einen Getränkevertrieb in Herford besessen. Den hatte er verkauft und sich zur Ruhe gesetzt. Horst besaß ein Wohnmobil, das nicht viel kleiner war als ein städtischer Linienbus, auf der Rückseite klebte die schwarze Silhouette eines großen Elchs und dreier kleiner. Ob er die alle überfahren hatte? Horst war nach uns eingetroffen, aber inzwischen längst fertig. Erst hatte er eine elektrische Satellitenschüssel ausgefahren und danach seine Markise rausgekurbelt. Und während wir verzweifelt versuchten, unsere vierzig Zeltstangen in eine sinnvolle Ordnung zu bringen, bestand seine einzige Arbeit nur noch darin, zwei stählerne Heringe in den Boden zu hämmern, mit denen man ein

Zirkuszelt hätte sichern können. An den Heringen befestigte er ein schwarzes Band, das er über die Markise legte. »Sturmband«, sagte Horst, »an der Nordsee muss man immer mit Stürmen rechnen, die können sogar Ihren Wohnwagen wegblasen.« Das Gleiche hatte mir mein Schwiegervater auch mit auf den Weg gegeben und mir geraten, im Falle eines Sturms eine Kette über die Deichsel zu legen und mit extra schweren Heringen im Boden zu verankern. Ich hatte unseren Wohnwagen für schwer genug gehalten und das nicht weiter ernst genommen, jetzt war ich mir da nicht mehr sicher. Sollte sich das hier zum Überlebenskampf ausweiten?

Horst wirkte ausgesprochen kompetent, so kompetent, wie jemand nur wirken kann, der Adiletten, eine Dreiviertelhose und – ja tatsächlich – eine Fotoweste trug. »Camping kann ganz schön entbehrungsreich sein«, stellte Horst fest, »aber das ist ja gerade das Schöne daran, in freier Wildbahn zu bestehen.«

Seine Ehefrau Monika nickte. Ich guckte auf ihre lackierten Fußnägel, die konnte man gut sehen, weil Monika auch Adiletten trug. »Wisst ihr«, sagte Monika und zündete sich eine Zigarette an, »wir hätten auch auf Kreuzfahrt gehen können, aber das ist nichts für mich. Da musst du dich jeden Tag zurechtmachen, bevor du unter Leute kannst. Das ist doch kein Urlaub. Auf dem Campingplatz ist das anders, einfach natürlicher. Übrigens, ich bin die Moni.« Moni hatte recht, es deutete wirklich nichts darauf hin, dass sie heute früh allzu viel Zeit auf ihre äußere Erscheinung verwandt hatte. Wenn man mal davon absieht, dass sie sehr viel blaue Farbe um die Augen aufgetragen und sich die Fußnägel lackiert hatte. »Und was ich auch gut finde am Camping, ist doch, dass das bisschen Haushalt überschaubar ist«, fuhr

Moni fort. Ich guckte auf das riesige Wohnmobil. Derweil zog Horst aus seiner Weste ein Werkzeug, das ich noch nie gesehen hatte, mit dessen Hilfe man aber Flügelschrauben schmerzfrei festziehen konnte. Mit Horsts Hilfe gelang es uns schließlich, das Zelt aufzubauen. Trotzdem war es Abend, bis ich alle Schnüre und Schlaufen im Boden verankert hatte.

Mein Bruder Michi hatte es sich nicht nehmen lassen, uns auf Sylt besuchen zu wollen. Er wollte doch mal sehen, wie das so sein würde, mit uns da auf dem Campingplatz. Natürlich hatte er nicht die Absicht, bei uns zu übernachten, sondern sich im Ort eingemietet. Aber er wollte mit uns essen. »Wir könnten ja grillen«, schlug ich vor. Camper grillen schrecklich gern, erstens, weil offenes Feuer einfach am besten zum Leben draußen passt, zweitens, weil Campingherde selten drei Flammen oder gar mehr haben. Und wenn, dann stehen sie dermaßen dicht beieinander, dass gar nicht so viele Töpfe raufpassen.

Aber mein Bruder wollte nicht grillen, ich glaube, die Geschichte mit dem Melamin-Geschirr hatte ihm den Appetit verdorben. »Lass uns lieber essen gehen. Bei euch, da gibt es ein Restaurant, das soll ganz gut sein, da essen sogar Leute, die nicht auf dem Campingplatz leben.«

Ich ging nicht weiter auf das »sogar« ein, stimmte zu und erklärte mich bereit, für das kommende Wochenende einen Tisch zu reservieren.

Das mit dem Tisch erwies sich als schwieriger als erwartet. »Ich kann Ihnen Freitag um 21 Uhr anbieten oder Samstag 21 Uhr 30. Oder 18 Uhr, dann müssen Sie aber nach anderthalb Stunden wieder gehen.« Es war nicht zu glauben, diese Strandstube war anscheinend ausgesprochen begehrt. Und da hatte ich geglaubt, Camper wären Selbermacher aus

Überzeugung, die gehen überhaupt nicht essen. Schließlich nahm ich die 18 Uhr, obwohl ich wusste, dass es meinem Bruder zuwider war, so früh zu essen.

Bis Samstag waren es noch ein paar Tage. Und die hätten auch sehr schön werden können. Näher am Strand konnte man in Westerland gar nicht wohnen. Es sei denn, man wäre ohne Wohnwagen gekommen und hätte direkt in den Dünen gezeltet. Das war übrigens auch nur hier erlaubt. Dafür hätte man dann aber auch immer eine Menge Sand zwischen den Zähnen gehabt, weil ein stetig frischer Wind wehte. Bei uns im Vorzelt ging es, da kriegte man nicht so viel davon mit. Dafür hatte ich ständig dieses Klingeln im Ohr. Ich versuchte, die Reißverschlüsse mit Klebeband zu umwickeln. Aber zumindest bei der Tür ging das nicht, ich hätte sie sonst nicht mehr aufbekommen. Ich fing an, aufmerksamer den Wetterbericht zu verfolgen, es war ein bemerkenswert schlechter Sommer, jedenfalls auf Sylt. Wann immer in den Nachrichten ein Hochdruckgebiet im Anmarsch war, zog es wenige Kilometer südlich an Sylt vorbei. Besonders unangenehm war das am Strand, weil der Regen dort waagerecht kam. Und ganz egal, wie rum ich diese blöde Strandmuschel aufbaute, die wir eigentlich als Sonnenschutz mitgenommen hatten, ich kriegte ihn immer von vorn ab. Der Tiefpunkt war erreicht, als wir in unsere Strandmuschel gedrückt mit meinem Schwiegervater telefonierten. »Schlechtes Wetter?«, fragte er, »ich steh hier in kurzer Hose auf der Terrasse und gieß die Blumen, die sind so trocken.«

»Mir reicht es«, sagte ich zu meiner Frau, »ich brauch eine heiße Dusche.« Sie war einverstanden, also gingen wir die Dünentreppe hinauf zurück zum Campingplatz.

Das Duschgebäude war eigentlich nicht schlecht. Es gab

nur viel zu wenig Duschen. Und ich war nicht der Einzige, der diese Idee hatte. Die lange Reihe unzureichend bekleideter Männer, die sich in dem schmalen Gang vor den Duschen gebildet hatte, irritierte mich. Das war eine Sache, an die ich mich erst gewöhnen musste, diese totale Öffentlichkeit auf Campingplätzen. Hier bleibt wenig verborgen, weil man sich immer wieder über den Weg lief. Nur Horst, der schien den ganzen Tag über in seinem gigantischen Wohnmobil zu sitzen. Wahrscheinlich verfügte dieses Monstrum über eine eigene Dusche. Ich verließ die Duschschlange wieder, beschloss stattdessen, auf die Toilette zu gehen. Ich musste zwar nicht, aber die Toilette war gerade frei. Vielleicht geht was, dachte ich, zumal ich vor zwei Tagen hier morgens erst eine traumatische Erfahrung machen musste. Seitdem achtete ich sehr auf jedes Anzeichen, eventuell auf die Toilette zu müssen.

Vor zwei Tagen waren nämlich die paar Toiletten genauso besetzt gewesen wie jetzt die Duschen. Ich stand mitten in der Schlange und ein wenig unter Druck. Eine Weile hielt ich aus, aber irgendwann erkannte ich, es wird knapp, die Schlange bewegte sich viel zu langsam. Ich fing an abzuwägen, zurück und den Lokus im Wohnwagen benutzen oder warten und das Beste hoffen. Jemand hat mir mal erklärt, mit der richtigen Atemtechnik könne man eine Menge machen. Leider hatte ich vergessen, wie das ging. Mir fiel die Schwangerschaftsgymnastik wieder ein, zu der ich meine Frau mal begleitet hatte. Da ging es doch auch darum, den Schmerz wegzuatmen. Als ich anfing zu keuchen, drehte sich mein Vordermann zu mir um. »Alles in Ordnung mit Ihnen?«, wollte er wissen. Ich blieb die Antwort schuldig, denn gerade hatte ich eine Entscheidung gefällt. Ich ließ ihn stehen und rannte zurück zum Wohnwagen. Es würde knapp werden. Schon von Weitem rief ich: »Raus, raus, alle raus!«

»Was ist denn passiert?«, fragte meine Frau besorgt.

»Ich will allein sein«, schrie ich, stürmte an ihr vorbei in den Wohnwagen und verriegelte hinter mir die Eingangstür. Es ging nicht anders, die Toilettentür ließ sich ja nicht schließen, und ich brauchte einfach ein bisschen Privatsphäre. Anschließend erklärte ich mich bereit, die Toilettenkassette vorzeitig wegzubringen, eine Arbeit, an die ich mich auch erst einmal gewöhnen musste, die aber alle zwei Tage fällig war, weil unsere Kinder grundsätzlich nur das Klo im Wohnwagen benutzten. Dafür hatte ich vollkommenes Verständnis, ich begriff nur nicht recht, warum das Wegbringen des Klos Männersache sei, wie meine Frau behauptete. Ich fügte mich aber schließlich, nachdem ich beobachtet hatte, dass auf Campingplätzen tatsächlich nur Männer mit den Toiletten hantieren. Ich habe niemals auch nur eine Frau vor der Chemieklo-Entsorgungsstation gesehen. Das ist interessant, weil ich mir nicht sicher bin, ob die gleichen Männer sich auch zu Hause allein für die Reinigung der Toilette zuständig fühlen. Daran sieht man, was soziale Kontrolle auf einem Campingplatz bewirkt.

Samstag war es so weit, mein Bruder Michi kam mit seiner Frau Carola. Carola trug Stöckelschuhe, was mir gleich auffiel, weil es auf dem Campingplatz ansonsten nur drei Arten Schuhe zu geben schien: Flip-Flops, Clogs oder Adiletten – Jahre später kamen noch Crocs dazu und sind heute auf dem Weg, die anderen drei komplett zu ersetzen. Ich trug inzwischen auch Clogs, weil sich meine Espadrilles im aufgeweichten Boden derart vollgesogen hatten, dass sie auseinandergequollen waren. Stöckelschuhe waren für den Boden hier auch nicht geeignet. Carola blieb stecken, rief:

»Michi, Michiiii, warte doch mal«, und zeigte auf Horsts Wohnmobil. »Schau mal, Michi, scharf.« Wenn Carola etwas gefiel, sagte sie immer scharf. »Hier wohnen ja Leute, die könnten sich wahrscheinlich auch ein Hotel leisten.«

»Wie meinst du denn das?«, fragte ich sie.

»Na, so ein Gerät kostet doch bestimmt ein Vermögen.« Da hatte sie recht, für den Gegenwert von Horsts Wohnmobil konnte man sich wahrscheinlich ein Einfamilienhaus leisten, vielleicht nicht in 1a-Lage, aber immerhin. Für unseren Wohnwagen galt das sicher nicht. »Und hier wohnt ihr?«, fragte Carola.

»Hm«, antwortete ich und nahm ein paar nasse Handtücher ab, die mitten im Gang hingen. Draußen wurden die ja nicht mehr trocken, im Wohnwagen ging das ganz gut.

»So ähnlich muss das bei den Zwischendeckpassagieren früher auf den Auswandererschiffen ausgesehen haben«, meinte Michi. »Habt ihr eigentlich auch fließend Wasser hier drin?« Ein wunder Punkt.

»Kommt darauf an, was du mit fließend meinst, also, es kommt schon aus dem Hahn. Wenn es das ist, was du wissen willst«, erwiderte ich.

»Auch warm?«, fragte er weiter.

»Wieso, willst du dich rasieren?« Ich beschloss, ihn von diesem Wasserthema wegzubringen, bevor er noch wissen wollte, wie viel Liter aus dem Hahn kommen. Es sind zwanzig, um genau zu sein, dann muss ich neues holen, mit der Kanne. »Guck mal«, sagte ich und machte die Kühlschranktür auf, »wir haben sogar einen Kühlschrank, mit Eisfach, nicht bloß so eine blöde Minibar. Und das habe ich alles selber mit dem Auto hierhergezogen.« Was genau genommen nicht wirklich stimmte, weil mein Schwiegervater den Wohnwagen nach Sylt gebracht hatte, aber das letzte Stück hatten ja wir bewältigt. »Alles meins, können die Kinder sogar mal kaputt machen, wenn ihnen ein Malheur passiert, sagt keiner was, das ist entspannt, sage ich dir«, setzte ich meinen Werbefeldzug fort. Okay, das mit dem Kaputtmachen, da würde ich es jetzt auch nicht drauf ankommen lassen, war aber egal. »Komm«, sagte ich, »wir gehen ins Vorzelt und nehmen noch einen Aperitif.« Carola stand schon neben unserem Campingtisch, guckte jetzt den Stuhl an, war sich wohl nicht sicher, ob sie sich hinsetzen sollte. »Lafuma«, ließ ich sie wissen, »ein französisches Qualitätscampingmöbel mit eingebautem Polster, nicht billig, kannst du dich ruhig hinsetzen.« Carola war ein bisschen wählerisch in den Dingen, mit denen sie sich umgab. Sie beachtete den Stuhl nicht weiter, befingerte stattdessen einen gestrickten Wollkraken, der von der Decke hing. »Was ist das denn?«

»Ach«, meinte meine Frau, die bis jetzt geschwiegen hatte, »der gehört zur Grundausstattung, der hängt schon seit Jahren immer an der Firststange.«

»Habt ihr eigentlich mitgekriegt, dass ein Sturmtief im Anmarsch ist, ich würde den lieber abhängen, wenn euch etwas an dem Kraken liegt.«

Das Essen war dann tatsächlich so gut, dass selbst Michi nichts daran auszusetzen fand. Trotzdem war ich nicht ganz bei der Sache. Ein Sturmtief, ich dachte an unser Vorzelt. Und an den Wohnwagen. Man kennt ja diese Bilder von Windhosen, die durch einen Campingplatz pflügen. Und hinterher liegen die kaputten Anhänger rum, als wären es aufgeplatzte Papiertüten. Und die Zelte steigen auf, als ob es Kinderdrachen wären, bis sie sich losreißen und einfach wegfliegen. Nun, wir mussten sowieso früher gehen als erwartet, nach anderthalb Stunden kam der Kellner und sagte, unsere Zeit sei um. Als wir vom Essen zurückkamen, war überall geschäftige Aktivität. Normalerweise war auf diesem Platz und bei diesem Wetter abends nichts los, wahrscheinlich, weil sie alle vor der Tagesschau saßen. Auch einer dieser Punkte, die mich ein bisschen störten. Nun hörte man überall ein einziges Hämmern. Michi schien ein wenig beunruhigt. »Sag mal, und ihr wollt wirklich hierbleiben?« fragte er.

»Na klar, meinst du denn, wir hauen jetzt ab, bloß weil Sturm kommt?«

Mein Bruder nahm mich in den Arm, tat er sonst nie. »Mach's gut, Bruder, man sieht sich.« Dann gingen er und Carola, sie wollten gleich morgen früh wieder runter von der Insel und rüber nach Amrum, wo die beiden Urlaub machten.

Auch wir spannten nun Seile, und zwar alle, die wir hatten. Horst kam auf seinen Adiletten rüber und brachte uns ein Sturmband. »Habe ich über«, verkündete er, der herzensgute Elchjäger. Also legten wir auch noch das Sturmband übers Vorzelt, nachdem uns Horst erzählt hatte, er habe mal gesehen, wie ein Zelt aus der Schiene am Wohnwagen gerissen sei. Schließlich legte ich die Kette über die Deichsel und hämmerte die schweren Bodennägel in die Erde. Und zuletzt füllte ich unseren Wassertank, das würde uns noch einmal zwanzig Kilo schwerer machen. Dann stiegen wir in unseren Wohnwagen, verriegelten die Tür, würfelten und lasen. Und der Wind rüttelte am Wagen. Und der Regen prasselte auf das Dachblech und gegen die Scheiben. Wir schauten aus dem Bett durchs Fenster, draußen war keine Menschenseele zu sehen. Nachts hörte der Sturm schließlich ganz einfach auf. Wir sind raus und auf den Strand gelaufen. Ich fühlte mich, als hätte ich etwas Besonderes erlebt. Der Himmel war sternenklar. Sogar unser Junge war ein bisschen beeindruckt.

Wir verbrachten sehr viel Zeit zusammen in den nächsten Tagen. Schleppten Wasser ran – muss man ja extra alles ranschaffen –, Abwasser weg, kontrollierten die Schnüre und die Heringe, ob alles noch fest war. Das Klingeln der Reißverschlüsse, das ging nicht weg. Aber ich hatte mich schon ein bisschen daran gewöhnt. Das war halt der Preis, wenn man Teil einer Gemeinschaft werden wollte.

»Und?«, fragte meine Frau. »Wie ist es?«

»Ganz gemütlich«, antwortete ich, »aber lass uns das nächste Mal in den Süden fahren.«

4

Italien, erster Versuch

Es ging bergauf. Der Lastwagen vor mir verlor bereits deutlich an Fahrt. »Wenn ich jetzt hinter dem bleibe, werden wir den ganzen Weg zum Brenner hochkriechen müssen«, murmelte ich vor mich hin. Ich spürte den Blick meiner Frau von der Seite.

»Du willst den überholen?«

»Ja, sonst müssen wir hinter dem herkriechen. Und dann kocht der Motor.«

Ich guckte in den Spiegel, die Lücke schien mir groß genug, setzte den Blinker und gab Gas. Buchstabe für Buchstabe konnte ich den Schriftzug studieren, während wir uns langsam an dem Laster vorbeikämpften. Es war ein Belgier, offenbar hatte er Tiefkühlkost geladen. Ich erreichte das Fahrerhäuschen, kam aber nicht weiter voran. Wir waren jetzt gleich schnell und auf gleicher Höhe.

»Verdammt!« Ich konnte regelrecht spüren, wie sich bei mir alle Poren öffneten, das passiert immer, wenn ich nervös werde.

»Du schwitzt ja so«, sagte meine Frau.

»Ja«, antwortete ich, »wisch's bloß nicht weg.« Ich dachte an meine Mutter, wie sie meinem Vater mit dem Lappen die Augen zugehalten hatte. Das Gaspedal ließ sich nicht weiter treten, es lag praktisch bereits auf dem Bodenblech auf.

»Warum ruckelst du denn immer so vor und zurück? Meinst du, wir werden dadurch schneller?« Wenn meine Frau eine Kehrseite hat, dann die, dass sie zum Sarkasmus neigt, vor allem in Situationen, die ich kritisch finde und von denen sie annimmt, ich hätte sie verursacht. Ich bemühte mich, nicht mehr mit dem Oberkörper zu schaukeln, antwortete ihr aber nicht. Stattdessen duckte ich mich nach rechts, warf an meiner Frau vorbei einen Blick durch das Beifahrerfenster. Schräg oben sah ich den belgischen Trucker. Er grinste aus der Höhe seines Fahrerhäuschens zu mir runter und machte mit der linken Hand eine schiebende Bewegung. Dabei gewann er an Boden, langsam, aber merklich fiel ich zurück. Verdammt. Hinter mir hatte sich schon eine kleine Schlange gebildet. Ich gab auf, ordnete mich wieder hinter ihm ein.

Wir hätten den Tauerntunnel nehmen sollen. Aber dort hatten sie im Radio Stau gemeldet. Während wir also gemeinsam den Aufstieg zum Brenner nahmen, beobachtete ich, wie sich die Kühlwasseranzeige dem roten Bereich näherte. Wie hatte Wolle so schön gesagt? »Du wirst ja nicht über die Alpen fahren.« War aber auch ein heißer Tag heute. Trotzdem schaltete ich die Heizung an, trockener Wüstenwind blies uns an. »Tut mir leid«, sagte ich, »aber Wolle hat gesagt, wenn das Kühlwasser zu heiß wird, soll ich die Heizung einschalten.« Meine Frau schwitzte jetzt auch, dafür war die Nadel der Kühlwasseranzeige tatsächlich stehengeblieben. Sie ging sogar ein Stückchen zurück. Die Kinder meldeten sich von hinten.

»Warum is'n so heiß?«, nölte der Große.

»Weil Sommer ist«, gab ich zurück, »schöner heißer italienischer Sommer.« Dabei winkte ich den Autos zu, die jetzt an mir vorbeizogen. Manche Fahrer zeigten mir einen Vogel.

Zwanzig Minuten später hatte ich mich wieder an den Belgier herangekämpft. Jetzt ging es bergab.

»Lass es doch«, bat meine Frau.

»Nee, nee, nee, man sieht sich immer zweimal im Leben.«

Im Nu war ich beim »B« von »Bruxelles«, diesmal war ich deutlich schneller. Die Bö traf mich, als ich gerade das Fahrerhäuschen passiert hatte. Das passiert oft, hat irgendwie mit der Luftströmung zu tun oder mit dem Windschatten. Wird man zum Beispiel zügig von einem Reisebus überholt – erstaunlich, wie schnell die Dinger manchmal unterwegs sind –, kommt es vor, dass die einen Wohnwagen regelrecht ansaugen. Fährt man selbst an einem Lastwagen vorbei, wird man weggestoßen. Der hier stieß mich sehr kräftig weg. Unser Wohnwagen kam ins Taumeln. Ich spürte es erst in den Händen, dann, als der Adrenalinstoß dort angekommen war, im Magen. Ich dachte an Fotoweste und den Prüfer, der keiner war, sagte »bremsen, bremsen, bremsen« und bremste. Erstaunlich, wie schnell sich das Gespann wieder beruhigte. Dafür war hinter mir eine Menge los, ich blickte in mehrere Lichthupen, sah diverse ausgestreckte Mittelfinger, während erneut eine Karawane an mir vorbeizog.

»Die müsste man alle anzeigen«, schimpfte ich, während der Belgier wieder davonzog.

»Darf ich dich daran erinnern, dass der Wohnwagen meinen Eltern gehört? Außerdem haben wir in Nürnberg diesen Schlingerdämpfer verloren, und du hattest mir versprochen, deshalb vorsichtig zu fahren.« Meine Frau war jetzt wirklich sauer.

»Es war nicht in Nürnberg, sondern bei Nürnberg«, entgegnete ich, »und du warst es, die mir verboten hat, bei Obi auf den Parkplatz zu fahren, um das Ding zu reparieren.«

Tatsächlich wäre es nicht leicht geworden, an einem Samstagvormittag mit einem elf Meter langen Gespann auf einen Baumarktparkplatz zu fahren, weshalb ich ziemlich schnell eingelenkt hatte. Aber das mit dem Schlingerdämpfer war ärgerlich. Dabei handelt es sich um eine Metallkonstruktion, die auf der Kupplung sitzt und seitliche Schlingerbewegungen verhindern soll. Das altersschwache Ding war einfach abgerissen und hing nur noch nutzlos an der Kupplung. Erst hatte ich versucht, da was zu reparieren, dann aber aufgegeben und behauptet: »Ach was, Schlingerdämpfer gab's früher auch nicht, geht auch so.« Wolle wäre stolz auf mich gewesen.

Wir übernachteten auf einem Campingplatz in den Bergen. Meine Frau hatte mich dorthin gelotst, mit dem Campingführer auf dem Schoß. Die Anfahrt war für Wohnwagen komplett ungeeignet, man musste durch einen Tunnel und sich zudem in Serpentinen eine mörderische Steigung hinauf- und wieder hinunterwinden. Wahrscheinlich war das der Grund, warum es auf dem Platz kaum Wohnwagen gab. Es gab ohnehin nicht viel. Ein kleines Sanitärhäuschen, das dem ADAC-Campingführer keinen Stern wert gewesen war, keine Kinderanimationen, keinen Surfkurs, kein Laden, nur eine Wiese, den See und den Blick auf die Gipfel der Dolomiten ringsum. Wunderschön. Man hätte hier ohne großen Aufwand eine neue Folge von Jurassic Park drehen können, »Teil 5, das vergessene Tal«. Leider haben wir uns weder den Namen gemerkt, noch ist es uns in den Jahren danach gelungen, diesen Platz jemals wiederzufinden. Wahrscheinlich haben sie inzwischen den Tunnel zugeschüttet. Aber er gab mir den Glauben an die Lebensform Camping zurück.

»Warum bleiben wir nicht hier?«, fragte ich meine Frau,

während ich den Kindern beim Spielen am Seeufer zuguckte.

»Weil du in Venedig gebucht hast«, antwortete meine Frau. Auch das stimmte nicht ganz, es war nicht in Venedig, sondern nur in der Nähe. Aber ja, ich hatte dort gebucht, weil man mir gesagt hatte, ich würde dort sonst nie einen Platz bekommen.

»Du hast recht«, sagte ich also großzügig, »und da will ich auch immer noch hin!« Warum sollen Kultur und Camping nicht auch zusammengehen, ich lass mich doch nicht auf Grillen und Klo wegbringen reduzieren.

Der Littorale del Cavallino ist eine Halbinsel in der Adria, die sich durch ihre langen Strände auszeichnet, den kurzen Weg rüber nach Venedig und die mutmaßlich größte Campingplatzdichte Europas – es sind ungefähr vierzig. Entsprechend viele Gespanne machen sich dorthin auf den Weg. Und es gibt im Grunde nur eine Straße, die den Cavallino erschließt. Das wahre Nadelöhr aber war die letzte Mautstation davor. Alle, die aus Richtung Verona kommen, mussten hier durch, die, die zum Cavallino fahren, und die, die rüber nach Triest fahren. Die Mautstation war gigantisch, schon von Weitem sah ich, dass mindestens zehn Spuren geöffnet waren. Davor aber hatten sich ungefähr achtzehn Schlangen gebildet, die pfeilförmig auf die Station zuhielten, je näher man der Mautstation kam, desto größer wurde das Chaos. Autos bedrängten uns von links und rechts, wollten partout in unsere Spur. Eine Weile ließ ich sie gewähren, kam allerdings auf diese Weise der Schranke keinen Meter näher. »Warum lässt du die alle rein?«, schimpfte meine Frau. Ich änderte meine Taktik, versuchte nie mehr als zwanzig Zentimeter zwischen mir und dem Vordermann zu lassen, was nicht so einfach war mit anderthalb Tonnen Wohnwagen im

Rücken und einer Heizung, die einen zuverlässig mit Heißluft versorgte. Wieder näherte sich einer von links, der Beifahrer, ein schon etwas älterer Herr mit grauem Haar, brüllte irgendetwas. Ich verringerte den Abstand zum Vordermann auf zehn Zentimeter, bremste scharf, mit einem Ruck lief der Wohnwagen hinter mir auf. Der Grauhaarige aus dem Fiat neben uns stieg aus, lief gestikulierend neben uns her und setzte sich schließlich auf unsere Haube. »Hey«, rief ich aus dem Fenster, worauf der Alte auf unsere Haube schlug und irgendetwas brüllte, das sich wie »stupido« anhörte. Der Wagen vor mir fuhr weiter, ich hielt Anschluss, der Grauhaarige blieb auf unserer Haube sitzen. Langsam fiel der Fiat, aus dem er gekommen war, zurück. Sein Fahrer versuchte jetzt, sich hinter uns in die Schlange zu drängen.

»Wer ist der Mann?«, meldete sich die Kleine von hinten.

»Keine Ahnung«, sagte ich wahrheitsgemäß und fragte mich, was die da vorn wohl sagen werden, wenn wir mit dem Mann auf unserer Haube durch die Schranke fahren. Dazu kam es aber nicht, nach ein paar Metern stieg er schimpfend ab und ließ uns ziehen. Damit hatten wir die Einfahrt in eine der beliebtesten Ferienregionen Europas erzwungen.

Auf dem Cavallino gibt es nicht nur ungeheuer viele Campingplätze, hier sind auch die größten Europas. Der größte von allen, Union Lido, beherbergt im Sommer elftausend Gäste, davon siebzig Prozent aus Deutschland sowie jeweils elf Prozent aus den Niederlanden und Italien. Die können sich auf einem Gelände von einem halben Kilometer Breite und einem Kilometer Länge niederlassen, weshalb Union Lido dichter besiedelt ist als Monaco, das mit siebzehntausend Menschen pro Quadratkilometer am dichtesten besiedelte Land der Welt. Union Lido hat seinen eigenen vierzig Meter hohen Wasserturm, damit auch noch genug Druck in der Leitung ist, wenn alle Duschen gleichzeitig aufgedreht werden, gibt im Jahr mehr Geld für Pflanzen aus als Berlin für seinen Tiergarten, hat eine eigene Geschäftsstraße an seiner eigenen Fußgängerzone mit sieben Restaurants, Boutiquen, einem Schuhgeschäft und einem Juwelier. Union Lido hat sogar seinen eigenen Sicherheitsdienst, der im Golfcar mit Blaulicht kommt, wenn sich mal zwei Camper streiten. Kurz, der Platz machte mir Angst, weshalb ich auf einem deutlich kleineren Gelände reserviert hatte. »Ihr werdet sehen, der hat auch einen eigenen Strand. Und einen Pool.« Beides stimmte. Der als besonders familienfreundlich annoncierte Pool erwies sich jedoch in der Realität als dreißig Zentimeter flacher Tümpel, in dem Erwachsene nichts anderes tun konnten, als immer im Kreis zu laufen.

Das heißt, nachdem wir tatsächlich Venedig besucht hatten, konnte ich nicht einmal mehr das. Ich wollte nämlich unbedingt den Dogenpalast von innen sehen, wozu der Rest der Familie keine Lust hatte. Ich setzte sie also an einer Eisdiele um die Ecke vom Markusplatz ab, am Markusplatz selbst konnten wir uns leider kein Eis leisten, und ging in den Palast. Dort hatten sie so ein innovatives Audioguide-System, bei dem einem immer nur das erzählt wurde, was man sich gerade anschaute. Gesteuert wurde das Ganze über einen Infrarotsender, den man auf dem Kopf trug, man bekam nur dann etwas zu hören, wenn man den Kopf in Richtung eines der in den Räumen verteilten Empfänger schwenkte. Das hatte natürlich auch eine spielerische Komponente. Ich entwickelte rasch allerhand Ehrgeiz darin, überall nach Infrarotempfängern zu suchen – auch auf der Treppe blickte ich den Kopf mit dem daran befestigten Sender schwenkend nach oben. Es war eine sehr alte und reichlich unebene Treppe. Ich war jetzt Tom Cruise in »Mission Impossible«, schwenkte den Kopf und machte »bsss, bsss«. Und dann fiel ich die Treppe runter, weil ich beim Starren an die Decke eine Stufe übersehen hatte. Dabei vertrat ich mir den Fuß derart unglücklich, dass der Knöchel anschwoll.

Für einen Moment dachte ich, dass ich meine Familie nie wiedersehen würde. Ich konnte nicht mehr auftreten, folglich konnte ich auch den vereinbarten Treffpunkt nicht erreichen. Nicht einmal das Handy hatte ich mitgenommen. Einer der Wächter war so nett, mir seinen Stuhl anzubieten. Er wollte sogar einen Arzt holen, aber ich lehnte ab. Stattdessen dachte ich darüber nach, wer jetzt wohl das Gespann nach Hause fahren würde. Schließlich hüpfte ich auf einem Bein über den Markusplatz, schaffte es auf diese Weise bis zu meiner Familie. Die nächste Stunde fuhren wir Gondel. Eigentlich sind nur maximal vierzig Minuten üblich, aber als mir der Gondoliere nach zähen Verhandlungen finanziell nicht mehr entgegenkommen wollte, zeigte ich ihm meinen Fuß und verzog mein Gesicht vor Schmerzen. Wir kriegten eine Stunde zum Preis von vierzig Minuten, allerdings hatte ich den Eindruck, der Gondoliere wusste gar nicht, wo er die abrudern soll. Jedenfalls dümpelten wir irgendwann durch die Docks, sahen Kanäle ohne jedes andere Boot.

Zum Glück war es vom Gondelliegeplatz zum Schiffsanleger nicht weit. Ich überwand die Strecke auf meine Frau gestützt. Drüben auf dem Cavallino stand ja unser Auto im Hafen. Und auf dem Campingplatz gab es eine kleine Arztpraxis, in der Pierluigi Gattoni zweimal am Tag Sprechstunde hielt. Ich war nicht der Einzige im Wartezimmer, da saß noch ein missmutig dreinblickender Mann mit Ohrenschmerzen. »Habe ich bestimmt hier aus dem Pool«, sagte er.

»Sie waren in einem dreißig Zentimeter tiefen Becken tauchen?«, fragte ich ungläubig. Wilfried, so hieß mein neuer Freund, erklärte mir daraufhin, ob ich überhaupt eine Ahnung hätte, wie rasend sich Keime in achtundzwanzig Grad warmem Pool-Wasser vermehrten, vor allem dann, wenn Kleinkinder ständig reinpinkelten.

Als Dottore Gattoni seine Praxis zehn Minuten nach der auf seinem Schild versprochenen Öffnungszeit aufschloss, hatte ich beschlossen, den Pool vorläufig zu meiden und lieber im Meer zu baden. Wilfried, die Hände fest auf die Ohren gepresst, fragte den Arzt, wo der denn so lange geblieben wäre. Die Antwort wartete er erst gar nicht ab, er hätte sie sowieso nicht verstanden, weil er sich ja die Ohren zuhielt. Stattdessen schob Wilfried sich an Dottore Gattoni vorbei in dessen Behandlungszimmer.

Fünf Minuten später war ich dran. Dottore Gattoni trug keinen Kittel, sondern Bermudas und T-Shirt, er sprach Deutsch. »Ist merkwürdig«, meinte er, während er meinen Knöchel betastete, der bereits deutlich weniger schmerzte und auch gar nicht mehr so schlimm aussah, »die Leute haben nicht mal im Urlaub Zeit für ihre Krankheit.« Er verpasste mir eine Bandage, empfahl mir, den Knöchel zu kühlen und versicherte, es sei nichts gebrochen.

»Wie können Sie da so sicher sein?«, wollte ich von ihm wissen, immerhin habe er meinen Fuß nicht geröntgt. Der Dottore reagierte ein bisschen beleidigt. »Schauen Sie«, sagte er, »dies hier ist ein Campingplatz, die Leute laufen den ganzen Tag in komischen Latschen rum. Was glauben Sie, wie oft ich umgeknickte Füße sehe?« Dann nahm er mir fünfzig Euro ab.

Signore Gattoni hatte recht, tatsächlich hatten viele Leute komische Latschen an. Viele waren aber einfach barfuß unterwegs, trugen den ganzen Tag nichts anders als ihre Badehose. Sie gingen sogar in der Badehose im platzeigenen Laden einkaufen. Frauen beugten sich nur mit einem Bikini und einem Tuch um die Hüften über die Tiefkühltruhe, Männer standen in kurzen Hosen vor der Wursttheke. Ich habe eine Freundin, die hat mal auf einem Campingplatz in Frankreich gejobbt. Es war ein FKK-Platz. Habe ihr alles nichts ausgemacht, sagte sie, nur wenn sie im Laden aushelfen musste, das habe sie schon sehr irritiert, wenn die Leute nackt vor ihrer Kasse auftauchten oder am Obststand in der Schlange standen. Es gibt wahrscheinlich keinen Ort auf der Welt, wo das Private derart öffentlich ist wie auf dem Campingplatz. Zum Glück bin ich mir da mit meiner Frau sehr einig, einen FKK-Platz wollten wir lieber nicht ausprobieren.

Wenn man will, kann man sich auf einem Campingplatz natürlich auch als Teil einer Familie fühlen. Ist ein bisschen weniger geworden, seit es den Mover gibt, das ist ein kleiner Elektromotor, mit dem heute gefühlt jeder zweite Wohnwagen ausgerüstet ist. Mit dem Mover lässt sich der Wohnwagen per Fernsteuerung in die kleinste Lücke manövrieren. Hat man keinen Mover, kann man aber sicher sein, dass fünf, sechs Leute aufspringen, wenn man das erste Mal mit dem Wohnwagen vor seiner Parzelle steht. Sie wollen dann unbedingt alle helfen. Denn die Anteilnahme am Schicksal des Nachbarn ist immer noch groß. Wir hatten zum Beispiel einen riesigen Sonnenschirm vor unserem Zelt aufgebaut und einfach stehen lassen, während wir in Venedig gewesen waren. In unserer Abwesenheit frischte der Wind auf, und das Ding wäre mit Sicherheit weggeflogen, wenn unsere Nachbarn den Schirm nicht abgebaut und vor unser Zelt gelegt hätten. Nun, vielleicht hatten sie einfach auch nur Angst, der Schaft würde in ihr Auto donnern, wenn der Schirm abhebt.

Ich begann, mich mit dem Platz anzufreunden. Wir standen sehr schön unter hohen alten Bäumen. Dabei hatte ich zuerst damit gehadert, dass wir keinen Platz noch dichter am Strand bekommen hatten. Aber dort gab es keine Bäume, die Wohnwagen köchelten unter provisorisch aussehenden Mattendächern in der Sommerhitze vor sich hin. Logisch, Campingplätze, die so groß wie Städte sein können, haben natürlich bessere und schlechtere Viertel. Und man kann es auf dem schönsten Platz ganz furchtbar antreffen, wenn es einen in den platzeigenen Slum verschlägt. Wenn sie einen zum Beispiel unmittelbar neben das Klo-Haus stellen. Oder neben die Eisdiele, wo sich den ganzen Tag kichernde Teenager rumtreiben. Oder neben das Zelt der Kinderanimateure, und jeden Tag um 16 Uhr schallt aus zwei Dutzend kleinen Kehlen »Schni-Schna-Schnappi« zu einem rüber. Unsere Parzelle lag in einem der besseren Viertel. Sie hatte nur einen Schönheitsfehler, sie lag genau neben den Mülltonnen. Weshalb meine Frau auch zuerst von mir verlangt hatte, ich solle mich an der Rezeption um eine andere Parzelle bemühen. Ein aussichtsloses Unterfangen, es gab nämlich keine. Also war ich in den platzeigenen Campingladen gegangen und hatte für teures Geld eine gigantische Stoffwand gekauft, acht Meter lang. »Schatz, schau mal, ich bau dir eine Privatsphäre.« Meine Frau war natürlich sofort misstrauisch. Ich errichtete also schleunigst meine Stoffwand, weil, aus dem Auge, aus dem Sinn. Tatsächlich war von den Mülltonnen nichts mehr zu sehen, und nur wenn der Wind sehr ungünstig stand, konnte man sie ein kleines bisschen riechen. Immerhin, meine Frau war zufrieden. Erst zu Hause sollte sie sich wieder beklagen, weil es auf unseren Fotos so aussah, als hätten wir vor einer gigantischen Plastiktüte Urlaub gemacht. Aber wie gesagt, das sah man erst später auf den Fotos, vor Ort fiel es uns gar nicht wirklich auf.

Um ehrlich zu sein, gab es da noch eine Tücke, der Boden war nicht ganz eben, weshalb es uns einige Mühe gekostet hatte, den Wagen mithilfe einer Wasserwaage und mehrerer Holzklötzchen gerade auszurichten. Ich merke es sofort, wenn der Wagen nicht gerade steht, wenn ich etwa mit dem Kopf nach unten hänge oder immer zur Seite rolle, dann kriege ich kein Auge zu. Außerdem war der Boden sehr verdichtet, wahrscheinlich, weil schon so viele Wohnwagen über ihn hinweggerollt waren. Die Sommersonne hatte ihn überdies knüppelhart gebacken. »Der nimmt kein Regenwasser auf«, warnte uns Rüdiger, unser Nachbar, als sich am Himmel Gewitterwolken zusammenzogen, »besser Sie heben einen Abzugsgraben aus.« Rüdiger kam aus einem Münchner Vorort, und wir sahen ihn immer nur in seinen khakifarbenen Shorts. Weshalb Rüdiger tiefbraun und auch schon ein bisschen verknittert aussah, wie Dörrfleisch eben. Rüdiger war ein alter Fahrensmann, der seinen Erzählungen zufolge praktisch schon jeden Campingplatz zwischen dem Nordkap und dem Süden Apuliens angesteuert hatte. Aber am liebsten stand er hier. »Der beste Platz der Welt«, pflegte Rüdiger zu sagen, ohne je zu erklären, warum. »Attenzione per favore«, unterbrach uns eine knarzende Stimme aus dem Lautsprecher. Solche Ansagen rissen einen hier fünfmal am Tag aus der Urlaubsruhe, mal wurde der Kundschaft in vier Sprachen erklärt, dass jetzt Mittagspause sei, mal wurde für eine Musicalaufführung der platzeigenen Theatertruppe geworben, auch in vier Sprachen und minutenlang. Diesmal wurde aufziehender Starkregen angekündigt. »Sehen Sie«, sagte Rüdiger mit Triumph in der Stimme, »besser, Sie heben einen Graben aus.« Andernfalls würde nämlich die zu erwartende Flut in unser Vorzelt laufen.

Ich sah mich um, überall wurde gegraben. »Wir haben auch einen kleinen Spaten dabei«, stellte meine Frau klar, und ich dachte erst, sie meint Florians Buddelschippe. Stattdessen zog sie aus der vorderen Klappe, die, in der unsere Gasflaschen drinstanden und wo ich auch die Holzklötzchen gefunden hatte, einen kurzen Klappspaten. Der Gaskasten war ein Phänomen, er entsprach praktisch einer überdimensionalen Schublade, wie man sie bei Großvätern im Keller erwartete, und in der sich allerlei Krimskrams befand, von dem man nie geahnt hätte, dass man ihn mal brauchen würde. Ich empfand plötzlich große Ehrfurcht vor der lebenslangen Camper-Erfahrung meines Schwiegervaters und fragte mich, wie andere Menschen, die nicht solch eine Schublade haben, sich in solchen Situationen bewährten. »Nun guck nicht«, sagte meine Frau, »es kann jeden Moment anfangen zu regnen«, und drückte mir den Spaten in die Hand. Mir fiel auf, dass ich noch nie einen Klappspaten in der Hand gehabt hatte, und ich wusste im ersten Moment gar nicht, wie man den aufklappt und arretiert.

»Wo hat dein Vater den bloß her?« Der Spaten war schon ein bisschen verrostet, der hölzerne Griff sah speckig aus. Wahrscheinlich handelte es sich bei dem Ding um ein Erbstück, und damit waren schon im Ersten Weltkrieg Gräben ausgehoben worden. Ich rammte ihn in den Boden, sagte »mein Fuß«, allerdings war der Knöchel kaum noch geschwollen. Verdrossen machte ich mich also an die Arbeit.

Es war eine mörderische Aufgabe, den harten Boden

mit dem kleinen Spaten rund um unser Vorzelt aufzugraben. Wenn es nach mir gegangen wäre, hätten wir ja auf das Zelt verzichtet. Aber das wäre auf diesem Campingplatz ein schwerer Fehler gewesen. Natürlich hätte man auch ohne Zelt draußen sitzen können, warm genug war es ja. Wir brauchten es jedoch unbedingt, um uns darin zu verstecken, wenn abends der Mückenwagen kam. Dabei handelte es sich um eine Art Tankwagen, der in der Regel kam, wenn wir gerade aßen. Wer den Mückenwagen zuerst sah, musste Alarm rufen, dann griffen wir uns den Tisch, trugen ihn so schnell wie möglich rein und zogen hinter uns den Reißverschluss zu. Andernfalls hätte uns der Mückenwagen unweigerlich mit irgendeinem Insektizid eingesprüht. Dabei gab es gar nicht besonders viele Mücken. Und die, die es gab, verbrutzelten in diesen komischen blauen Lampen, die überall zu ebendiesem Zweck aufgestellt worden waren und uns stetig daran erinnerten, dass man beim Camping der Natur zwar irgendwie näher war, dafür aber auch eine ganze Menge Anstrengungen unternommen wurden, sie nicht näher kommen zu lassen als nötig. Nun, ich trug das meine dazu bei und hob eine handbreite Rinne im Halbkreis um unser Vorzelt aus. Mehr schien mir übertrieben, außerdem war ich am Ende meiner Kräfte. Später fing es tatsächlich an zu regnen, wir bestiegen unseren Wagen und schlossen die Tür.

Draußen verfinsterte sich der Himmel, bis er fast schwarz war, der Regen donnerte auf unser Blechdach, dazu blitzte es ganz fürchterlich. Komisch, bei solchen Unwettern finde ich es im Wohnwagen immer am schönsten. Man ist irgendwie viel dichter dran und doch in Sicherheit. Relativ gesehen. Die Kinder bekamen es mit der Angst zu tun. Ich erklärte ihnen die Sache mit dem Faradayschen Käfig und dass sie sich keine Sorgen machen müssten, der Blitz würde an dem Blech einfach abgleiten und uns nichts tun können. Was ich mir lieber nicht vorstellte, war, was passieren würde, wenn ein Blitz den Baum neben uns träfe. Das war mir nämlich selbst nicht ganz klar.

Als es vorbei war und wir die Tür wieder öffneten, standen wir vor einem See, der den gesamten Vorzeltboden knöcheltief bedeckte. Ich hatte einen schweren Fehler begangen und den Graben vor dem Vorzelt ausgehoben. Unsere Parzelle war aber auf der Rückseite des Wohnwagens am höchsten, und ein wahrer Wasserfall war unter dem Wagen durch ins Vorzelt eingedrungen, in dem jetzt die Buddelförmchen meiner Tochter neben dem Inhalt unserer Mülltüte schwammen.

Das allein hätte ich vielleicht noch weggesteckt. Tatsächlich legte ich am nächsten Tag einen Graben um unser gesamtes Ensemble an, eine Arbeit, bei der mir die Kinder im nun lehmig-schmierigen Boden mit großer Begeisterung halfen. Aber es gab etwas anderes, das mir zu schaffen machte. Nein, ich meine nicht den Müllwagen, der jeden Morgen nur fünf Meter von unserem Schlafzimmerfenster entfernt unter hydraulischem Zischen die Mülltonnen anhob, um den Inhalt auf seine Ladefläche poltern zu lassen. Ich meine den Mangel an Privatsphäre. Die Tatsache, dass unsere Kinder keinen Meter entfernt über uns lagen, tat unserem Intimleben nicht gut. Es half auch nichts, dass wir warteten, bis wir ganz sicher waren, dass die Kinder schliefen. Denn entweder war ich dann selbst schon eingenickt, oder meine Frau machte mich wahnsinnig, weil sie ständig fragte: »Meinst du, die hören nichts?« Ich kann nicht leidenschaftlich sein, wenn ich mich dabei gleichzeitig so geräuscharm wie möglich bewegen muss. Ich bekam schlechte Laune. Es war meine Frau, die schließlich sagte: »Was hältst du davon, wenn wir uns heute Abend mit einer Flasche Wein an den Strand setzen.« Und dazu lächelte sie. Und ich lächelte auch.

Am Abend erklärten wir dem Jungen, dass wir heute möglicherweise zur Bar gehen würden, er und seine Schwester sich aber keine Sorgen machen müssten. Wir würden ihm ein Handy dalassen und das andere mitnehmen. Der Junge protestierte lahm, ließ sich aber für ein Eis kaufen. Wir warteten trotzdem, bis beide eingeschlafen waren. Es hätte nicht gut ausgesehen, wenn ich gesagt hätte: »So, wir gehen jetzt zur Bar, und dann hätten sie gesehen, wie wir mit einer Decke und einer Flasche Wein losziehen. Wir gingen runter zum Strand. Ich hatte schon am Nachmittag die Lage gepeilt und registriert, dass es dort mehrere dünenartige Kuhlen gab. Leider mussten wir einen ziemlichen Umweg um den Campingplatz herum machen, weil wir feststellen mussten, dass der direkte Zugang zum Strand abends verschlossen wurde. Das machte mich ein wenig misstrauisch, warum verschlossen sie denn die Tür, war der Strand etwa nicht sicher? Rüdiger hatte irgendetwas von afrikanischen Handtuchverkäufern erzählt, die nachts da draußen lagerten. Ich erzählte nichts von meinen Bedenken. Dafür machte ich mich lieber auf die Suche nach einer Kuhle, die ich mir schon am Tage ausgeguckt hatte. Und weil es eine mondlose Nacht war, was mir sehr entgegenkam, hatte ich natürlich eine Taschenlampe dabei. Meine Frau trug den Wein.

Ein paar Minuten später waren wir da, ich war mir aber nicht sicher, ob es die richtige Kuhle war, außerdem meinte ich etwas zu hören, weshalb ich die Lampe anknipste. Im Lichtkegel sah ich ein engumschlungenes Paar. Ich war so verdattert, dass ich die Lampe erst einmal eingeschaltet ließ und auch vergaß wegzuschwenken. Es war kein afrikanischer Handtuchverkäufer. Ich erkannte Wilfried, den Patienten aus der Krankenstube. Ich weiß nicht, ob er auch mich erkannte, wir machten, dass wir wegkamen. Leider stellte sich dann heraus, dass sämtliche Kuhlen besetzt waren, obwohl wir immer weiter liefen. Schließlich sagte meine Frau: »Ich mag nicht mehr.« Wir setzten uns einfach auf unsere Decke und tranken den Wein.

An diesem Abend fällte ich eine Entscheidung. Ich teilte meiner Frau mit: »Wenn du weiter mit mir Campingurlaube machen willst, brauchen wir einen anderen Wohnwagen, einen mit getrennten Zimmern und einem richtigen Bad. Einen, bei dem nicht der Schlingerdämpfer abreißt und bei dem Wasser aus dem Hahn kommt, ohne dass ich dabei einen Lichtschalter betätigen muss.« Mir war klar, dass das eine sehr grundsätzliche Entscheidung war, denn ein Wagen, wie er mir vorschwebte, würde wohl ziemlich teuer werden und sich nur amortisieren, wenn wir von jetzt an immer campten. Meine Frau fand meine Idee großartig und willigte sehr schnell ein. Ich bekam Angst.

5
Wintercamping

Ende Oktober sah ich ihn. Eigentlich hatte ich nur ein Fahrradschloss kaufen wollen. Aber hinter der Fahrradwerkstatt war der Hof eines Caravan-Händlers. Und dort stand er. Er war weiß und hatte blaue Stoßfänger. Im Heck befanden sich zwei schmale Fenster übereinander. So viel wusste ich inzwischen über Wohnwagen, dass sich dahinter ein Etagenbett verbergen musste. Ein Extra-Kinderzimmer, dachte ich. Neugierig geworden betrat ich den Hof. Der Wagen war größer als unserer und etwas kantiger. Nicht so eiförmig.

»Wollen Sie da mal reinschauen?«

Ich drehte mich um, vor mir stand ein Mann in einem dunkelgrauen Anzug. »Warten Sie, ich hol mal rasch die Schlüssel.« – »Ach nee, danke«, rief ich ihm hinterher, aber der Anzugträger hatte schon fast sein Büro erreicht. Was sollte ich tun? Einfach weglaufen wäre ja unhöflich gewesen.

Ziemlich schnell war er wieder da, mit einem Schlüsselbund in der Hand. Dunkler Anzug. Einen Caravan-Händler hatte ich mir irgendwie anders vorgestellt, eher im karierten Hemd. Oder auch mit einer Weste mit vielen Taschen. Oder mit Clogs wie Nils. Der Mann schloss mir den Wagen auf, »bitte nach Ihnen.« Ich sah helles Holz und einen dieser PVC-Böden in nachgemachter Terrazzo-Optik. Ich wollte das Klo sehen. »'tschuldigung«, sagte ich, zwängte mich in den kleinen Toilettenraum und schloss die Tür von innen. Mich auf das Klo zu setzen, traute ich mich nicht. Aber so viel war klar, ich passte bei geschlossener Tür hinein. Mit dem großen Spiegel über dem Waschbecken sah der Raum größer aus, als er war. Wie ein richtiges kleines Badezimmer.

»Alles in Ordnung?«, rief der Verkäufer von draußen.

»Ja«, antwortete ich und rüttelte an der Tür. Es dauerte einen Moment, bis ich die Druckknopf-Mechanik verstand. Ich kam wieder raus und sah mich um. Im Heck befand sich ein Etagenbett für Kinder, jedes würde sein eigenes Fenster haben. Man konnte dieses Kinderabteil, ein richtiges Zimmer war es ja eigentlich nicht, mit einer hölzernen Schiebetür schließen. Und die Kinder hätten in ihrem Abteil sogar einen eigenen Schrank. Und zwei Ablagen an jedem Bett. Bestimmt gemütlich, so eine Koje. Ich steckte den Kopf rein, widerstand aber dem spontanen Drang, da mal reinzukriechen. Immer auf Augenhöhe bleiben, dachte ich.

Der Wagen hatte eine Sitzgruppe mit Tisch in der Mitte, Kühlschrank, dreiflammigen Herd und ein Doppelbett im Bug, das man ebenfalls mit einer Schiebetür abtrennen konnte. Das heißt, man konnte jederzeit an den Straßenrand fahren und einziehen, ohne irgendetwas umzubauen. Wenn man mit dem Ding in einen Stau fuhr, legte man sich einfach hinten in aller Ruhe aufs Ohr. In meiner Fantasie blickte ich in verzweifelte Gesichter von Autofahrern, die sich nach stundenlangem Stehen hinter der Leitplanke erleichterten. Oder ich geh aufs Klo. Oder ich stell mich an den Herd und brat mir ein Spiegelei.

»Alle Fenster sind zu öffnen, und für jedes Fenster gibt es ein eigenes Mückenrollo.« Der Verkäufer zog ein Mückenrollo runter und ließ es wieder hochschnappen. »Verdunkeln können Sie natürlich auch.« Das zweite Rollo kam runter und schnappte wieder hoch. »Haben Sie denn einen Wagen, den Sie in Zahlung geben wollen?«

Ich nickte.

»Wenn Sie sich bald entscheiden, mache ich Ihnen einen guten Preis.«

Meine Güte, was sollte ich Ende Oktober mit einem Wohnwagen? Außerdem hatte ich ja gar nicht wirklich einen eigenen, den ich hätte in Zahlung geben können. Ich ließ das Rollo noch mal hochschnappen. Zack. Sensationell. »Ich weiß nicht«, hörte ich mich sagen, »vielleicht im Frühjahr?«

Der Verkäufer spürte, dass er mich am Haken hatte. Nun war er es, der wieder an einem Rollo zog. Es war ein Mückengitter, das sich seitlich vor die Eingangstor schob. Toll. Sah natürlich sehr viel schicker aus als die wurstförmigen, moosgrünen Frotteetroddeln, die in Schwiegervaters Wagen in der Tür hingen. »Dann ist der Wagen hier bestimmt schon weg«, sagte der Verkäufer und lächelte breit. Ich glaubte ihm kein Wort. Wer kauft schon Ende Oktober einen Wohnwagen? »Caravans mit Kinderbetten sind begehrt, müssen Sie wissen. Camping ist im Trend. Den hier bin ich im Nu los.« In mir nagte der Zweifel. »Und wenn im Frühjahr der Nachfolger kommt, also billiger wird der bestimmt nicht.«

Ich fragte mich, ob dieses rollende Einfamilienhaus eigentlich noch Camping war. »Also, genau genommen ist der alte Wagen jetzt nicht richtig meiner, irgendwie schon, aber gehören tut der mehr meinem Schwiegervater.«

»Das machen wir schon, bringen Sie Ihren Schwiegervater einfach mit, ich kann Ihnen den Wagen hier eine Woche reservieren.«

Jetzt erst guckte ich auf das Preisschild, rund fünfzehntausend Euro. Macht siebeneinhalb pro Nase, in Gedanken war ich bereits dabei, meinem Schwiegervater einen halben Wohnwagen zu verkaufen. Mal angenommen eine Ferienwohnung kostet in der Hochsaison ungefähr fünfzig Euro mehr als die Standmiete für den Platz auf einem Campingplatz, dann würde ich in einem dreiwöchigen Urlaub etwa tausend Euro sparen. In sieben Jahren hätte ich den Wagen also schon fast wieder drin. Ich versprach, mir die Sache durch den Kopf gehen zu lassen. Der Mann reichte mir einen Prospekt und seine Karte gleich mit dazu. »Dr. Schrock«, stand darauf. Er trug also nicht nur einen dunklen Anzug, er hatte auch einen Doktortitel.

»Den, oder nie wieder Camping«, sagte ich zu Hause zu meiner Frau, zeigte ihr den Prospekt und hob das verschließbare Elternschlafzimmer hervor. »Die Klotür kann man auch schließen.«

»Gut«, antwortete sie, »dann den.« Wir waren uns einig, nun mussten wir nur noch ihre Eltern überzeugen.

Mein Schwiegervater war nur so mittelmäßig begeistert. »Jetzt, wo ich den Wagen für euch extra neu tapeziert habe?«

»Dafür kriegst du für das halbe Geld einen neuen Wagen. Wir teilen uns den schließlich.«

»Ich bin mit einem Wagen, der noch älter war, nach Malaga gefahren. Weißt du noch, Zickchen, wie wir in Malaga waren?« Mein Schwiegervater nannte meine Frau immer Zickchen.

»Ich weiß«, unterbrach ich ihn, »in drei Tagen.« Was ich für ein absolutes Gerücht hielt. Nach Malaga sind es rund zweitausendachthundert Kilometer, mehr als eine Durchschnittsgeschwindigkeit von fünfzig war mit dem alten Auto niemals drin, nicht mit so einem Anhänger im Schlepp.

Eher weniger. Macht bei drei Tagen mehr als achtzehn Stunden Fahrtzeit täglich, mindestens. Nicht genug damit, zu dieser Geschichte gibt es eine ganze Reihe von Episoden, die sich unterwegs zugetragen haben sollen.

»Weißt du noch, wie Papa die eine Nacht nur einen Meter vom Abgrund entfernt verbringen wollte?«, fiel mir meine Frau in den Rücken. Meine Güte, diese Fahrt nach Malaga. Sollte ich mal sagen, dass sie zwar nach Malaga mit dem Wohnwagen gefahren waren, dort aber keine einzige Nacht mehr in ihrem Ei verbracht hatten? In Wirklichkeit war die ganze Familie nämlich in eine Ferienwohnung umgezogen. Warum eigentlich, wo sie das Ding schon derart weit geschleppt hatten? War es vielleicht doch nicht so prima gewesen in dem Winz-Wohnwagen? Da spricht keiner mehr drüber. Das ist ebenso Verschlusssache wie die Nacktfotos von Schwiegermutter auf Sylt. Schöne Fotos übrigens, sie stand in den Dünen und hatte nur ein Band im Haar. Die habe ich mal sonntagnachmittags beim Kaffee zu sehen bekommen. Aber kaum hatte ich »Schwiegermutter, schickes Outfit« gesagt, nahm man mir das Album sofort wieder weg und holte stattdessen Fotos von einem kleinen Mädchen mit großen Zähnen auf irgendeinem Pferd. Ich erinnere mich, wie ich »schönes Pferd, aber wer ist das Mädchen mit den großen Zähnen?« sagte. Ich muss irgendwie abgelenkt gewesen sein, eben noch meine Schwiegermutter nackt in den Dünen, da hatte ich die Kurve nicht gleich gekriegt. Natürlich war das Mädchen meine Frau, nur eben kleiner. Möchte aber mal wissen, wie diese Sylt-Bilder zustande gekommen sind? Ich meine, von unserem Urlaub dort gibt es praktisch nur Fotos in Regenjacken. Gott, diese Regenjacken, man hat ja nicht viel Platz in einem Wohnwagen, und nasse Regenjacken sind da immer ein Riesenproblem.

Ich hätte also auch was Kluges zum Thema beisteuern können, stattdessen sagte ich: »Donnerwetter, Malaga in drei Tagen, da war doch bestimmt ein Umweg über Versailles drin.« Sollte natürlich sarkastisch klingen.

Meine Frau reagierte überhaupt nicht darauf, sie sprach einfach weiter mit ihrem Vater: »Weißt du noch, Versailles, wie wir da auf dem Parkplatz vor dem Schloss übernachtet haben. Und morgens kam die Polizei und meinte, wir sollen verschwinden. Und du hast gesagt, ja, ja, nach dem Frühstück.«

Ich wedelte mit dem Prospekt, aber keiner schien mehr auf mich zu achten. Bis auf Schwiegermutter, die hatte bisher gar nichts gesagt. »Schön«, meldete sie sich plötzlich zu Wort, »wir können uns den Wagen ja mal angucken.« Ich warf ihr einen dankbaren Blick zu.

Also trafen wir uns alle auf dem Hof des Wohnwagenhändlers wieder. Mein Freund Nils, die größte Koryphäe in Sachen Camping, die ich kenne, hatte mir noch mit auf den Weg gegeben, worauf ich unbedingt achten sollte: extragroße Dachluke, damit auch Licht in den Wagen kommt, wenn man ringsum alle Rollos geschlossen hat, extragroßer Wassertank, den man aus einer Seitenklappe rausziehen können sollte, ein großes Gepäckfach, das man ebenfalls von außen öffnen kann und eine Gassteckdose außen. »Wofür brauche ich eine Gassteckdose?«, fragte ich Nils. Er erklärte mir, dass ich daran eine Kochplatte oder einen Grill anschließen könnte, was sehr praktisch sei, weil man vor dem Wagen nun einmal mehr Platz zum Kochen hätte als drinnen. Das leuchtete mir ein. Kurz, wenn der Wagen das alles nicht hätte, sollte ich darauf dringen, dass wir das noch eingebaut bekommen.

Ich war sehr froh, dass Schwiegermutter auch mitgekommen war. Obwohl sie eigentlich gar keinen neuen Wohnwagen wollte. Sie träumte von einem Wohnmobil, weil ihr Mann schnell böse werden konnte, wenn er den Caravan in eine Lücke manövrieren sollte, und sie es dann war, die ihn wieder beruhigen musste. Aber Schwiegermutter hatte die gleichen schönen Augen und die gleichen schönen Zähne, konnte also genauso liebreizend lächeln wie ihre Tochter. Sie war denn auch neben ihrer Tochter die Einzige, die meinen Schwiegervater ohne viel Getöse wieder beruhigen konnte, wenn er sich mal aufregte.

Dr. Schrock trug wieder einen Anzug, diesmal dunkelblau, lächelte mir verschwörerisch zu und schloss den Wagen auf. »Schön«, meinte meine Frau wie erhofft, »der ist wirklich schön.« Mein Schwiegervater guckte dagegen missmutig, sagte erst einmal gar nichts und stellte schließlich fest, dass über dem Herd keine Dunstabzugshaube sei.

»Dunstabzugshaube?« Dr. Schrock guckte in seine Unterlagen, »Nee, hat er nicht.«

»Mein Wagen hat eine Dunstabzugshaube.« Keine Frage, mein Schwiegervater ging auf Konfrontationskurs.

»Guck mal«, sprach ich ihn an und ließ ein Rollo auf und nieder sausen, während er auf das Etagenbett starrte. Das würde wohl der schwierigste Punkt werden. Was sollten Schwiegereltern mit einem Kinderbett im Heck? »Ihr lauft doch gern Langlaufski«, sagte ich und übernahm den Part, den eigentlich der Wohnwagenhändler hätte übernehmen sollen, »da ist so ein Kinderbett irre praktisch, man kann auf jedes Bett ein paar Skier legen.« Mein Schwiegervater guckte zweifelnd. »Und die nassen Jacken, kann man da auch rauflegen. Nasse Jacken, weiß man doch nie wohin damit.«

Der Wohnwagenverkäufer mischte sich ein: »Die Kinderbetten sind für nasse Jacken top geeignet.«

»Außerdem wollt ihr doch vielleicht mal mit den Enkeln fahren«, sagte ich.

»Ja, die Enkel«, stimmte mir Dr. Schrock zu. Beinahe hätte er noch alles dadurch vermasselt, dass er anfing, den alten Wohnwagen schlechtzumachen. Wir hatten ihn gleich mitgebracht, um ihn in unsere Verhandlungen einzubringen. »Der macht ja schon dicke Backen, da kommen Sie doch nicht mehr weit mit.«

»Dicke Backen?«, fragte mein Schwiegervater.

Ich verstand auch nicht, wie Schrock das meinte, wollte diesen Punkt allerdings nicht vertiefen, weil es ganz sicher nichts Gutes bedeutete. Und bevor mein Schwiegervater anfangen konnte, von Malaga zu erzählen, und einem Wohnwagen, der noch viel älter war und entsprechend lange gehalten hatte, sagte ich: »Das darfst du nicht zu ernst nehmen, der will doch nur handeln, deshalb macht er deinen Wagen schlecht.« Jetzt guckten mich beide böse an.

Am Ende kriegten wir für den alten Wagen ein passendes Vorzelt für den neuen, außerdem bauten uns Schrocks Leute eine Gassteckdose, ein großes Dachfenster und einen extragroßen Wassertank ein, wobei der Wassertank statt der versprochenen vierzig Liter nur fünfundzwanzig hatte. Egal, ich war plötzlich Besitzer eines halben Wohnwagens.

Natürlich wollten wir ihn ausprobieren. Ende Oktober war allerdings nicht die klassische Campingzeit. Meine Schwiegereltern fuhren jedoch regelmäßig in den Winterurlaub. Sie besaßen sogar Schneeketten.

»Sagt mal, wie ist das eigentlich so da drinnen? Wird das denn auch warm?«, fragte ich sie also.

»Wenn du heizt«, antwortete mein Schwiegervater, »natürlich wird das warm. Wie zu Hause.«

Okay, dachte ich, dann müssten wir das auch schaffen.

Es blieb uns auch gar nichts anderes übrig. Mir war inzwischen klar, dass meine Rechnung ein wenig zu optimistisch ausgefallen war. Nebenkosten wie etwaige Reparaturen oder auch nur der erhöhte Spritbedarf, es war schon erstaunlich, wie viel ein Auto brauchte, wenn da noch anderthalb Tonnen hinten dranhingen, hatte ich bei meiner ersten optimistischen Schätzung vernachlässigt. Jedenfalls würden wir wohl in den nächsten Jahren absolut jeden Urlaub mit dem Wohnwagen bestreiten müssen, damit sich die Sache lohnte. Für einen kurzen Moment erwog ich, den Handel wieder rückgängig zu machen. Aber Dr. Schrock schien mir kein Mann zu sein, der mich ungeschoren aus der Sache hätte rauskommen lassen. Stattdessen überlegten wir, wo wir denn in einem einwöchigen Winterurlaub hinfahren könnten.

»Die Kanarischen Inseln fallen schon mal aus«, meinte ich.

»Skifahren auch«, sagte meine Frau, sie mochte keinen Wintersport.

Ich zog mit dem Lineal einen Vierhundert-Kilometer-Halbkreis um Berlin. »Die Lüneburger Heide ist das Äußerste, was wir erreichen können«, stellte ich fest. Wobei uns vollkommen unklar war, was wir im Winter in der Lüneburger Heide machen sollten.

»Echt?«, rief mein kleiner Bruder Basti, als ich ihm auf dem Geburtstag meiner Mutter erklärte, wir beabsichtigten, in der ersten Februarwoche mit unserem Wohnwagen zu verreisen. »Cool!« Dann fing er an zu lachen. Basti hatte eben keine Ahnung. Dafür kannte ich ja Leute, die Ahnung hatten. Nils zum Beispiel, dessen schwedischer Wohnwagen extra für extreme Witterungen gebaut worden war.

»Sage mal«, fragte ich ihn also, »warst du eigentlich schon mal mit deinem Wohnwagen im Winter weg?«

»Logisch«, meinte Nils, »ist doch herrlich, dann hast du den Platz wenigstens für dich.«

»Und was machst du da so, zu sechst auf zehn Quadratmetern?« Nils hatte ja vier Kinder.

»Erstens sind es zwanzig Quadratmeter, wenn ich das Vorzelt mitrechne, und zweitens gibt es da in der Lüneburger Heide einen Campingplatz, die haben auf ihrem Gelände so ein Wellenbad unter Glas.«

Ich hatte einen absoluten Horror vor Hallenbädern. Ich hasste den Geruch von Chlor und habe schon als Kind in Hallenbädern eigentlich immer gefroren, es sei denn, es war gerade Warmbadetag. Aber da fand ich es außerhalb des Wassers immer noch schrecklich, weil nämlich in unserem Hallenbad an diesen Tagen das Wasser wärmer als die Luft war. Außerdem mochte ich diese geflieste Atmosphäre nicht. Als ob ich mit ganz vielen Leuten im gleichen Badezimmer wäre. Das Einzige, was ich am Hallenbad mochte, war der kleine Laden in der Eingangshalle, da hatte es »Baff« gegeben, das war dieses gezuckerte Popcorn aus der Pappschachtel. Und Mister Tom, ein Erdnussriegel. Und Lakritzschnecken. Aber dafür lohnte es sich nicht, in die Lüneburger Heide zu fahren. »Im Ernst?«, fragte ich also.

»Sicher«, antwortete Nils, »die Kinder lieben es.«

Und so kam es, dass wir tatsächlich beschlossen, mitten im Winter mit dem Wohnwagen loszufahren.

In der Woche vor unserer Abfahrt fing es heftig an zu schneien. Ich rief die Rezeption des Südsee-Camps an, so hieß der Platz in der Heide, und erkundigte mich, ob das Camp überhaupt geöffnet sei. »Sicher«, sagte eine Frau am Telefon, »nicht alle unsere Platzteile, aber die in der Nähe des Schwimmbades können Sie auf jeden Fall nutzen.«

Die Fahrt wurde nicht leicht. Auf dem Papier war unser

Auto auch für den neuen Wohnwagen geeignet, tatsächlich hatte er selbst bei kleineren Hügeln ziemlich zu kämpfen. Und ungefähr zehn Kilometer vor dem Ziel zog er gar nicht mehr. Erst hörte es sich an, als hätte er sich verschluckt, dann stotterte er ein bisschen, schließlich rollten wir an den Straßenrand, und der Motor ging aus.

»Was ist denn?«, fragte meine Frau.

»Keine Ahnung.« Ich stieg aus, öffnete die Haube, warf einen nutzlosen Blick in den Motorraum und schloss die Haube wieder.

»Und nu?«

»Immer noch keine Ahnung.«

Die Stelle war äußerst ungünstig für einen Aufenthalt. Wir standen in einer Kurve. Ich setzte mich wieder in den Wagen und dachte nach. Leider fiel mir nichts ein.

»Sind wir endlich da?«, fragte Sophie vom Rücksitz.

Ich schob den »Räuber Hotzenplotz« in den Kassettenrecorder des Autoradios. Das war nicht klug, wer weiß, wie lange wir unseren Strom noch brauchen würden. Ich versuchte, den Motor zu starten. Zu meiner großen Überraschung sprang er sofort wieder an. »Toller Wagen«, sagte ich, »repariert sich selbst.« Trotzdem war mir mulmig, weil ich wirklich nicht wusste, was los war. Natürlich dachte ich sofort daran, dass es irgendwie mit unserem neuen Wohnwagen zu tun hatte. Er mochte das Auto nicht. Oder das Auto mochte ihn nicht. Mir schwante, dass da Folgekosten drohten.

Immerhin erreichten wir das vollkommen verschneite Südsee-Camp und fuhren auf unsere Parzelle. Beinahe wenigstens, die letzten Meter mussten wir schieben, weil die Vorderräder auf dem glatten Grund immer durchdrehten. Der Wohnwagen drückte das Auto hinten zu stark runter.

»Du brauchst stärkere Federn hinten«, stellte Nils fest, der bereits da war.

»Vielen Dank für den Hinweis.«

Nils hatte sogar schon sein Vorzelt aufgebaut. Wie hatte er das gemacht? Wenn wir ein Vorzelt aufbauen, brauchen wir dafür den ganzen Tag, schreien uns dabei dreimal an, und hinterher sehen wir aus, als hätten wir unter Tage gearbeitet. Wir beschlossen, auf ein Vorzelt zu verzichten.

»Wir haben genug Platz in unserem neuen Wohnwagen«, behauptete ich. Außerdem zeigte das Thermometer eine Außentemperatur von minus fünf Grad an, in der kommenden Nacht sollte es noch deutlich kälter werden. Was sollte ich da mit einem Zelt? »Komm«, sagte ich zu meiner Frau, »lass uns schnell ins Warme gehen.« Wir brauchten ja nicht viel aus dem Wagen, das meiste war hinten in den Schränken verstaut. Ich schloss die Wohnwagentür auf, trat ein und war schockiert.

»Warum ist denn das derart eisig hier drinnen?«, fragte meine Frau.

»Na ja, der Fahrtwind wahrscheinlich, ist halt alles ein bisschen ausgekühlt.«

Der Wagen wirkte wie schockgefrostet. Wahrscheinlich würde unsere Bettwäsche knistern. Oder brechen wie dünnes Eis. Mir kamen ernste Zweifel, ob ich hier wirklich eine Woche würde bleiben wollen. Mit klammen Fingern versuchte ich, die Heizung zu starten. Dazu muss man den Gasregler gedrückt halten und gleichzeitig den Zündknopf drücken. Und wenn man dann in einem kleinen Schlitz eine Flamme sieht, lässt man den Gasregler los. Ich sah keine Flamme. Ich drückte beide Knöpfe, bis alles Blut aus dem Daumen der einen und dem Zeigefinger der anderen Hand gewichen war. Nichts, keine Flamme nirgends.

»Niiiils«, brüllte ich, »die Heizung springt nicht an.« Ich hörte Nils in den Wohnwagen poltern. Er trug selbst bei diesem Wetter Clogs.

»Hast du denn den Gashahn aufgedreht?«

Den Gashahn, logisch, man musste ja erst den Gashahn vorn an der Flasche aufdrehen. Aus Sicherheitsgründen stehen die Gasflaschen außerhalb des Wagens im separaten Gaskasten im Bug.

»Ich mach«, sagte Nils und ging raus. Kurze Zeit später hörte ich seine Stimme »jetzt« rufen. Ich drückte und zündete. Nichts, keine Flamme. Ich hielt krampfhaft den Gashahn weiter gedrückt, als ich Sophie hinter mir hörte: »Mir ist kalt.«

Immer noch mit dem Finger auf dem Gasschalter antwortete ich: »Gleich, mein Schatz, guck mal, leg dich doch ein bisschen in deine Koje«, und guckte ihr hinterher, wie sie sich trollte. Dann erst drückte ich die Zündung. Es gab einen sehr lauten trockenen Knall.

»Boaah«, hörte ich draußen den Jungen.

»Raus, raus!«, rief ich, und schob Sophie vor mir durch die Tür. »Was war das?«

»Eine Verpuffung«, sagte Nils, »wahrscheinlich hast du den Gasknopf zu lange gedrückt, ohne zu zünden.«

»Dreißig Meter«, meinte der Junge, »der Schornstein ist bestimmt dreißig Meter hoch geflogen.«

Ich guckte zum Dach. Die Schornsteinspitze mit dem kleinen Hütchen oben drauf war weg. Verdammt, wir brauchten das Ding unbedingt wieder. Sonst würde es in den offenen Schornstein schneien, und wir konnten gar nicht heizen. »Ausschwärmen, Schornstein suchen«, sagte ich. Zum Glück fand Florian ihn rasch wieder. Das kurze Endrohr war offenbar senkrecht aufgestiegen und gleich neben dem

Wohnwagen wieder runtergekommen. Nils holte eine kurze Leiter aus seinem VW-Bus, auf seine Ausrüstung konnte man sich immer verlassen. Der Schornstein ließ sich ohne Probleme wieder aufstecken. Mir fiel auf, dass der Schornstein auf Nils' Wagen einen Meter höher war als meiner.

»Was hast du da eigentlich auf dem Dach?«

»Eine Schneeverlängerung«, antwortete er, »damit der Schornstein noch oben rausguckt, wenn zu viel Schnee fällt.«

»Und wenn man so etwas nicht hat?«

»Dann kann es sein, dass die Heizung ausgeht.«

Nun, bisher war es mir nicht einmal gelungen, sie zu starten.

»Lass mich mal«, sagte Nils, stieg in unseren Wohnwagen, bückte sich neben unsere Heizung und brachte sie auf den ersten Druck zum Laufen. Jetzt sah ich die Flamme auch, war aber auch nicht leicht zu erkennen, man musste im richtigen Winkel durch das kleine Fensterchen gucken. Ich drehte das Ding auf die höchstmögliche Temperatur, danach würde der Thermostat die Anlage erst drosseln, wenn innen dreißig Grad erreicht wären, womit nicht allzu bald zu rechnen war – und ging ins Bad, um mir die Hände zu waschen. Es kam aber kein Wasser. Man hörte zwar die kleine Elektropumpe, mehr passierte jedoch nicht. Die Toilette ging auch nicht.

»Mir ist kalt.« Das war Sophie.

»Mir auch«, meinte ihr Bruder.

»Am besten, ihr legt euch ins Bett«, sagte ich, »ihr werdet sehen, in einer halben Stunde wird es hier drinnen mollig warm.«

»Kannst du nicht den Fernseher anschließen?«

Den Fernseher, ich hatte andere Sorgen, musste erst mal

das blöde Wasser zum Laufen zu bringen. »Für den Fernseher muss ich erst die Antenne aufbauen.« Eine Arbeit, die ich hasste. Es ist nämlich verdammt schwer, eine Satellitenschüssel so auszurichten, dass sie ein Bild einfängt. Man braucht eine ruhige Hand und gute Nerven, beides hatte ich gerade nicht. »Geht rüber zu Nils, wenn ihr fernsehen wollt.«

Das Südsee-Camp war ein Platz der Luxusklasse, hier gab es nicht nur Strom-, Wasser- und Abwasseranschluss auf der Parzelle, vorausgesetzt, das Wasser war nicht eingefroren, sondern auch Kabelfernsehen. Dafür brauchte man allerdings das richtige Kabel. Natürlich hatte Nils eines dabei, er hatte überhaupt alles dabei in seinem Bus. Man hätte auch eines an der Rezeption leihen können, ich hatte nur nicht daran gedacht. Es gab im Moment auch wichtigere Dinge.

»Sag mal, Nils, kann es sein, dass die Wasserleitungen eingefroren sind?«

»Logisch«, antwortete Nils, »wenn du unterwegs nicht geheizt hast.«

Es stellte sich heraus, dass man unsere Heizung während der Fahrt ohnehin nicht betreiben durfte. Dafür musste man einen speziellen Regler haben, der die Gaszufuhr im Falle eines Unfalls abschaltete. Kann man natürlich kaufen, kostet um die hundert Euro aufwärts. Mir war klar, dass sich meine Rechnung gerade noch ein wenig zu unseren Ungunsten verschoben hatte. Ich addierte eine Schornsteinverlängerung dazu. Wahrscheinlich würde es wohl doch eher acht Jahre dauern, bis sich unser Equipment amortisiert hätte. Ein neues Auto stand da noch nicht mit auf der Liste.

Mithilfe eines Föhns, Nils' Frau Karen hatte tatsächlich einen Föhn dabei, gelang es mir schließlich, das Wasser in unseren gefrorenen Leitungen wieder zum Laufen zu bringen. Aus dem Hahn kam eiskaltes Wasser. Einen Boiler hatten wir nicht, den hätte es nur gegen Aufpreis gegeben. Ich setzte in Gedanken einen Boiler auf meine Liste. Meine Frau machte Wasser in einem Teekocher heiß. Nach einer guten Stunde war es im Wohnwagen ganz erträglich. Zwar hatten wir keine Fußbodenheizung wie Nils, dafür hatten wir Teppiche ausgelegt, zum Glück, der PVC-Boden wäre sicher nicht besonders angenehm gewesen. Nach zwei Stunden saß ich im T-Shirt am Tisch und guckte in die verschneite Winterlandschaft. Ganz erstaunlich, wie warm man so ein Ding selbst bei diesen Temperaturen bekam. Ich drehte die Heizung runter, als ich feststellte, dass wir inzwischen über vierundzwanzig Grad erreicht hatten.

Nils experimentierte derweil in seinem Vorzelt mit verschiedenen Heizquellen. Er hatte einen Gasofen dabei und noch einen Petroleumbrenner. Nils sammelte Campinggeräte wie andere Leute Briefmarken. Sein Traum war es, möglichst lange ohne Hilfe von außen klarzukommen. Weshalb er seinen Wagen auch mit Solarzellen ausgerüstet hatte und sogar schon über ein Windrad nachdachte, weil sich Solarzellen in seinem favorisierten Urlaubsland Schweden nicht immer als zweckmäßig erwiesen hatten. Er führte stets mehrere Grills und Kocher mit sich, die man mit allem Möglichen betreiben konnte, was gerade zur Hand war. Er hatte einen Benzinkocher, einen für Spiritus und einen für Gas. Er hatte Kohlegrills und elektrische. Im Moment befüllte er gerade einen Petroleumofen für das Vorzelt, der Gasofen stand auch schon bereit, für den Fall, dass der Petroleumofen, den er noch nicht lange besaß, zu streng riechen sollte. Nils beabsichtigte tatsächlich, den Abend im Vorzelt zu verbringen, hatte auch schon eine Riesentafel vorbereitet, an der nicht nur seine sechsköpfige Familie Platz fand. Auf seiner Küchenzeile zum Auseinanderfalten baute er einen dreiflammigen Herd auf. Daneben stand ein Kocher, direkt auf eine Gasflasche montiert.

»Vier KW«, sagte er stolz.

»Was sind vier KW?«

»Vier Kilowattstunden, das Teil bringt binnen Minuten einen Eimer Wasser zum Kochen.« In Nils' Vorzelt sah es aus wie in der Musterschau eines größeren Campingausstatters. »Ich denke, wir essen zusammen.«

»Im Zelt?«, fragte ich.

»Logisch.«

Meine Frau lag auf dem Bett und las. Sie war ein bisschen irritiert, als ich ihr sagte, wir würden heute draußen essen. »Nils hat in seinem Vorzelt gedeckt.«

»Draußen?«, wollte sie wissen. »Ich dachte, wir machen es uns in unserem neuen Wagen gemütlich.«

»Schatz, das hier ist Camping, da sitzt man draußen. Besser, die Kinder behalten ihre Schneeanzüge an.«

Sie half mir, die Campingstühle aus der Klappe unter dem Bett vorzuziehen. Die Außenklappe hätte ruhig ein bisschen größer sein können, war eine ziemliche Aktion. Und ich hatte natürlich vorher auch nicht gewusst, wie wichtig solche Klappen beim Camping waren. Weil der Platz so begrenzt ist, war man nämlich ständig damit beschäftigt, irgendetwas irgendwo rauszuziehen oder wieder zu verstauen. Was dazu führte, dass man ziemlich oft am Suchen war. Zum Glück war meine Frau gut organisiert, sie hatte es sich angewöhnt, umfangreiche Inventarlisten zu führen, weil sie meine Fragerei, ob wir denn dies oder das dabeihätten, offenbar leid war. Ohne meine Frau wäre ich im Wohnwagen wahrscheinlich schmählich gescheitert. Allerdings wäre ich auch nie hier gelandet.

Mit unseren Stühlen unter dem Arm gingen wir rüber. In Nils' Vorzelt tropfte es von der Decke. Überall köchelte es, der Ofen glühte. Der Unterschied zur Außentemperatur war ungeheuer. Als ob man gegen eine Wand lief. Ich stellte mir vor, wie sie auf der internationalen Raumstation gerade die Erde mit Wärmebildkameras beobachteten. Mitten in der nachtschwarzen Lüneburger Heide flammte Nils' Vorzelt als riesiger bunter Fleck auf.

»Mir ist heiß«, sagte Sophie nach drei Minuten, meine Frau öffnete ihr den Schneeanzug. Florian hatte seinen schon ausgezogen.

Im Laufe des Essens wurden wir immer ausgelassener. Und legten eine Schicht nach der anderen ab. Wenn uns da jemand von draußen sah, so im Hemd im Zelt sitzend, der dachte bestimmt, hey, was für harte Burschen. Das war der Moment, in dem jemand von außen den Reißverschluss an der Zelttür aufzog. Ich muss schon sagen, wir kriegten einen Mordsschreck. Denn plötzlich stand er im Zelt.

»Onkel Basti«, riefen Florian und Sophie im Chor.

Tatsächlich, mein Bruder Basti, ich hätte ihn fast nicht erkannt, ein Schal verdeckte seine untere Gesichtshälfte. »Warm hier bei euch«, meinte er, »aber was ist das für ein Geruch? Wie auf der Tankstelle.«

Wir hatten den leichten Petroleumdunst gar nicht mehr wahrgenommen. »Was machst du denn hier?«, fragte ich ehrlich überrascht.

»Na, ich wollte doch mal sehen, was mein großer Bruder hier so treibt.« Er trug eine gewaltige Daunenjacke, die ihn noch größer machte. Wobei er auch ohne Daunenjacke ein ziemlich großer Kerl war.

»Ja«, sagte ich, »prima. Bleibst du über Nacht?« Um ehrlich zu sein, hatte ich mir die erste Nacht in unserem neuen

Wagen etwas anders vorgestellt. Es war zwar deutlich bequemer als im alten, aber meinen XXL-Bruder musste ich nicht auch noch in der Sitzgruppe haben.

»Ich sehe, du freust dich.« Er musste mir meine mangelnde Begeisterung angemerkt haben, »aber mach dir keine Sorgen, das wäre mir dann doch zu unsicher gewesen, ob dein Wohnwagen mein Überleben garantiert. Ich habe mich in Bullerbü eingemietet.«

Bullerbü war der alte Name einer Ferienhaussiedlung innerhalb des Campingplatz-Geländes, die allerdings inzwischen gar nicht mehr Bullerbü hieß, sondern Sommarby.

»Toll, Bullerbü«, rief die Kleine, und Nils' Tochter fiel mit ein: »Wir wollen nach Bullerbü!«

»Ihr seid gern eingeladen, zu mir rüberzukommen«, sagte Basti, und Sophie stand prompt auf.

»Danke, ist nett«, meinte ich, »aber wir sind eigentlich zum Camping hier.«

Allerdings war Nils auch neugierig und wollte sich die Häuser drüben mal angucken. Also machten wir uns alle auf den Weg. Draußen funkelten die Schneekristalle im Licht der einzigen Laterne vorn am Weg. Dahinter wurde es stockdunkel. Unsere beiden Wohnwagen waren die einzigen hier, nur drüben, vor der Glaskuppel des Schwimmbades, standen noch zwei Wohnmobile.

Wir brauchten gut zehn Minuten rüber nach Bullerbü, der verlassene Platz war ziemlich groß.

»Gibt es hier wilde Tiere?«, wollte Sophie wissen. »Rehe, Eichhörnchen, so was halt. Oder vielleicht Wölfe?«

»In der Lüneburger Heide? Nicht dass ich wüsste.«

Die Ferienhaussiedlung gruppierte sich wie ein kleines Dorf um ein Rathaus, das natürlich keines war, sondern eine jetzt allerdings verlassene Rezeption. Bastis Haus erwies sich als zweistöckiger Holzbungalow, war eingerichtet wie eine Ikea-Ausstellung und bot einem allein ziemlich viel Platz, vor allem wenn man es mit unserem Wagen verglich.

»Na«, sagte Basti, »hier lässt es sich aushalten. War übrigens billig um diese Jahreszeit.«

»Hm«, machte Nils, und es war ganz offensichtlich, dass er wieder zurückwollte.

Natürlich, wir wollten den Unbilden der Natur trotzen. Ferienhaus kann jeder. Wir waren Abenteurer, angewiesen auf das, was wir selbst mitgebracht hatten. Irgendwie unabhängig, jedenfalls solange unsere Gasflaschen hielten.

»Wie sieht's aus, Basti? Wir machen Feuerzangenbowle, willst du nicht mit?« Fand ich nett von Nils, dass er meinen Bruder einlud. Basti zog sich tatsächlich wieder die Daunenjacke an.

Nils stand sehr auf Feuerzangenbowle. Ist ja nicht so mein Ding. Aber bei diesen Temperaturen nicht unpassend. Natürlich ist es kein Zufall, dass Wintercamper alles mögen, bei dem etwas angezündet wird. Lagerfeuer, Glühwein oder eben Feuerzangenbowle. Er hatte einen Topf Rotwein angesetzt, allerlei Weihnachtsgewürze darin erhitzt, und obendrauf kam dieser Zuckerhut, den er mit Rum beträufelte und anzündete. Mir war klar, worauf das hinauslaufen würde, und Basti tat mir ein bisschen leid, weil er noch den weiten Weg zurück nach Bullerbü vor sich hatte.

Tatsächlich sprach er denn auch ein bisschen undeutlich, Basti trank normalerweise gar keinen Alkohol, als er sagte: »Ich geh dann mal nach Schweden.«

Er zottelte an dem Reißverschluss der Zelttür herum, Nils sprang auf, um ihm zu helfen. »Das muss man mit Gefühl machen, sonst reißt der Reißverschluss aus.« Wenn Nils aufgeregt war, kriegte seine Stimme immer etwas Schrilles. Tatsächlich war das Material in der eisigen Nacht störrisch geworden. Basti allerdings auch.

»Wenn's kaputtgeht, kleb' ich's dir morgen«, nuschelte mein Bruder und verschwand in der dunklen Nacht. Eine Weile hörten wir noch den Schnee unter seinen Füßen knirschen, dann wurde es still. Nils war mit seinem Zelt ein wenig eigen.

»Ist was passiert?«, fragte ich.

»Nee, alles in Ordnung«, sagte er. »Hey, das ist ein original Isabella-Vorzelt mit Karbonstangen, so etwas kriegt man nicht unter zweitausend Euro, was faselt dein Bruder da von kleben?«

»Nimm's ihm nicht übel«, antwortete ich, »in seiner Welt gibt es keine Zelte für zweitausend Euro.«

Zweitausend Euro! Für ein Zelt. Ich muss sagen, in meiner Welt hatte es das bislang auch nicht gegeben. Mir kamen allmählich Zweifel, ob sich das mit dem Camping überhaupt jemals rechnen würde. »Nils«, sprach ich ihn an, »warum machst du das hier eigentlich?«

»Wieso? Ist doch super. Außerdem fahre ich gern nach Schweden, und da kommt für mich gar nichts anderes als Camping infrage. Ich bin nicht gern drei Wochen am gleichen Ort. Und wenn du erst mal das ganze Zeug hier angeschafft hast, willst du es auch immer wieder tun.«

»Und ich stehe nicht gern morgens mit anderen am Hotelbuffet an«, mischte sich Karen ein.

Ich erinnerte mich, wie ich auf Sylt morgens am Klo angestanden hatte. Aber bevor ich das weiter ausführen konnte, stellte meine Frau fest: »Basti müsste doch jetzt in Bullerbü sein.«

Stimmt. »Ich ruf ihn mal an.« Ich wählte Bastis Nummer, ließ ewig klingeln, nichts. »Er meldet sich nicht.« Ich fing an, mir Sorgen zu machen, guckte durch die Zeltfenster nach draußen.

»Wahrscheinlich braucht er länger, weil er nicht den direkten Weg nimmt«, meinte Karen.

»Aber dann könnte er doch trotzdem ans Handy gehen.« Wenn er nun gestürzt war, in nicht einmal einer Stunde würde er unter einer Schneeschicht liegen. Meine Frau erzählte die Geschichte von einem Jugendfreund, der im Winter vor seiner Haustür eingeschlafen und erfroren war. »Wir müssen ihn suchen«, sagte ich, »mein Bruder hat es nicht so mit der Natur, vielleicht hat er sich verlaufen.« Karen blieb zurück, falls eines der Kinder wach werden würde, wir drei machten uns auf den Weg.

Weil es verschiedene Möglichkeiten gab, nach Bullerbü zu gelangen, teilten wir uns. Ich erreichte als Erster sein Haus, hämmerte gegen die Tür, bekam keine Antwort. Dafür stellte ich fest, dass die Tür gar nicht abgeschlossen war. Ich trat ein, erklomm die schmale Treppe, hoch ins Schlafzimmer, Basti lag im Bett, richtete sich auf und blinzelte ins Licht. »Was is'n los, kein Bock mehr auf Camping? Ihr könnt es euch gern unten bequem machen. Platz genug ist.«

»Schönen Dank«, sagte ich und ging wieder raus.

Nach unserer Nachtwanderung war der Abend gelaufen, wir zogen uns in unseren Wohnwagen zurück und gingen ins Bett. Aber ich lag noch eine Weile wach, hörte dem Summen des Ventilators in der Gasheizung zu, er schaufelte warme Luft durch den ganzen Wohnwagen. Großartig. Mit dem Summen im Ohr schlief ich ein.

Am nächsten Morgen hatte ich zunächst Orientierungsprobleme. Ein eigenartiges grünes Licht beleuchtete die Schemen eines Tisches. Das Summen der Heizung half mir auf die Sprünge. Das außerirdische Licht kam vom Netzschalter des Kühlschranks. Durch die Rollos fiel nicht der kleinste Schimmer von draußen. Ich stand auf und schaltete den Kühlschrank kurz aus. Schwärzeste Dunkelheit. Wahnsinn. Zu Hause brauchte ich immer eine Schlafbrille, weil es morgens so hell im Zimmer war. Ich schaltete den Kühlschrank wieder ein und drosselte die Heizung. Es war ein bisschen zu warm, und ich war mir nicht sicher, ob mein Kopf nun davon dröhnte oder von Nils Feuerzangenbowle.

Ich ließ die Rollos, wo sie waren, wusch mich eiskalt – wir brauchten unbedingt einen Boiler –, zog mich an, öffnete die Tür und blickte in grelles, blendendes Weiß. Es war Neuschnee gefallen, unberührt breitete sich die weiße Decke von unserer Tür bis runter zum platzeigenen See aus. »Schau mal«, rief ich meine Frau, »das musst du sehen!« Da war kein Fußabdruck, der die Illusion trübte, für einen Moment durften wir uns allein in der Wildnis fühlen. Bis ich Nils' keckerndes Lachen von nebenan hörte. Ich trat aus dem Wagen und guckte ihn mir von außen an. Rund um das Fenster im Bug hatten sich gewaltige Eiszapfen gebildet, und der Schornstein hatte einen kleinen Trichter in den Schnee geschmolzen. Ich strich die Schornsteinverlängerung wieder von meiner imaginären Liste. Der Wagen hatte seine erste Bewährungsprobe bestanden.

Blieben allerdings noch zwei Hürden zu nehmen. Die erste lag gleich unter dem Wagen. Ich hatte dort unseren Abwasserkanister deponiert. Alles Wasser, das drinnen im Ausguss verschwand, mit Ausnahme des Toilettenwassers natürlich, lief durch ein Rohrsystem in diesen Kanister. Und der Inhalt dieses Kanisters war nun zu einem soliden Block gefroren. Ich drehte den Kanister um, nichts. Den musste ich erst einmal auftauen, bevor ich den Inhalt entsorgen konnte. Nils machte mich darauf aufmerksam, dass es Extralösungen gab, die man in den Kanister schüttete, damit der Inhalt nicht einfror. Oder aber, man dachte einfach daran, jeden Abend sein Abwasser wegzubringen. Ich sah in der ganzen Holerei und Wegbringerei sogar einen pädagogischen Nutzen. Da konnte man mal mit eigener Hände Arbeit erfahren, was man jeden Tag alles durch den Ausguss schickte.

Die zweite Hürde war sozusagen Sinn unseres Hierseins: der Besuch des Schwimmbades, der im Südsee-Camp gewissermaßen Pflicht ist, drei Stunden täglich waren nämlich im Übernachtungspreis inbegriffen. Nun, es war nicht so schlimm, wie ich befürchtet hatte. Man kann in diesem Schwimmbad zwar nicht schwimmen, dafür sind weder das Wellenbad noch die Wildwasserbahn gemacht, die einen nach draußen, durch den verschneiten Wald und wieder zurück ins Bad führt. Es ist erstaunlich, mit welcher Begeisterung Kinder diesen immer gleichen Weg stundenlang wiederholen können und dabei am Ende genauso Spaß haben wie am Anfang. Für die Erwachsenen erschöpfte sich das Vergnügen auch in der größten Riesenwelle irgendwann. Weshalb wir dazu übergingen, unsere drei Stunden täglich damit zu vertrödeln, dass wir in der Badehose unter Palmen saßen und Karten spielten. Was sollten wir auch anderes tun? Draußen war es viel zu kalt und im Wohnwagen auf Dauer doch ein wenig eng. Ich meine, man kann einen Tag zusammen am Tisch sitzen und Mensch ärgere Dich nicht spielen. Vielleicht auch zwei. Man kann den dritten Tag zusammen fernsehen. Aber danach wird's kritisch.

Wahrscheinlich war der Chef des Südsee-Camps früher auch mit seiner Familie im Winter mit dem Wohnwagen weggefahren. Und nachdem er drei Tage lang Mensch ärgere Dich nicht gespielt hatte, hatte er sich gesagt, Mensch, wenn ich einen Campingplatz hätte, würde ich da ein Schwimmbad hinbauen, in dem es richtig warm ist. Sonst kommt nämlich im Winter keiner. Jedenfalls keine Familien. Und als er dann das Schwimmbad fertig hatte, haben die Leute zu ihm gesagt: »Hey, was machen wir denn jetzt mit unseren nassen Handtüchern?« Weil die nämlich immer im Weg rumhängen, wie auf Sylt die nassen Anoraks. Und da hat der kluge Mann in seinem Toilettenhaus zwei Münztrockner aufgestellt. Raffiniert. So etwas weiß man natürlich nur, wenn man mal erlebt hat, wie das ist, eine Woche lang zwischen nassen Handtüchern zu leben. Ich fing an zu erkennen, was ein guter Campingplatz ist.

Für solche Feinheiten hatte Basti natürlich kein Auge. Auch lehnte er es ab, drei Stunden täglich Canasta zu spielen. Und die Einsamkeit seines schwedischen Holzdorfes schlug ihm aufs Gemüt. Weshalb er vorzeitig abreiste. Es schien fast so, als sollte dieses Camping-Ding anfangen, mich von meiner eigenen Familie zu entfremden. »Schatz«, sagte ich, »wir sollten mit unserem neuen Wohnwagen unbedingt wieder in den Süden fahren.«

6

Wir sind keine Pilger

Wolle musste mir ein neues Auto besorgen. Das alte kam mit dem neuen Wohnwagen nicht zurecht. War wohl doch zu schwer. Nun, irgendwann wäre sowieso ein neues Auto fällig gewesen. Zumal ich den alten Wagen nicht mehr mochte. Nicht, nachdem Florian einen halben Liter Milch auf dem Rücksitz verschüttet hatte. »Hab dich doch nicht so«, hatte meine Frau gesagt, »kann doch mal passieren. Das geht wieder weg.« Ich wusste es besser. Mir war mit sechs Jahren mal dasselbe im Auto meines Vaters passiert. Ging nicht wieder weg. Selbst wochenlanges Lüften brachte nicht viel, außer dass ich mir damals ständig Vorwürfe anhören musste. Das war eine traumatische Erfahrung gewesen. Und auch jetzt konnte man unseren Wagen eigentlich nur noch mit offenem Fenster fahren. Weil ich aber befürchtete, davon entweder einen steifen Hals oder ein schlimmes Ohr zu bekommen, hatte ich einen Duftbaum an den Innenspiegel gehängt. Kostete mich große Überwindung, ich finde Duftbäume furchtbar. Ich meine, was für eine Botschaft sendet denn so ein Ding aus? Achtung, Fahrer mit schlecht riechendem Auto unterwegs. Was sonst? Leider hat es auch nicht viel gebracht, jetzt roch es säuerlich-dumpf mit einem Hauch Tanne im Hintergrund.

Wolle machte mir trotzdem einen ordentlichen Preis.

Weil er ja den Wagen kannte, wie er meinte. Wahrscheinlich hatte er seinen Kopf aber immer nur unter der Haube, jedoch nie im Innenraum gehabt.

»Sag mal«, fragte er mich jedenfalls, als er hinter dem Lenkrad Platz nahm, »habt ihr einen Hund?« Und dabei rümpfte er demonstrativ die Nase.

»Wie kommst du denn darauf?«, rief ich. »Ich und Hund!« Tatsächlich wünschte sich Sophie nichts sehnlicher. Aber ich war bisher stark geblieben. »Das wird dieser bescheuerte Duftbaum sein.« Ich zeigte auf die grüne Plastiktanne, die am Spiegel hing, und riss sie ab. »Schrecklich die Dinger. Muss meine Frau aufgehängt haben.«

Wolle pulte die restliche Schnur vom Spiegel ab. »Deine Frau kommt auf solche Ideen? Kann ich gar nicht glauben.« Wolle verehrte meine Frau. »Lass mal die Tür auf, damit das ein bisschen auslüftet.«

»Klar«, ich machte die hintere Tür auch noch auf.

Der neue Wagen war toll. Das heißt, er war gar nicht neu. Aber er war größer und ein bisschen kräftiger als alle Modelle, die ich je besessen hatte. Leider war er auch ein bisschen teurer. Dafür hatte er schon ab Werk eine Anhängerkupplung gehabt und einen stärkeren Lüftermotor. Ich würde nie wieder die Heizung einschalten müssen, wenn es bergauf ging. Und weil der Wagen sogar leer schwerer war als der Anhänger, durfte ich mir jetzt eine Plakette mit der Aufschrift »100« hinten an den Caravan kleben. Ich würde also nie mehr mit achtzig über deutsche Autobahnen schleichen müssen. Denn selbst wenn ich immer behauptet hatte, das mache mir gar nichts, diesen Teil der Caravan-Fahrerei fand ich am schlimmsten. Ob ich die Kosten für das Auto auch auf meine imaginäre Wohnwagen-Kosten-Nutzen-Rechnung setzen sollte? Ich dachte an den säuerlichen

Mief in unserem alten Auto und verwarf den Gedanken. Ich wusste doch genau, wohin das geführt hätte: Irgendwann hätte ich meinem Jungen Vorwürfe gemacht. Das wollte ich auf keinen Fall.

Beim Aufstieg zum Brenner ließ ich die Lastwagen rechts liegen, wunderte mich nur über die zahlreichen Motorräder mit bayerischem Kennzeichen, die an uns vorbeidröhnten. Muss am Wetter liegen, dachte ich mir, am Himmel standen nur ein paar Schäfchenwolken. Die Strecke Berlin – Sterzing, immerhin fast neunhundert Kilometer, schaffte ich in elf Stunden. Trotz zweier Tankstopps. Erstaunlich, was so ein Wagen schluckte, wenn er einen Anhänger zog.

Sterzing ist der erste Rasthof hinter der österreichisch-italienischen Grenze. Früher hätte ich den gar nicht beachtet. Inzwischen wusste ich ihn zu schätzen. Sterzing hat einen eigens mit einer Schranke gesicherten Bereich, in dem Wohnwagen und Wohnmobile übernachten dürfen. Für zehn Euro waren sogar Strom und Wasser inklusive. »Schluss für heute«, sagte ich. Hinten schreckten die Kinder hoch. Es tat mir leid, sie zu wecken. Vor allem, wo es mich derart viel Mühe gekostet hatte, sie vorher bei Laune zu halten. Stundenlang hatten wir Automarken-Poker gespielt: Dabei setzt man auf eine Automarke, und wer die meisten seines Typs zählt, hat gewonnen. Ich hatte immer verloren, weil ich auf Marken wie Hyundai setzten musste, während sie natürlich VW bekamen. Das Gleiche ging auch mit Farben. Ich musste auf »grün« setzen. Eigentlich mag ich keine Spiele, bei denen ich nicht gewinnen darf. Aber die monotone Fahrerei, mit dem Hänger im Rücken ist man ja über Stunden immer gleich schnell, trägt dazu bei, dass man irgendwann denkt, ist mir jetzt auch egal.

Ich versuchte auszusteigen. In der Rückseite des linken

Oberschenkels spürte ich ein schmerzhaftes Ziehen, das sich in Richtung Steißbein ausbreitete. War wohl der Ischiasnerv. Der linke Fuß war eingeschlafen, der neue Wagen hatte ein Automatikgetriebe, ich hatte den Fuß praktisch nur zweimal benutzt – als ich zum Tanken aussteigen musste. Dem rechten ging es auch nicht besser, eher im Gegenteil, seit Stunden hatte er mehr oder weniger in der gleichen Position auf dem Gaspedal verharrt.

»Kommst du?«, forderte Sophie mich auf, »du musst mal den Wohnwagen aufschließen.«

»Frag Mama.« Ich zog mich an der Dachkante aus dem Auto und überlegte, ob ich durch allzu heftige Bewegungen die Gefahr einer Thrombose mindern oder steigern würde. Ich nahm das Risiko auf mich und machte ein paar Kniebeugen.

»Das war echt anstrengend«, meinte Florian und rieb sich die Augen.

»Hm«, brummte ich. Gute Gelegenheit für ein Männergespräch. Ich hielt ihm einen Vortrag über die Vorzüge langer Autofahrten. Da würde man doch wenigstens mal ein Gefühl für Entfernungen kriegen. Im Flugzeug zum Beispiel bekommt man gar nicht mit, was auf der Erde so los ist. Man steigt zu Hause ein, und schwupp – plötzlich ist man ganz woanders. Das kann doch nicht gut sein für die Entwicklung eines Kinderhirns. Da fehlt doch eine Dimension. »Die Alpen«, sagte ich also, wir waren umzingelt von mächtigen Gipfeln. »Guck mal, das ist Burg Reifenstein.« Ich zeigte auf die alte Feste, die auf halber Höhe über uns lag. Ob vielleicht der alte Hannibal mit seinen Elefanten auf dem Zug nach Rom hier durchgekommen sein könnte? Wenn ich schon mal bei den Elefanten bin, wäre es nur ein kurzes Stück zu unserem Wohnwagen. Wir und Hannibal sozusagen auf Augenhöhe. »Hast du eigentlich schon mal von Hannibal gehört?« Der Junge war gar nicht mehr da. Ich fühlte mich schlapp. Mich überkam das dringende Bedürfnis, mich mal eben hinzulegen. Ein weiterer Vorteil, den man als Wohnwagenfahrer hat: Mein Bett ist nie mehr als sieben Meter entfernt. Ich humpelte zum Wohnwagen. Mir graute ein wenig vor der Vorstellung, dass ich am nächsten Tag rund siebenhundert Kilometer vor mir haben würde. Denn unser Ziel war ein Campingplatz kurz vor Neapel.

Etwa gegen 20 Uhr wurde ich durch einen langgezogenen Schrei aufgeschreckt.

»Wer hat da geschrien?«

»Da schreit keiner, hört sich an wie ein langgezogenes ›Born to Be Wild‹«, sagte meine Frau.

Steppenwolf, hatte ich sehr lange nicht gehört. Ich erinnerte mich dunkel an »Easy Rider«, den Motorradfilm mit Dennis Hopper und Peter Fonda. Es war tatsächlich »Born to Be Wild«.

»Hast du nicht die Schilder gesehen?«

»Was für Schilder?«, fragte ich.

»Na, an der Autobahn, da wurde ein großes Biker-Treffen in Sterzing angekündigt.«

Deshalb die vielen Motorradfahrer, die uns unterwegs überholt hatten. Himmel, das waren doch Kolonnen. Draußen hallte die Musik von den umliegenden Bergen. Wir trösteten uns mit dem Gedanken, dass das nicht lange anhalten würde. Immerhin übernachteten hier auch viele Lastwagenfahrer. »Können die gar nicht machen«, sagte ich, »das gibt doch einen Aufstand.«

Im Bett hatte ich den Eindruck, als würde die Matratze vibrieren. »Spürst du das?«, fragte ich.

»Hm«, murmelte meine Frau, »Bässe.«

Ich wälzte mich noch ein paar Stunden hin und her, mal mit Kissen über dem Kopf, mal ohne, beobachtete die grüne Kontrolllampe am Kühlschrank. Mir fiel Jack Nicholson ein, der hatte auch bei »Easy Rider« mitgespielt, eine seiner ersten Rollen. Wurde der da nicht von aufgebrachten Anwohnern erschlagen? Ich versuchte zu erraten, was draußen gerade gespielt wurde, aber es drangen immer nur Klangfetzen oder dumpfes Bummern zu mir durch. Darüber musste ich tatsächlich eingeschlafen sein, denn als ich plötzlich wieder einen Schrei hörte, wusste ich nicht gleich, wo ich war.

»Schon wieder ›Born to Be Wild‹«, hörte ich die schlaftrunkene Stimme meiner Frau. »Ist bestimmt die Zugabe.«

Ich guckte auf die Uhr. Halb fünf. »Hat keinen Zweck«, stellte ich fest, »wenn ich jetzt wieder einschlafe, komme ich nachher nicht mehr hoch. Lass uns aufbrechen, dann haben wir es früher hinter uns.«

Ich war nicht der Einzige, der schon auf war. Gleich neben uns befestigte ein Mann in kurzer Hose die Kuppelung seines Wohnwagens am Auto, murmelte dabei irgendetwas Französisches. Ich glaubte, so etwas wie »merde« rauszuhören, konnte mich aber auch irren. Nach seinem Nummernschild war er Belgier. »Monsieur«, sagte ich und nickte ihm zu. Wir Camper sind doch eine eingeschworene Gemeinschaft. Er gähnte, es war ihm nicht besser ergangen als uns.

»Wie fühlst du dich?«, fragte meine Frau.

»Ich bin fit.«

Die Kinder huschten aus dem Wohnwagen, ihre Kissen fest im Arm, und legten sich im Auto auf dem Rücksitz gleich wieder hin, nölten aber trotzdem, weshalb sie denn so früh hätten aufstehen müssen und wann wir endlich ankämen. Ich hatte noch nicht einmal den Wagen gestartet.

»Soll ich mal fahren?«

»Willst du denn?«

»Eigentlich nicht.« Meine Frau mochte die Fahrerei mit Anhänger nicht.

Mir war's egal, ob ich auf dem Fahrersitz saß oder daneben. »Dann los.«

Um halb sechs rollten wir vom Rastplatz Sterzing. Aus dem Radio kam »Guten Morgen, liebe Sorgen«, irgendein Südtiroler Sender begrüßte uns. Ich schob Sophies Kassette ein: Der »Traumzauberbaum«. Ich wollte nicht wieder die grünen Autos zählen müssen.

Als wir Verona passierten, ging es mir überraschend gut. Ich hatte den dritten Kaffee getrunken und war hellwach. In Modena machte ich ganz gegen meine Gewohnheit die erste Pause. Die Toskana passierten wir im strömenden Regen, ich mochte die Autobahn dort nicht. Sie ist eng, kurvenreich und hat auf der rechten Seite tiefe Spurrillen. Als wir den Autobahnring von Rom erreichten, hatte ich das erste Mal Zweifel, ob wir wirklich heute noch an unserem Ziel ankommen würden. Obwohl die Autobahn hinter Rom besser und breiter wurde. In Kampanien wurde ich immer langsamer.

»Ist was?«, fragte meine Frau.

»Wieso?«

»Du fährst nur noch sechzig.«

»Ach.« Ich hatte jedes Interesse am Geschehen draußen verloren, der Ischias meldete sich wieder. »Wann sind wir denn endlich da?« Es war das erste Mal, dass ich diese Frage stellte. Ich wiederholte sie in der nächsten halben Stunde weitere dreimal, dann kam endlich die richtige Abfahrt, jetzt waren es nur noch dreißig Kilometer. Wir verließen die Berge des Apennin, in Serpentinen ging es bergab, Richtung Meer. Die letzten Kilometer fuhren wir durch eine trostlose Steppenlandschaft, die mich arg an die Spontanvegetation erinnerte, wie sie typisch ist für Brachlandschaften, aus denen sich der Mensch zurückgezogen hat. In der Ferne stieg schwarzer Rauch auf. Es würde Tage dauern, bis ich damit rechnen konnte, wieder normal laufen zu können. Und das alles, um am Ende in dieser Steppe zu landen?

»Sieht ein bisschen aus wie bei Mad Max, bist du sicher, dass wir hier richtig sind?«

Meine Frau nickte: »Muss gleich kommen.«

Und schließlich sah ich die Einfahrt zum Campingplatz Baia Domizia. Mehrere Spuren führten auf ein Empfangsgebäude zu. Alle waren leer. Ein gutes Zeichen, wir hatten nicht reserviert. Aber es war auch Juni, die Hauptsaison würde erst im Juli beginnen. Das Rezeptionsgebäude mit seiner Vorfahrt sah ein bisschen aus wie der frühere Berliner Autobahn-Grenzkontrollpunkt Dreilinden vor dem Mauerfall. Ich fuhr vor bis zur Schranke. »*Buongiorno*«, begrüßte mich eine Frau mit einer schwarzen Hochfrisur wie sie Tippi Hedren in »Die Vögel« in blond getragen hatte. Die Mutter von meinem besten Buddelkastenfreund Fränki hatte auch so eine Frisur gehabt. Sie war damals die einzige Mutter in unserer Straße, die immer ein Kostüm trug. Ich habe Fränkis Mutter verehrt. Diese Italiener, dachte ich, haben eben Stil. Ich dachte an den Empfang auf Sylt. Das war doch gleich mal was anderes hier. Wir erledigten die Formalitäten, dann meinte die schwarze Tippi, wir sollten uns doch einfach erst einmal eine Parzelle ausgucken, bevor wir reinfahren. Wir sagten den Kindern Bescheid, die fragten, ob sie solange im Wohnwagen sitzen dürften. Ja klar, aber lasst Fenster und Türen offen. Wir zogen los.

Der Platz war sehr weitläufig, leicht gewellt und fiel zum Meer hin ab. Der vordere Teil sah aus wie ein botanischer Garten, hinten ging er in einen Wald über. Ich sah bemerkenswert viele italienische Kennzeichen. Aber hier war es mir zu schattig. »Wenn ich schon den weiten Weg fahre, will ich am Meer stehen.« Wir kamen an einer Eisdiele vorbei und an einem Restaurant mit Campingmobiliar, was mich ein wenig überraschte. Was sollte einen bewegen, in einem Restaurant einzukehren, in dem es aussah wie in unserem Vorzelt? Schließlich erreichten wir den letzten Weg vor dem Strand, und da war sie, unsere Parzelle. »Die will ich.« Die Parzelle war riesig, Hecken grenzten sie von den Nachbargrundstücken ab, nach hinten raus waren die Dünen, allerdings machte dichtes Gestrüpp sie an dieser Stelle unpassierbar.

»Wir werden keinen Schatten haben«, sagte meine Frau.

»Wir werden Sonnenschirme kaufen«, kündigte ich an und stellte einen Klappstuhl auf, den ich genau zu diesem Zweck die ganze Zeit mit mir rumgetragen hatte.

Gegenüber campierten Italiener. Ein kleiner Wohnwagen, um den sich mehrere quadratische Zelte gruppierten. Ich sah ein Küchenzelt, ein Waschzelt, zwei junge Männer wuchteten einen Herd von einem kleinen Pick-up herunter. Neben dem Wagen stand schon ein Kühlschrank. Das ganze Ensemble wurde von einer Art Baldachin beschirmt, die Abspannschnüre waren mit künstlichen Weinreben bekränzt. Ich revidierte meine Meinung, dass alle Italiener grundsätzlich stilsicherer wären als Deutsche. Offensichtlich richtete sich hier gerade die italienische Variante des Dauercampers ein.

»Bis wir wieder zurück sind, haben sie bestimmt schon Parkett verlegt«, sagte ich zu meiner Frau. Ich nickte einem älteren, untersetzten Herrn in einem Feinrippunterhemd zu, er tippte sich an den Strohhut. Ich zeigte auf mich, dann auf unseren Klappstuhl und hob den Daumen. Er nickte. »Grazie«, rief ich ihm zu und ließ meine Frau wissen: »Alles in Ordnung, der Signore da weiß Bescheid und passt auf unsere Parzelle auf.«

Wir gingen zum Wohnwagen zurück, meinen Beinen ging es schon wieder besser. Doch wo waren die Kinder? Ich öffnete die Tür, warmer Dunst kam mir entgegen, die beiden saßen mit hochroten Köpfen am Tisch.

»Wir haben uns gefürchtet so allein, da habe ich Flo gebeten die Tür zu schließen.«

»Gott, könnt ihr doch nicht machen, da kriegt man ja einen Hitzschlag!«

Wir konnten froh sein, dass der Wohnwagen nicht so heiß wurde wie ein Auto. Trotzdem fühlte ich mich schuldig. Erst schleifte ich sie in zweimal zehn Stunden durch halb Europa, und dann sperrte ich sie in einen Wohnwagen ein. Was sollte als Nächstes kommen?

Unser Stuhl stand noch da, wie wir ihn zurückgelassen hatten. Überraschte mich eigentlich ein bisschen bei einer derart schönen Parzelle. Als ich ihn beiseitestellen wollte, zuckte ich kurz zurück, weil ich das Metallrohr angefasst hatte. Es war brüllend heiß, kein Wunder, der Stuhl hatte in der prallen Sonne gestanden.

»Und du bist sicher, dass das eine gute Wahl ist?« Unsere Kinder drängten sich auf einem schmalen dunklen Streifen am Rand, der einzige Platz, der Schatten bot.

»Ach«, sagte ich, »die Sonne ist doch gleich weg.«

Ich gab den Kindern Geld für ein Eis, damit wir in Ruhe unseren Kram aufbauen konnten, doch sie waren schneller zurück, als ich erwartet hatte.

»Ein Flugzeug«, rief Florian, »am Strand war ein Flugzeug!«

»Was für ein Flugzeug?« Im gleichen Moment hörte ich auch dieses Dröhnen. Wir legten die Köpfe in den Nacken, in geringer Höhe überquerte ein großes, gelbes Propellerflugzeug unsere Parzelle. Ich konnte sogar den Piloten sehen. Wir rannten alle zum Strand und kamen gerade noch rechtzeitig, um zu sehen, wie sich die Maschine wieder aus dem Wasser erhob.

»Was tut der?«, wollte meine Frau wissen.

»Der nimmt Wasser auf. Das ist ein Löschflugzeug.«

Neben uns auf der Düne stand ein Mann in weißen Badeshorts, während wir dem Flieger hinterherschauten, sagte er auf Deutsch: »Irgendwo dahinten brennt's. Wenn wir jetzt die Sekunden stoppen, bis er wiederkommt, könnten wir ausrechnen, wie weit das Feuer weg ist.«

Ich stoppte die Zeit nicht, aber auch ohne Uhr registrierten wir, dass der Flieger ziemlich schnell wieder da war. »Vielleicht sind's zwei«, schlug ich vor und beobachtete, wie der Flieger nur zwei-, dreihundert Meter vom Strand entfernt auf dem Meer runterging. Es sah aus, als würde er im Tiefflug über die Wellenkämme gleiten und sich das Wasser in den Rumpf drücken. Vorne am Strand badeten noch Leute. Was wohl passieren würde, wenn man dem mit der Luftmatratze in die Quere käme? Ich meinte mich zu erinnern, dass so etwas schon passiert wäre. Oder hatte ich das in einem Buch gelesen? »Hat nicht Harry Mulisch mal etwas geschrieben, von einem Taucher, der über einem Waldbrand abgeworfen wird?«, sagte ich zu meinem Nachbarn in den weißen Badeshorts, »Mulisch, der Schriftsteller.«

Mein Nachbar hörte mir gar nicht zu. »Wenn das Feuer den Campingplatz erreicht, geht's hier hoch her«, verkündete er stattdessen, »schon wegen der vielen Gasflaschen. Ein Inferno.«

Sophie fing an zu weinen.

»Wir sind mal in Frankreich von einem Campingplatz evakuiert worden«, setzte er noch eins drauf, »da durfte man nichts mitnehmen, Wohnwagen, Auto, musste man alles zurücklassen! Bist du versichert?«

Camper duzen einen immer gleich. Es stellte sich heraus, dass er Johannes hieß, aus Saarbrücken stammte und von Beruf Versicherungsvertreter war. Sophia schluchzte hemmungslos, sie hat eine Riesenangst vor Feuer, während der Flieger wieder Kurs landeinwärts nahm.

Ich fing an, die Sekunden zu zählen, aber meine Frau brachte mich durcheinander: »Kommst du, wir haben noch nicht alles aufgebaut.«

»Schatz, was soll ich das jetzt aufbauen, wenn wir vielleicht gleich evakuiert werden?«

»Es sind zwei Flugzeuge, hast du denn die Ziffern an der Seite nicht gesehen?« Das musste man meiner Frau lassen, sie beobachtete aufmerksam, und sie hatte immer die Ruhe weg.

Zum Glück kam das Feuer wirklich nicht näher. Ich wäre zur Flucht gar nicht mehr imstande gewesen, schlief schon beim Abendessen ein. Irgendwann schreckte ich hoch und schaffte nur noch die sieben Meter bis zum Bett, wo ich erneut in einen traumlosen Schlaf fiel. Als ich am nächsten Morgen erwachte, war ich einigermaßen erholt. »Hallo, seid ihr schon auf?« Johannes stand draußen, wieder in seinen weißen Badeshorts. Er hatte die Parzelle neben uns.

Ich wusste nicht genau, wie er das meinte, es war immerhin schon fast zehn. Allerdings hätte ich gern noch ein bisschen länger im Bett gelegen, wenn es nicht bereits so warm im Wagen gewesen wäre. Obwohl wir alle Fenster geöffnet hatten.

»Guck mal, der da ist der Pate.« Johannes zeigte auf den Italiener, der im ärmellosen Feinrippunterhemd bereits auf seinem Stuhl schräg gegenüber saß. Johannes' Parzelle war etwas kleiner als unsere, dafür hatte sie einen Baum, um den ich ihn beneidete. Wir sollten deshalb noch häufiger bei ihm sitzen, wenn es bei uns unerträglich wurde, also zwischen zehn und 16 Uhr. Da nutzten auch die beiden Schirme nicht viel, die ich im Campingladen kaufte. Unter denen wurde es nur stickig. Am besten hielt man es aus, wenn man sich direkt hinter den Wohnwagen legte, der warf einen schmalen Schatten. »Guck mal, der nimmt höchstens mal ab und zu den Strohhut ab, ansonsten bewegt der sich nie, ich sag dir, das ist der Pate, der beobachtet nur.«

Ich guckte rüber, nickte dem alten Italiener zu. Er saß im Schatten, seine Parzelle lag im Wald. Da würde ich mich tagsüber auch ungern rausbewegen. Mir fiel auf, dass sich die Italiener alle im Wald aufgebaut hatten, während die Deutschen und die Holländer die Reihe am Strand bevorzugten. Ich nahm mir vor, nächstes Mal darauf zu achten, wo die Einheimischen stehen. Genauso, wie es sich immer empfahl, gleich zu Beginn einen Blick in den platzeigenen Supermarkt zu werfen. Wenn es dort ein eigenes Regal für Mückenspray gab, dann wusste man gleich, was einen abends erwartete. In Baia gab es eine ausgesprochen gute Auswahl für Mittel zur Bekämpfung von Ameisen. Ich deckte mich auch dort ein und experimentierte in der Folge mit verschiedenen Giften, nachdem ich eine Ameisenautobahn an einer unserer Wohnwagenstützen ausgemacht hatte. Die kleinen schwarzen Viecher waren überall. Sie fanden sogar einen Weg in den Kühlschrank.

»Das ist gut für uns, dass der Pate hier Urlaub macht«, nahm Johannes seinen Gedanken wieder auf. »Ich sag dir, die Camorra wäscht auf diesem Campingplatz Geld.« Das war so eine fixe Idee von ihm. Ich guckte ihn zweifelnd an. »Die investieren viel in den Tourismus.«

»Und der Pate zeltet dann?«

Johannes ließ sich von seiner Theorie nicht abbringen. »Tarnung, aber das ist gut, niemand macht der Camorra Ärger auf ihrem Campingplatz. Ich steh hier schon das dritte Jahr, nie ist irgendwas passiert. Stell dir mal vor, hier würde einer klauen. Das ist doch schlecht fürs Geschäft. Der würde morgen im Hafenbecken von Neapel schwimmen. Mit Beton an den Füßen.«

Ich guckte zu den Italienern rüber, bei denen gerade das Frühstück abgeräumt wurde. Sahen völlig ungefährlich aus, wenn man mal davon absah, dass die Frau des Hauses mit dem Alten schimpfte, damit er sein Füße hob und sie darunter fegen konnte. Man musste dazu wissen, dass Johannes in all diesen Jahren nicht ein einziges Mal außerhalb des Platzes gewesen war, weil, »bin ich verrückt, viel zu gefährlich.« Er reiste an und wieder ab. Dabei war er alles andere als ein Stubenhocker. Im Gegenteil, er nahm jedes Sportangebot mit. Und der Platz bot eine Menge: Johannes würde gleich zum Fußball gehen, nach dem Essen war er Bogenschießen, dann Windsurfen, am späten Nachmittag spielte er am Strand Volleyball. Und er ließ nicht locker, ich solle doch unbedingt mal mitkommen.

Windsurfen erschien mir zu gefährlich, seit ich den Einsatz dieser Feuerlöschflieger gesehen hatte. Man stelle sich vor, ich käme denen in die Quere! Fußball wurde hier barfuß gespielt, wobei ich mir an einer Muschel einen Zeh aufgeschnitten hatte. Jedenfalls hoffte ich, dass es eine Muschel gewesen war. Bogenschießen machte mir keinen Spaß mehr, nachdem ich die Sehne gegen den ungeschützten Unterarm gekriegt hatte. Also entschied ich mich für Volleyball. Sah am besten aus, erschien mir aber ungefährlich, jedenfalls, nachdem ich unser Geviert auf Muscheln oder Scherben abgesucht hatte. Ich bereute meine Entscheidung rasch. Unsere gegnerische Mannschaft bestand aus gut gewachsenen, gut gebräunten Jungs, die einen Vorwand suchten, Leuten wie mir Bälle um die Ohren zu hauen, damit gut gewachsene, braun gebrannte Mädels was zu lachen hatten.

Johannes war ein bisschen unzufrieden mit mir. »Einsatz, ein bisschen mehr Einsatz«, war einer seiner Lieblingssätze. Dann stand ich vorn am Netz. »Jetzt gilt's«, rief Johannes. Der Ball wurde meinem Gegenüber serviert, der holte aus und schlug zu, ich sah das kommen, sprang hoch, spürte einen entsetzlichen Schmerz und landete auf dem Rücken. »Super«, rief mir Johannes zu. Ich betastete meine Nase, schien nicht gebrochen zu sein, wie ich erst vermutet hatte. »Super, wie du den Ball mit dem Kopf im Spiel gehalten hast.«

»Ich brauch mal 'ne Pause«, sagte ich, »hab versprochen, mit Sophie zu buddeln.«

»Klar, aber morgen machen wir das wieder.«

Meine Frau hatte den Tag mit Anna verbracht. Anna war die Frau von Johannes, und das merkte man. Die Kinder der beiden besuchten wechselweise den Malkurs oder Italienisch für Anfänger, Angebote, bei denen sich unsere Kinder strikt weigerten mitzumachen. Überhaupt lehnten sie das gesamte Animationsprogramm ab. Anna ging entweder zum Pool-Aerobic oder zum Tanzkurs. Pool-Aerobic war heute ausgefallen, weil sich der Pool auf ungefähr dreißig Grad erhitzt hatte. Und nachdem sie so viel Chlor reingeschüttet hatten, dass es einem die Sinne raubte, wurde er wegen gesundheitlicher Bedenken für einen Tag gesperrt. Deshalb waren die beiden zum Tanzkurs gegangen.

»Wie war's?«, fragte ich hinterher.

»Ganz gut. Und bei dir?«

»Bin mir nicht sicher. Ist meine Nase noch gerade?«

»Ja, klar, wieso?«

»Habe damit einen Schmetterball abgewehrt.«

Meine Frau ging nicht weiter auf meine Verletzung ein, erzählte stattdessen von Alessandro, der wirklich ein begnadeter Tänzer sei und dabei unverschämt gut aussehen würde. Leider hätten sich aber die vielen Holländerinnen durchgesetzt und für Line Dance votiert, Formationstanz also mit Figuren auf Ansage. Na, jedenfalls wären wir heute Abend zum Tanzabend eingeladen. »Ach, weißt du, ich bin eigentlich ziemlich erledigt. Und morgen muss ich wieder spielen.« Es nutzte mir nichts. Meine Frau bestand auf diesem Tanzabend.

Es war eine merkwürdige Veranstaltung. Während einige sich aufgedonnert hatten, als wären wir in einer richtigen Stadt, trugen andere Flip-Flops und Shorts. Alessandro sah aus wie eine Mischung aus dem jungen Adriano Celentano und Eros Ramazzotti. Es gab »Azzurro«, aber auch »Macarena«, ein Potpourri der Sommerhits der letzten vierzig Jahre. Sogar »In the Summertime« wurde gespielt. Das hatte ich das letzte Mal gehört, als meine Eltern zur Feier ihrer Silberhochzeit auf Gran Canaria waren. Ich war damals zwölf. Jetzt war mein Sohn zwölf, und Eros Ramazzotti baggerte meine Frau an. Was mich nicht weiter nervös machte. Dieser Tanzlehrer baggerte überhaupt jede an. Plötzlich war Themenwechsel. Hinter Alessandro formierten sich mehrere Reihen Holländerinnen und tanzten auf mich zu. Sie guckten dabei hochkonzentriert, was mich zusätzlich verstörte. Ich schaute auf blonde Zöpfe und muskulöse Schenkel. Wenn nicht einige von ihnen Badesachen getragen hätten, diese Marschformation hätte mir Angst gemacht.

»Das haben die den ganzen Tag geübt«, flüsterte meine Frau.

»Ich guck mal nach den Kindern«, antwortete ich und war einigermaßen erleichtert, dass sie gleich mitkam.

Ich war auf dem besten Wege, ein Camper zu werden. Doch musste man dazu wirklich in einer Reihe tanzen und täglich das Animationsprogramm studieren? Auf keinen Fall, Camper sind doch Individualisten.

Manne und Connie zum Beispiel, unsere Nachbarn zur anderen Seite, die machten da nicht mit. Weder beim Volleyball, noch beim Line Dance. Die beiden waren auch ganz nett, wenn man mal davon absah, dass Connie etwas leicht Überdrehtes hatte. Sie fand immer alles »super«, oder sie sagte »das geht ja gar nicht«. Das Eis hier, fand sie »super«, die Klos wiederum, »die gehen ja gar nicht«. Ich fand die eigentlich nicht schlecht, vor allem gab es reichlich davon. Aber Connie störte sich daran, dass es keine Klobrillen gab. Sie fing immer an von ihrem letzten Spanienurlaub zu schwärmen. Schon wegen der Klos. Stört mich immer ein bisschen, wenn ich gerade gesagt habe: »Ist doch ganz nett hier«, und mir dann jemand erzählt: »Das findest du nett? Da kenne ich aber einen Ort, der ist viel, viel toller!« Eine Unart, die unter Campern leider relativ weit verbreitet ist.

Manne war dagegen ein ruhiger Typ, was natürlich auch daran gelegen haben könnte, dass er sich jeden Tag der sedierenden Wirkung von vier Bieren hingab, ganz gleich wie heiß es draußen war. Selten trank er mehr, aber eben auch nicht weniger. Und ich will ihm hier nichts nachsagen, wahrscheinlich machte er das nur im Urlaub. Im wirklichen Leben war Manne nämlich Fernfahrer, so richtig mit LKW. Kühltransporter, wie er gern präzisierte. Eigentlich sind Kühltransporter ja der natürliche Feind des Wohnwagenfahrers. Man lernt sie hassen, wenn man mal auf einem Rastplatz übernachtet, und eins von diesen Kühlaggregaten brummt neben einem die ganze Nacht vor sich hin.

»Echt«, sagte ich also, »du fährst Kühltransporter, wie schläft man denn da drinnen, wenn man mal Pause macht?«

»Gewohnheit«, behauptete Manne. Ich traute mich nicht, ihn zu fragen, ob er da auch ein Gutenacht-Bier trinken würde.

Die beiden hatten genau den gleichen Wohnwagen wie wir, nur zwanzig Zentimeter breiter. Was, wie man zugeben muss, schon ein bisschen was ausmachte. Trotzdem fand ich es ungehörig, dass die Tochter der beiden unseren Wagen ein bisschen popelig fand. Sie sagte tatsächlich popelig. Es war das einzige Mal, dass mich unsere neuen Freunde richtig nervten. Unser Wagen war neu. Und er war im Grunde riesig, nur eben zwanzig Zentimeter schmaler als ihrer. Popelig. »Euer Wagen ist aber auch extrem fett«, meinte ich, »auf den wirklich schönen Plätzen, die, wo es so ein bisschen intimer zugeht, kriegt man bestimmt schnell Probleme damit.« Ich wollte dann erzählen, wie wir mal über eine extrem schmale Brücke gefahren waren. »Weißt du noch, die Brücke?«, guckte ich meine Frau an. »Wo wir beinahe steckengeblieben wären.« Natürlich wusste sie das noch, war ja nicht lange her. »Oder dieses alte Stadttor in dieser bayerischen Kleinstadt, wo ich mit dem Anhänger in die Fußgängerzone eingebogen bin. Wie hieß die gleich?« Statt mich zu unterstützen, guckte meine Frau jetzt ziemlich böse. Okay, dachte ich, erzähle ich die Geschichte eben ein anderes Mal.

Manne und Connie waren ja wie gesagt ganz nett. Irgendwie interessant. Leute, von denen man glaubt, dass es sie eigentlich gar nicht mehr gibt. Ich meine, dass jemand im Ruhrgebiet wohnt, ich glaube, sie waren aus Mülheim an der Ruhr, Manne heißt und auch noch Lastwagen fährt, das gibt es doch gar nicht mehr. Manne gab's. Er war übrigens nicht tätowiert, wenn jetzt irgendjemand glaubt, er könnte sich voreilig ein Bild von Manne machen. Und eine von diesen kleingelockten Dauerwellen hatte er auch nicht, obwohl, Locken hatte er schon. Und Connie war damals schon im Internet unterwegs wie keiner sonst, den wir kannten. Kaufte praktisch alles dort. Meiner Frau zeigte sie Bilder von einer Gartenmauer mit Fenster, die sie errichtet hatte. Es sollte zwei Jahre dauern, bevor die einschlägigen Wohn- und Gartenzeitschriften genau so eine Mauer propagierten. »Weißt du noch?«, sagte meine Frau dann immer, »so eine Mauer hat die Connie schon längst.« Ja und, was brauche ich eine Mauer? »Manne« stand übrigens für Manuel und nicht etwa für Manfred. Aber er nannte sich lieber Manne, wahrscheinlich weil er fand, dass das zu einem LKW-Fahrer aus dem Ruhrgebiet besser passen würde als Manuel.

Nun hatte ich aber weder Lust, mich jeden Tag mit Manne dem Alkohol hinzugeben, noch mich unter Johannes' Anleitung am Strand zum Kasper zu machen. Zum Glück dachte meine Familie genauso. Es war mir ein Leichtes, sie zu einem Besichtigungsprogramm zu überreden, wo uns kein Animateur und kein sportversessener Johannes finden würde. Wir sahen Santa Maria Capua Vetere, in der Antike berühmt für seine Gladiatorenschule, bis heute gesegnet mit einem Amphitheater, das nicht viel kleiner ist als Roms Kolosseum. Dafür waren wir tatsächlich die einzigen Besucher. Und bestimmt war der Besuch billiger als der des Kolosseums. Natürlich war Florian ein bisschen enttäuscht, weil der oberirdische Teil schwer ramponiert war, lange nicht so gut erhalten wie die römische Konkurrenz. Dafür sind die Verliese und Gänge unter der alten Arena in besserem Zustand. Ich erzählte ihm von Spartacus, der hier einen Sklavenaufstand anführte, und von den Löwen, die durch diese Gänge geschlichen waren. Florian kannte Spartacus nicht, aber er kannte Russell Crowe in seiner Rolle als »Gladiator«. Diesmal hatte er mir zugehört.

Sogar Pompeji haben wir noch geschafft, immerhin gut hundert Kilometer von unserem Campingplatz entfernt. »Seht ihr, wenn wir hierhin geflogen wären, hätten wir kein Auto, hätten wir eines mieten müssen.« Ich ließ die Kosten für einen Mietwagen in meine imaginäre Wohnwagenkalkulation einfließen, als Geld, das wir gerade gespart hatten. Allerdings kamen wir auf der Rückfahrt in Mondragone in einen äußerst unübersichtlichen Stau. Um dem zu entgehen, fuhren Autos einfach auf die Gegenfahrbahn und hielten auf uns zu. Ich sah sogar, wie vor mir einer dem anderen den Außenspiegel abrasierte, ohne anzuhalten. Mir fiel auf, dass ohnehin bemerkenswert viele Autos ohne oder mit nur einem Außenspiegel unterwegs waren. Ich nahm mir vor, dieses Mysterium daheim auf unserem Campingplatz zu lösen.

Leider sprach der Mann im Feinripp auf der Parzelle schräg gegenüber weder Deutsch noch Englisch, und mein Italienisch reichte für wenig mehr, als eine Pizza zu bestellen. Aber Alessandro, der Eintänzer, sprach Deutsch. Ich fragte ihn, warum hier vergleichsweise viele Autos ohne

Spiegel unterwegs waren. »Weil du ihn nicht brauchst«, erklärte er mir, »Autofahrer in Neapel schauen nur nach vorne, nie zurück. Was hinter dir passiert, ist uninteressant, dafür ist dein Hintermann zuständig.«

Wir beschlossen, für unsere geplante Fahrt nach Neapel den Bus zu benutzen. Nur einen zehnminütigen Fußmarsch von unserem Platz entfernt befand sich eine Haltestelle. Und man konnte auch nicht viel falsch machen. Denn die Fahrt ins Zentrum von Neapel war eine Reise von Endhaltestelle zu Endhaltestelle. Ich fand das ganz entspannend, mal ohne Auto unterwegs zu sein. Und wir hatten großen Wert darauf gelegt, uns ganz normal zu kleiden, also nicht wie auf dem Campingplatz rumzulaufen. Ein Fehler, zu dem viele Camper neigen, weshalb sie noch leichter als Touristen zu identifizieren sind. Unsere Mühe wurde dadurch belohnt, dass ein Italiener uns nach dem Weg fragte. Natürlich konnten wir ihm nicht helfen, aber für einen Einheimischen gehalten zu werden, fand ich großartig. Vielleicht lag das aber auch daran, dass ausgerechnet heute ein großes Kriegsschiff im Hafen von Neapel festgemacht hatte, das aus irgendeinem asiatischen Land stammte, ich weiß nicht mehr aus welchem. Jedenfalls war es ein Schiff mit einer ungeheuer großen Besatzung, die in Gruppen durch die ganze Stadt streifte und alle Aufmerksamkeit auf sich zog. Sogar in der Trattoria, in der wir zu Mittag aßen, kehrten mehrere Matrosen ein und sorgten für große Verwirrung. Der Wortführer der Seeleute in weißen Ausgehuniformen hatte eine Liste mit italienischen Worten und deren Entsprechung in seiner Heimatsprache bei sich. Mit deren Hilfe bestellten sie erst für jeden einen Teller Spaghetti und später einen Napf Zucker. Der Kellner brachte den Napf und rief »Mamma mia«, denn er war sichtlich geschockt, als sein Gast den Zucker über die Nudeln streute. Neben solchen exotischen Eigenheiten mussten wir natürlich wie Einheimische wirken.

Leider verzögerte sich die Heimfahrt dadurch, dass der inzwischen bis auf uns leere Bus in Mondragone anhielt. Soviel ich verstand, erklärten uns Fahrer und Schaffner, sie würden gleich wiederkommen, dann verschwanden sie in einem Lottoladen. Wir warteten gefühlte zwanzig Minuten, bevor ich hinterherging. Unser Fahrer trank gerade seinen Espresso aus, und der Schaffner versicherte, es würde gleich weitergehen. Auf der restlichen Etappe begannen der Schaffner und ich eine Konversation mit Händen, Füßen und den paar Brocken Italienisch, die man im Ristorante lernt. Er beglückwünschte mich zu unserem Campingurlaub in diesem eindeutig schöneren Teil des Landes, meiner schönen Frau und den schönen Kindern. Er selbst sei nur einmal im Norden Italiens gewesen, aber die Leute seien ihm dort zu kühl und auch nicht besonders schön. Das heißt, ich war mir nicht sicher, ob »bello« immer »schön« heißt. Da wir sowieso die einzigen Fahrgäste waren, fuhren uns die beiden mit ihrem Bus über die letzte Haltestelle hinaus direkt zum Campingplatz. »*Buona sera*« rief ich zu Hause dem Paten zu, der wie immer auf seinem Stuhl saß. Mir war auf einmal so einheimisch zumute.

Wir waren uns einig, dass wir die Heimfahrt auf keinen Fall wieder derart schnell durchziehen wollten wie die Hinreise. Eigentlich ist doch das Schöne am Camping, dass man jederzeit überall anhalten und bleiben kann. Wir machten das nur zu selten. Also fragte meine Frau, warum wir nicht nach Rom fahren und die Rückfahrt dort für ein paar Tage unterbrechen sollten. Großartige Idee, ich stimmte sofort zu. Nach Rom wären es keine zweihundert Kilometer, ein Katzensprung gewissermaßen. Wir suchten uns einen möglichst zentral gelegenen Campingplatz, unsere Wahl fiel auf Flaminio, einen der wenigen Plätze innerhalb des Autobahnrings und direkt gegenüber einer S-Bahn-Station gelegen. Von dort waren es nur sechs Stationen ins Zentrum. Nach unseren Erfahrungen mit Neapel ein unschlagbares Argument, ganz egal wie der Platz sonst wäre.

Unter großer Anteilnahme der versammelten Nachbarschaft rollten wir am nächsten Morgen von unserer Parzelle. Nur Manne, der Fernfahrer, war ein bisschen überrascht, dass wir heute nur bis Rom fahren würden. »Das lohnt doch kaum.«

Der neue Platz erwies sich als schöner als erwartet, von hohen Bäumen beschattet und durch einen Hügel von der Via Flaminia abgeschirmt, die hier noch die Dimensionen einer Schnellstraße hatte. Vor allem waren wir tatsächlich schnell da.

Ich war gespannt, ob das Publikum auf einem Campingplatz in der Großstadt ein vollkommen anderes wäre als am Strand. Wie anders es war, schwante mir, als ich sah, wie sich unsere portugiesischen Nachbarn zu einem kleinen Imbiss niederließen und erst einmal ein Gebet sprachen. Bei den Polen, die auf der anderen Seite von uns gleich mehrere Zelte aufgebaut hatten, stand sogar ein großes Kreuz in der Mitte ihres kleinen Lagers. Überhaupt war der Platz sehr voll. Wir hatten Glück, nach einigem Suchen eine allerdings ziemlich abschüssige Parzelle zu finden, direkt zwischen dem portugiesischen Wohnmobil und einem polnischen Reisebus. Ich fragte den Fahrer eines Autos aus Bad Tölz, was denn hier los sei.

»Ja, wissen Sie denn nicht?«, antwortete er mir. »Es ist Heiliges Jahr.«

Ich wusste es nicht, was mir im Nachhinein ein wenig

peinlich war. Der Bayer erklärte mir, ein Heiliges Jahr würde von der katholischen Kirche nur alle fünfundzwanzig Jahre ausgerufen werden. Das Besondere ist: Nur dann wird die Heilige Pforte zum Petersdom geöffnet, und Rom-Pilgern ist die Vergebung ihrer Sünden garantiert.

Offensichtlich war die katholische Welt voller Sünder, und sie waren voller Hoffnung und in Scharen mit Wohnmobilen, Caravans und Zelten aus allen katholischen Ländern Europas nach Rom gekommen. Als Protestanten hatten wir mit einem derartigen Andrang nicht gerechnet. »Sind Sie denn auch Pilger?«, fragte mich der Mann aus Bad Tölz. Ich war von der Frage so überrascht, dass ich ihm antwortete, wir seien eigentlich nur auf der Durchreise. Ob ich ihn damit verletzt hatte? Menschen, die fest im Glauben stehen, machen mich immer ein bisschen befangen. Ich nahm mir vor, mir meine Worte künftig besser zu überlegen.

»Lass uns einkaufen und hier essen«, schlug ich vor, »wer weiß, was nachher in der Stadt los ist, wahrscheinlich findet man keinen freien Stuhl.« Die Kinder wollten aber nicht wieder alleine bleiben auf fremdem Terrain, deshalb ließ ich meine Frau zurück. »Ich fahr nur zum Supermarkt, bin gleich wieder da.« Inzwischen gibt es gleich schräg gegenüber an der Via Flaminia ein kleines Einkaufszentrum, das gab es damals noch nicht. Also wandte ich mich nach rechts, in die Stadt rein, über kurz oder lang würde ich schon einen Supermarkt sehen. Und so war es dann auch, links führte eine Einfahrt in eine Tiefgarage, die zu dem Geschäft gehörte. Ich fuhr zügig rüber, wunderte mich erst, als hinter mir alle hupten. In dem Moment sah ich das Tor, und es fiel mir wieder ein: Ich hatte die Fahrräder noch auf dem Dach.

Hinter mir hatte sich inzwischen eine kleine Schlange gebildet. Zurück ging es also nicht mehr, nur vorwärts. Ich würde die Fahrräder erst einmal runternehmen müssen. Ich stieg aus, schaute auf die Räder und bemerkte, es würde nicht gehen. Ich hatte die Fahrräder mit einem Schloss auf dem Dachträger gesichert. Der Schlüssel hing im Wohnwagen, gleich links von der Tür. Ich sah vor meinem geistigen Auge ganz deutlich, wie er da am Haken baumelte. Ich könnte meine Frau anrufen, aber was sollte das bringen? Mein Hintermann hupte nicht mehr, immerhin. Er wartete ganz einfach, was ich als Nächstes unternehmen würde. Das war überraschend, hupten Italiener nicht immerzu und mit großer Begeisterung? Er stieg allerdings auch nicht aus, sondern entfaltete eine Zeitung und fing an zu lesen. Von dieser Seite war keine Hilfe zu erwarten. Ich war, gelinde gesagt, verzweifelt und versuchte abzuschätzen, wie hoch die Einfahrt wohl war. Ungewöhnlich hoch, wahrscheinlich nahmen Lieferwagen den gleichen Weg. Allerdings hatte ich mal auf einem Parkplatz gesehen, wie ein Auto mit Fahrrädern auf dem Dach durch die Höhenbegrenzung gefahren war. Der Träger war aus der dafür vorgesehenen Halterinne gerissen und mit den Rädern hinten durch die Heckscheibe geschlagen. Schön blöd, hatte ich damals gedacht, wie kann man nur seine Fahrräder auf dem Dach vergessen? Ganz einfach, die meiste Zeit im Jahr hat man ja keine obendrauf. Da kann das schon mal passieren.

Ich lehnte mich sehr weit aus dem Fenster, fuhr vorsichtig auf das Tor zu und beobachtete dabei den Fahrradlenker vorne links. Das war der höchste Punkt. Könnte passen. Ganz langsam passierte ich das Tor und gelangte unbeschadet hindurch. Auch drinnen musste ich noch aufpassen, um kein Rohr von der Decke zu holen.

Ich kaufte, was zu besorgen war, froh darüber, dieses Problem gemeistert zu haben, und ging zurück zum Wagen.

Der war nicht zu übersehen, ragte mit den Fahrrädern über alle anderen hinaus. Und dann kam die nächste unangenehme Überraschung. Zwar war die Ausfahrt genauso hoch wie die Einfahrt, allerdings war das Rolltor nicht ganz hochgefahren und damit vollkommen klar: So würde ich hier nicht wieder herauskommen. Ich irrte durch die Parkgarage auf der Suche nach einer Lösung und stieß auf einen kleinen Mann mittleren Alters, der das Logo des Supermarktes auf der Brust trug. Leider verstand er mich nicht. Ich zog ihn zu meinem Wagen, zeigte ihm die Fahrräder auf dem Dach. Natürlich war mir klar, dass jeder Mitarbeiter in jeder Parkgarage auf der Welt als Erstes sagen würde, die müssen sie da runterholen. Der hier nicht. Er ging einfach weg. Ich lief hinter ihm her, redete auf Deutsch auf ihn ein. Der Mann zeigte auf das Rolltor, zuckte mit den Schultern und fing an, in einem Verschlag etwas zu suchen. Ich verstand ihn immer noch nicht, bis er mir etwas aufmalte, das wie eine Kurbel aussah. Von da an suchten wir gemeinsam. Tatsächlich wurde er fündig und kurbelte extra für mich das Rolltor bis zum Anschlag hoch. Ich war nicht länger gefangen und konnte nicht anders, als den Mann zu preisen für seine unendliche Geduld. Das musste am Heiligen Jahr liegen, dass ihm mein selbst verschuldetes Schicksal nicht schnurz gewesen war. Vielleicht war er aber auch Camper und wusste um die Probleme, die es mit sich bringt, stets seinen halben Haushalt mit sich zu führen.

Zurück auf dem Platz kam mir eine Prozession polnischer Pilger entgegen. Der erste trug ein gewaltiges Kreuz, und alle sangen. Ich war beeindruckt und machte ihnen die Straße frei. Ob sie in dieser Marschordnung auch auf der Schnellstraße draußen weiterziehen würden? Mit ihrem Kreuz waren sie zumindest unübersehbar. Und vielleicht galt hier ja auch die neapolitanische Verkehrsregel, die alle Verantwortung dem Hintermann aufbürdete.

Wir setzten uns erst einmal vor den Wohnwagen und machten Pläne. Leider war das Terrain so abschüssig, dass man den Stuhl gar nicht vernünftig hinstellen konnte. Ich nahm mir vor, nächstes Mal einen Stuhl mit vier Beinen statt zwei einklappbaren Bügeln zu kaufen, unglaublich, was man bei Campingmobiliar für ein Geld ausgeben konnte.

Meine Frau wollte unbedingt die Katakomben sehen. »Au ja«, sagte Florian, als er hörte, dass der Einstieg an der alten Via Appia wäre, jener Straße, entlang derer die aufständischen Sklaven des Spartacus ans Kreuz genagelt worden waren.

»Die hängen da aber nicht mehr«, erklärte ich ihm. Dafür gäbe es dort gruselige Höhlen.

Wir ahnten nicht, dass die Katakomben für fromme Rom-Pilger ein Must-see sind. Zum einen bestatteten schon die frühen Christen in den unterirdischen Gängen ihre Märtyrer, angeblich sollen sie sich dort auch versteckt haben, aber das ist wohl ein Mythos. Zum anderen führte die Via Appia am alten Begräbnisplatz vorbei ins alte Rom. Und angeblich trat der heilige Petrus auf diesem Weg seinen letzten Gang nach Rom an. Jedenfalls trafen wir auf eine riesige Menschenmenge, als wir die Via Appia erreichten. Der Einlass für die Katakomben war allerdings geschlossen, die nächsten Führungen waren für 14 Uhr avisiert. Ich sah keine Chance, jemals eingelassen zu werden, und blickte mich nach etwas Essbarem um. Es gab eine einzige Bude, die wenig vertrauenerweckend aussah und vor der sich eine Menschentraube ballte. Ich sah Pilger, die im Straßengraben saßen und kalte Erbsen aus einer Konservendose löffelten. Ich war drauf und dran aufzugeben, als ein Wunder geschah: Die Führungen wurden nach Sprachen organisiert. Zuerst wurden die Italiener aufgerufen, es war naturgemäß eine große Gruppe. Dann kamen die Polen an die Reihe, ein vielstimmiger Chor antwortete. Die Gruppe war so groß, dass sie geteilt werden musste, was einige Zeit in Anspruch nahm. Derweil wurden die Deutschen aufgerufen. Aus dem Mutterland der Reformation fanden sich kaum mehr als zwanzig Interessenten, weshalb wir als Erste eingelassen wurden. Und der uns führende Priester schenkte Sophie sogar ein kleines Kreuz an einer Kette.

»Wir sind eigentlich keine Pilger«, gestand ich ihm ein wenig verlegen.

»Das macht doch nichts«, sagte der Mann in der Soutane.

Wunderbarerweise waren es ausgerechnet wir, die dann auch noch aus den Händen des Papstes das schönste Souvenir empfingen, jedenfalls indirekt. Eine Mücke hatte Florian in den Knöchel gestochen, der Knöchel schwoll gewaltig an, eine allergische Reaktion, die der Junge in solchen Situationen häufig zeigte. Es war beunruhigend, wir brauchten ärztlichen Beistand und wurden in den Keller einer Kirche dirigiert. Dort taten ungarische Malteser Dienst am Nächsten und versorgten hilfebedürftige Pilger. Der Arzt sprach Deutsch. Und er stellte uns ein hübsches Rezept aus, mit dem Briefkopf des Vatikan und unterschrieben vom Papst.

Wir waren trotzdem sehr froh, wieder zurück auf dem Campingplatz zu sein. Vor allem, als wir am letzten Abend entdeckten, dass es auf der Kuppe des Hügels ein sehr schönes Restaurant gab. Ich hatte genug von Gegrilltem und kippelnden Stühlen, hatte immer noch das Bild des Pilgers vor Augen, der im Straßengraben kalte Erbsen aus der Dose löffelte, sagte das auch. Meine Frau war ein bisschen irritiert, fragte, ob mir denn der Urlaub nicht gefallen hätte. Doch, versicherte ich, fand ihn eigentlich sogar ganz gut. Ich meine, was wir alles für Schwierigkeiten gemeistert hatten. Und überhaupt, diese Vielfalt. Nur beim Camping schlägt man sein Lager an derart unterschiedlichen Orten auf. Doch jetzt war mir nach Luxus: »Lass uns Essen gehen«, sagte ich.

Im Restaurant trafen wir die Polen wieder. Es ist ein Irrtum, dass Camper dazu neigen, sich selbst zu kasteien. Das tun nicht einmal die Frommen.

7
Nach Spanien

Ich mag den »Räuber Hotzenplotz«. Schon, weil ich wie Kasper und Seppl ein Faible für Bratwurst mit Sauerkraut habe. Das ist viel wert, wenn man literarische Helden hat, die mit einem die gleichen kulinarischen Vorlieben teilen. Ich kannte mal ein Buch, da aß der Held die ganze Zeit Irish Stew. Ich meine, Wirsing mit Hammel, das geht mal, aber doch nicht andauernd. Ich weiß noch, dass es ein gutes Buch war, irgendetwas Irisches halt, aber ich habe Autor und Titel vergessen. Und ich bin sicher, das liegt nur an diesem dauernden Wirsingkohl. Zurück zum Hotzenplotz. Ich schätze ihn vor allem als Hörspiel, weil er mit verteilten Rollen gesprochen wird. Finde ich viel unterhaltsamer als Hörbücher, bei denen ein Vorleser alles spricht. Der verstellt allenfalls mal ab und an die Stimme, etwa wenn er eine Frau spricht, sonst immer der gleiche Tonfall. Da schlafe ich sofort bei ein. Und so etwas ist ja am Steuer eines Autos überhaupt nicht gut. Vor allem dann nicht, wenn hinten sieben Meter fünfzig Wohnwagen dranhängen, die leicht ins Schlingern kommen.

Der »Räuber Hotzenplotz« ist da anders, ein Hörspiel eben. Und doch habe ich ihn hassen gelernt. Wenn vor Erreichen der Landesgrenze der Räuber zum vierten Mal dem neunmalklugen Kaspar auf den Leim gegangen ist und die

Kinder auf dem Rücksitz rufen: »Noch mal, noch mal.« Was soll man da machen? Es ist ja nicht besser, wenn sie stattdessen fragen: »Wann sind wir endlich da?« Also legt man die Kassette wieder ein, und erneut klingen die Stimmen von Petrosilius Zwackelmann und Wachtmeister Dimpfelmoser aus den Bordlautsprechern.

Diesmal hatte ich vorgesorgt und ein wenig investiert. In ein audiovisuelles Unterhaltungssystem für den Rücksitz. Mit einem Bildschirm – zwei wären natürlich besser gewesen, habe ich mich später ein bisschen geärgert, doch am falschen Ende gespart – und zwei Kopfhörern. Ich hatte jede Menge DVDs besorgt, darunter alle sechs Folgen »Star Wars«. Ich glaubte, allein damit ungefähr sechzehn Stunden Programm bestreiten zu können, ausreichend für mehr als die Hälfte der geschätzten Netto-Fahrtzeit, wie ich vorab grob überschlagen hatte. Den Rest würden wir locker dadurch überbrücken können, indem wir den beiden Süßigkeiten zum freien Verzehr überlassen, die sie ansonsten in diesem Ausmaß nur zu Weihnachten zu sehen kriegten. Natürlich ist das aus erzieherischer Sicht fragwürdig, zumal Sophie, unsere Tochter, erst acht und damit eigentlich für »Star Wars« noch deutlich zu jung war. Was im Grunde für Florian, unseren Sohn, mit dreizehn auch galt. Doch erstens ist der »Räuber Hotzenplotz« ebenfalls ziemlich kriminell, zweitens gelten auf der Autobahn zu Beginn der Urlaubssaison andere Gesetze als in einem Waldorfkindergarten, und drittens fand ich Sophie schon ganz schön weit für ihr Alter. Kurz: Ich wähnte mich gut vorbereitet. Allerdings hatte ich nicht die geringste Vorstellung davon, was uns tatsächlich bevorstehen würde.

Im Rückspiegel konnte ich die Kiste sehen, die wir zwischen den Sitzen platziert hatten, den mittleren Rücksitz hatten wir entfernt. Die Kiste war randvoll mit Keksen, Gummischlangen, Schaummäusen, Büchern, Zeitschriften. Davor stand eine Kühltruhe mit Getränken, vorbereiteten Sandwiches und Mini-Salamis, darauf war der DVD-Player befestigt. Ich schärfte allen Insassen ein – »Achtung, Achtung, hier spricht der Kapitän, eine wichtige Durchsage« –, dass unbedingt darauf zu achten sei, sämtliche elektrischen Verbraucher vom Netz zu nehmen, wenn wir unsere Parkposition erreicht und den Motor abgeschaltet hätten, weil die Autobatterie angesichts des elektrischen Infernos da hinten nämlich binnen Kurzem leer wäre. Auf weitere Sicherheitshinweise verzichtete ich. Was sonst sollte schiefgehen?

Zugegeben, das Vorhaben war ambitioniert. Unser Ziel hieß Spanien, Playa Montroig, einer der zwanzig führenden Campingplätze in Europa wie es in der Selbstbeschreibung nicht unbescheiden hieß. Dafür wird aber auch eine Menge geboten: Der Platz an Spaniens Costa Dorada verfügt über ein Schwimmbad, ein Kino, Restaurants, Parzellen unter Palmen. »Wenn ihr diesen Platz kennt«, hatten Manne und Connie uns vergangenen Sommer in Baia Domizia unweit Neapel versprochen, »werdet ihr nie wieder irgendwo anders Urlaub machen wollen. Wenn ihr den hier schon toll findet, dann müsst ihr nach Montroig.« Und weil wir keine Lust hatten, immer nach Italien zu fahren, hatte ich die Idee reizvoll gefunden. Auch wenn ich Manne fragte, ob Montroig nicht ganz schön weit weg wäre, der Platz liegt immerhin noch einmal hundert Kilometer hinter Barcelona. »Ach was«, hatte Manne geantwortet. War natürlich auch eine blöde Frage, Manne war von Beruf Fernfahrer. Was für eine Antwort ist schon von jemandem zu erwarten, der es gewohnt ist, Speiseeis oder irgendetwas anderes Gefrorenes zwischen Sizilien und dem Ruhrgebiet hin- und herzukutschieren. »Entspannt«, hatte Manne mir versprochen, »das ist nicht weiter als Neapel.«

Aus seiner Sicht war das vollkommen richtig, das mit der Entfernung. Aus meiner freilich nicht, denn Berlin liegt nun einmal noch ein Stück weiter von Spanien entfernt als das Ruhrgebiet. Bis Playa Montroig würden es jetzt also rund zweitausend Kilometer sein, das wusste ich inzwischen. Wie gesagt, ein durchaus ambitioniertes Vorhaben, für das ich zweieinhalb Tage veranschlagt hatte. Wir würden Samstag aufbrechen und im Laufe des Montags unser Ziel erreichen. Und genauso buchte ich eine Parzelle auf Playa Montroig, denn auf Plätzen wie diesen hat man während der Sommerferiensaison ohne vorherige Buchung erfahrungsgemäß keine Chance. »Sollten Sie irgendwie verhindert sein«, hieß es auf der Buchungsbestätigung, »dann nehmen Sie bitte Kontakt mit uns auf. Wir halten Ihre Reservierung einen Tag aufrecht.«

Wir fuhren lässig an Dessau vorbei, ich würdigte die Tankstelle keines Blickes. Diesmal ging alles gut. Bis zu dieser langen Steigung, die die Autobahn macht, wenn sie zwischen Triptis und Schleiz den Thüringer Wald erreicht. Ich gab Gas, um ein wenig Anlauf zu nehmen, machte mir aber keine großen Sorgen, dafür hatte ich mir ja von Wolle vor zwei Jahren den neuen Wagen besorgen lassen. Na ja, ganz neu war er nicht, ein guter Gebrauchter halt. Vor mir tauchte ein Lastwagen auf, er würde keine Hürde sein.

Auf dem Rücksitz tobte der Krieg der Sterne. Sie waren noch in der ersten Folge, die ja für jeden Menschen meiner Generation die vierte Folge ist, weil sie lange nach der echten ersten Folge entstand, aber nachträglich zur »ersten« Folge ernannt wurde. Das führte automatisch dazu, dass es mich nicht mehr interessierte. Harrison Ford spielte nämlich nicht mehr mit. In Wirklichkeit hatte ich also keine Ahnung, was die da hinten guckten und ob meine Tochter gerade durch einen völlig altersunangemessenen, gewaltverherrlichenden Film für immer traumatisiert würde. Nun, im Rückspiegel sah es aus, als ob sie sich beide amüsierten. Und für tieferschürfende Gedanken hatte ich keine Zeit mehr. Gerade nämlich, als unser Überholmanöver so weit gediehen war, dass wir das Fahrerhäuschen des LKWs neben uns erreicht hatten, kam es mir vor, als ob jemand den Stecker gezogen hätte. Nein, nicht aus dem DVD-Player, sondern irgendwie aus dem Motorblock. Ich registrierte so etwas wie einen Druckabfall, unser Wagen wurde merklich langsamer, wir fielen hinter das Lastwagenfahrerhäuschen zurück. Erinnerungen wurden wach. Nicht schon wieder.

»Was ist denn?«, fragte meine Frau, »warum fährst du nicht schneller?«

»Houston, wir haben ein Problem«, antwortete ich. Übrigens eine wunderbare Szene in dem Film »Apollo 13«. Ich glaube, anschließend wird Tom Hanks gefragt, welches Kontrolllämpchen brennen würde, und er antwortet relativ gelassen, dass sie alle brennen. Bei mir brannte kein einziges. Dafür fehlte es mir an Gelassenheit. Denn der Fall, der vor meinem geistigen Auge Gestalt annahm, war genau der, vor dem ich mich bei Reisen mit dem Wohnwagen immer besonders fürchte. Bleibt man nämlich mit Maschinenschaden liegen, hat man nicht nur das Auto verloren, nein, das Zuhause gleich mit. Ja, schlimmer noch, all unsere Sachen sind doch hinten in den Schränken verstaut. Und es sind viele Sachen. Das Packen eines Wohnwagens vor einer drei- bis vierwöchigen Sommerreise dauert bis zu drei Tagen und kommt eher einem Umzug als einer Fahrt in den Urlaub gleich. Es gelingt mir regelmäßig, meine Frau zu Beginn einer Reise schon allein dadurch verrückt zu machen, dass ich sie frage: »Schatz, haben wir eigentlich die Verlängerungsschnur eingepackt? Und den Dreistecker? Und die Espressomaschine? Und das Nageletui?« Das sind nämlich vollkommen überflüssige Fragen. Weil, sie denkt ja wirklich an alles, wir haben Fahrräder auf dem Dach, ein Schlauchboot im Kofferraum, einen Fernseher ins Bett gewickelt, haben einen Grill für draußen, einen Herd für drinnen, haben Bälle, Federballschläger, Ping-Pong-Kellen, Monopoly-Spiel, Campingmöbel eingepackt. Was wir nicht haben, ist auch nur ein einziger Koffer, um das Nötigste darin zu verstauen, falls man die Reise einmal ohne Auto und ohne Wohnwagen fortsetzen muss. Genau daran dachte ich jetzt, während ich den LKW davonziehen sah und immer noch hoffte, es würde sich um ein vorübergehendes Problem handeln, eine Art Verstopfung vielleicht, die sich gleich von allein löste. Oder die Steigung war eben doch steiler als in meiner Erinnerung, immerhin war ich diese Strecke ja bis hierhin weiß Gott oft genug gefahren. Wurde es da hinten raus nicht immer langsamer? Und war der Wohnwagen jetzt nicht eben doch ein bisschen groß und mit dem ganzen Zeug selbst für diesen Wagen ein wenig schwer?

Die Geschwindigkeit fiel auf ungefähr vierzig. Als wir die Steigung hinter uns hatten, gelang es mir, das Tempo bis auf knapp über fünfzig zu steigern. Mehr ging nicht. Immerhin, wir rollten. Aber auf Dauer war das natürlich ein bisschen wenig. »Irgendetwas stimmt nicht«, sagte ich, und mit einem Blick auf die Uhr fügte ich hinzu. »Es ist jetzt Samstag, 11 Uhr, wahrscheinlich haben die Werkstätten in diesem Landesteil bis mittags auf, ruf den ADAC an, wir brauchen Hilfe.« Ich fand, nach Lage der Dinge hätte Tom Hanks das nicht viel besser hingekriegt. Wirklich schade, dass unser Wagen nicht mehr Kontrollleuchten hatte. Vielleicht hätte man dann erkannt, woran es liegt. Auf jeden Fall würde es cool aussehen. Meine Frau telefonierte.

»Sie sagen, bei Hof gibt es eine VW-Werkstatt, die hat bis Mittag auf, ob wir die aus eigener Kraft erreichen, sie würden uns dann dort anmelden?«

»Sonst haben sie nichts gesagt?«

Meine Frau schüttelte den Kopf. Schade, eine andere meiner Lieblingsszenen bei »Apollo 13« ist die, als die Astronauten nach ihrer Havarie ein rettendes Teil aus irgendwelchem an Bord vorhandenen Müll selber bauen müssen und die Anleitung dazu von der Bodenstation per Funk übermittelt bekommen. »Werden wir das schaffen?«, fragte ich nach hinten. Wie Bob der Baumeister das tut, der, von dem Obama seinen Spruch »Yes, we can« hat. Normalerweise hatten die Kinder immer geantwortet: »Jau, wir schaffen das«, aber jetzt guckten sie ja Krieg der Sterne. »Gut«, sagte ich zu meiner Frau, die mir offenbar als Einzige zuhörte, »sag ihnen, wir schaffen das.«

Wir hatten noch kein Navi, aber die Leute vom ADAC lotsten uns tatsächlich bis auf den Hof der Werkstatt. Dort sah es zwar nicht aus wie in Houston, dafür aber wie bei »Emergency Room«. Zwei mit weißen Kitteln bekleidete Herren standen mit einem Diagnosegerät bereit. Einer zog den Aschenbecher in der Mittelkonsole unseres Autos heraus, um den Rüssel des Diagnosegerätes anzuschließen. Auf mich wirkte das sehr kompetent. Der Mann erwähnte mehrfach das Wort Luftmengenmischer, sie machten sich an diversen Schläuchen zu schaffen, eine Stunde bastelten sie an unserem Wagen rum, ohne sich wirklich festzulegen, woran es denn fehlte. Aber irgendwann behaupteten sie, das

Problem sei jetzt behoben, da war mir dann eigentlich alles andere egal. Ich gab den beiden ein großzügiges Trinkgeld, nachdem sie mir zu verstehen gegeben hatten, dass sie normalerweise samstags gar nicht so lange arbeiten würden. Jedenfalls hatte ich den Eindruck, sie würden mir persönlich die Schuld daran geben, dass ihre Lebensplanung für dieses Wochenende in Unordnung geraten war. Ich kann mich aber auch irren. Mechaniker verunsichern mich immer ein bisschen, weil ich mich ihnen mehr oder weniger ausgeliefert fühle. Und ich glaube, so eine gewisse Grundbrummigkeit ist im Fränkischen nicht ungewöhnlich. Was macht's, ich war jetzt wieder ein glücklicher Mensch.

Natürlich hatten wir ein wenig Zeit verloren, aber ich erklärte, wir bräuchten ja nun keine Pause mehr zu machen, die eben sei doch lang genug gewesen. Florian war das egal, er wollte sowieso gern den Film weitergucken, Sophie wollte, was ihr großer Bruder wollte. Auf diese Weise erreichten wir am Abend die deutsch-französische Grenze, wo wir auf einem Campingplatz bei Neuenburg übernachteten. Übrigens nicht allein, der Platz war sehr eng zugestellt mit Campern, die ganz offensichtlich auch nicht beabsichtigten, hier länger als eine Nacht zu bleiben. Trotzdem fand ich eine Lücke zwischen einer Gruppe Holländer, von der ich angenommen hatte, sie seien hier gemeinsam eingetroffen. Wahrscheinlich haben sie sich aber erst hier kennengelernt. Jedenfalls hatten sie sich direkt vor unserem Schlafzimmer noch ziemlich lange, ziemlich viel zu erzählen. Irgendwann fiel ich in einen unruhigen Schlaf. Wahrscheinlich träumte ich schlecht. Ich kann mich zwar nicht erinnern, aber es sollte mich nicht wundern, wenn die Worte »Mayday, mayday« mehrfach fielen.

Am nächsten Morgen brachen wir einigermaßen unentspannt in aller Frühe auf und überquerten bei Ottmarsheim den Rhein, der hier die deutsch-französische Grenze markiert. Wir fuhren durch Mulhouse, vorbei an den Peugeot-Werken, und später am Triebkopf eines TGV-Zuges, den sie bei Belfort neben der Autobahn aufgebockt haben, um für französische Ingenieurskunst zu werben. Bis Dole blieb alles ruhig, dann geschah es erneut. Dabei mag ich diesen Ort. Wir haben hier mal auf dem Campingplatz übernachtet, der liegt sehr schön am Ufer der Doubs, auf der anderen Seite sieht man die Altstadt. Dole liegt auf der Kante zwischen Burgund und dem französischen Jura. Hier knickt die Autobahn nach Süden in Richtung Mittelmeer ab. Das gibt mir immer ein gutes Gefühl, als ob der Urlaub bereits angefangen hätte. Hat er ja eigentlich auch, vergisst man manchmal über der Fahrerei. Jetzt allerdings war mir so, als ob da gerade wieder jemand den Stecker gezogen hätte: die Tachonadel ging runter bis auf sechzig. Ich steuerte einen Parkplatz an, wo ich alle halbwegs erreichbaren Schläuche erst abzog, an ihnen rüttelte, sie dann wieder befestigte. Anschließend umwickelte ich sie mit Klebeband.

Der Wagen zog wie neu. »Kannst du dich erinnern, an ›Apollo 13‹, wie die da mit Klebeband dieses Dings in ihrem Raumschiff repariert haben?«, fragte ich meine Frau, legte den Kopf schief und sprach halb nach hinten: »Kinder, denkt daran, man sollte immer Klebeband dabeihaben, es ist ungeheuer, was man mit Klebeband alles richten kann.« Dabei dachte ich an meinen Großvater. Der war zwar schon ziemlich lange tot, und ich habe ihn eigentlich nur als frühe Kindheitserinnerung erlebt. Wenn ich an ihn denke, sehe ich einen kahlköpfigen älteren Herrn vor mir, der den Hosenbund kurz unterhalb der Brustwarzen zu tragen pflegte, also deutlich über dem Bauch, und mir erzählte, wie er im

Ersten Weltkrieg verwundet wurde. Irgendwo in den Vogesen, also gar nicht mal so weit von hier. Am Hintern, sie hatten ihn am Hintern getroffen, wofür er übrigens das Eiserne Kreuz bekam.

»Opa«, fragte ich ihn damals also mit glockenheller Stimme, »wie wird man denn am Hintern getroffen?«

»Beim Weglaufen«, sagte mein Opa. »Junge, du musst dir merken, es gibt Situationen im Leben, da musst du einfach weglaufen.«

Habe ich nie vergessen. Das sind so die Generationen übergreifenden Weisheiten, die hat man für immer. Jetzt verkündete ich also: »Klebeband, ihr solltet immer Klebeband dabeihaben.« Um die Sache noch prägnanter zu machen, fügte ich hinzu: »Damit kann man im Ernstfall sogar Leben retten.« Ich weiß allerdings nicht genau, ob sie mich gehört haben, denn hinten tobte immer noch der Krieg der Sterne. Schon ein Ding, zwischen meinem Opa und dem Krieg der Sterne liegen keine hundert Jahre. Doch ich hatte keine Zeit, diesem Gedanken weiter nachzuhängen, weil ein anderes Ereignis in mein Bewusstsein drang.

»Gibst du richtig Gas?«, erkundigte sich meine Frau, während ich das Pedal bis auf den Boden trat und dabei die Tachonadel beobachtete, die erst unter neunzig, dann unter achtzig fiel, und das in der Ebene. Ich fuhr auf den nächsten Parkplatz.

Es half nichts, kein Klebeband, kein Rütteln, nichts. Der Wagen machte nur noch fünfundfünfzig, bergab ein bisschen mehr, bergauf weniger. Die Situation war ernst. Wir hatten gerade erst dieses komische Drahthuhn passiert, diese Skulptur, die einem neben der Autobahn signalisiert, man sei nun in Bresse, der Heimat des Bressehuhns. Wir würden Hilfe brauchen, also rief ich den Pannendienst an.

Die Konversation mit der Pannenhotline war nicht leicht, da ich nur ein wenig Schulfranzösisch spreche, und mein Gesprächspartner leider gar kein Deutsch verstand. Doch die Botschaft, die mir Monsieur mitzuteilen hatte, war so schwer nicht zu begreifen. Sonntags gebe es in Frankreich leider keine geöffneten Werkstätten, dürfe es auch gar nicht geben. Die Gewerkschaft, ich glaube jedenfalls, dass er die Gewerkschaft meinte, die Kirche war es jedenfalls nicht, würde das gar nicht zulassen. Nein, Monsieur, heute geht da leider gar nichts, denn es war ja inzwischen Sonntag, da müssten wir schon bis Montag warten, dann könnten wir selbstverständlich mit Hilfe rechnen, bonne chance. Dumme Sache. Angenommen, Montag würden wir in irgendeine Werkstatt geschleppt, könnten wir es noch am gleichen Tag bis Spanien schaffen? Oder wenigstens bis Dienstag? Mir fiel wieder dieser Passus in meiner Buchungsbestätigung ein. »Notfalls halten wir Ihre Reservierung einen Tag aufrecht.« Ich schaute auf die Karte. Vom Ziel trennten uns noch gut achthundert Kilometer. Völlig illusorisch. Ich beschloss, unseren kleinen Defekt, was immer es auch sein mochte, einfach zu ignorieren und weiterzufahren. Angenommen es gelänge uns, eine Durchschnittsgeschwindigkeit von fünfzig Stundenkilometern zu erreichen, konnten wir in acht Stunden rund vierhundert Kilometer bis Montpellier schaffen. Blieben gut vierhundert Kilometer für den nächsten Tag. Vierhundert Kilometer waren mit einer Tankfüllung zu schaffen, es ist ungeheuer, wie so ein Wohnwagen im Schlepp den Spritverbrauch in die Höhe treibt. Wir würden also nicht mehr anhalten. Oder wenigstens nur im äußersten Notfall. Ein guter Plan.

Wir quälten uns auf der Ostumfahrung um Lyon, passierten mit knapp fünfzig Stundenkilometern Valence und schließlich die Kühltürme des Atomkraftwerks Cruas-Meysse bei Montélimar direkt an der Rhone. Ich kannte die Türme, waren wir doch diese Route schon einmal gefahren. Und normalerweise erheitert mich der Anblick immer. 1991 hatte hier der französische Künstler Jean-Marie Pierret auf einem der hundertfünfundfünfzig Meter hohen Türme ein nahezu ebenso großes Monumentalbild aufgetragen. »Ökologie« hieß das Thema, »Aquarius« das Bild, es zeigt ein spielendes Kind, das ein bisschen wie Mogli aus dem Dschungelbuch aussieht und zu buddeln scheint. Tatsächlich gießt es Wasser aus einer Muschel und soll wohl so etwas wie die Harmlosigkeit der Kernkraft symbolisieren. Pierret ist Spezialist für monumentale Bilder. An der Isère in den französischen Alpen hat er Herakles auf die Staumauer der Tignes-Talsperre gemalt, hinter der das Dörfchen Tignes in der aufgestauten Isère versank.

Während ich genug Zeit hatte, das Atomkraftwerk zu betrachten, dachte ich an unseren Motor, der uns mit Treckergeschwindigkeit die Rhone entlangzog, obwohl er doch an einem Diagnosegerät gehangen hatte. Offenbar gibt es Fehler, die auch mit moderner Technik nur schwer zu erkennen sind.

Bei Orange, dort, wo sich die Autobahn teilt, um entweder geradeaus nach Marseille weiterzuführen oder nach rechts in Richtung Spanien, verlor ich die Nerven. Zu meinen Schwächen zählt eine gewisse Ungeduld. Diese Schleicherei im Schneckentempo machte mich wahnsinnig. Ich begann laut zu fluchen.

Florian guckte hoch, fragte: »Was ist denn los?« Er hatte tatsächlich bis jetzt immer noch nicht bemerkt, dass wir ein Problem hatten. Ungeheuer, was elektronische Medien für eine Macht über einen jungen Menschen haben können.

»Diese Karre fährt nicht mehr richtig«, brüllte ich unangemessen laut, »ich weiß nicht, ob wir unser Ziel jemals erreichen, wahrscheinlich bleiben wir hinter dem nächsten Hügel liegen.«

Sophie wirkte ein wenig verstört.

»Soll ich mal fahren?«, fragte meine Frau. Das war ungewöhnlich. Obwohl sie den Wagen zu Hause häufiger nutzte als ich, infolgedessen also möglicherweise sogar über mehr Fahrpraxis verfügt, lehnte meine Frau es normalerweise rundheraus ab, auch nur einen Meter zu fahren, solange wir diesen Anhänger hinter uns herzogen. Und das, obwohl doch sie es ist, die aus einem Wohnwagenhaushalt kommt, gewissermaßen in so einem Ding groß geworden ist.

»Mach«, sagte ich, »ich kann nicht mehr, ich will auch nicht mehr.«

Ihr machte die Schleicherei merkwürdigerweise gar nichts aus, im Gegenteil, sie fand es eigentlich ganz ruhig.

Am späten Abend erreichten wir den Camping de Fondespierre bei Castries, unweit von Montpellier. Ein kleiner, unspektakulärer, dabei sehr naturbelassener Platz, der mir unter normalen Umständen viel besser gefallen hätte.

Die Weiterfahrt am nächsten Tag führte durch die Hölle. Mit Tempo fünfzig passierten wir einen Waldbrand, die Flammen standen direkt an der Autobahn, die Feuerwehr parkte auf dem Standstreifen, die Pompiers löschten mit dem Rücken zur Fahrbahn, und mehrere Polizisten forderten uns mit rudernden Armbewegungen auf, einen Zahn zuzulegen, damit der Verkehr bloß nicht zum Erliegen käme. Bei uns mühten sie sich leider vergeblich, es ging einfach nicht schneller. Wahrscheinlich hielten sie uns für blöde Gaffer.

Vor uns tauchten die Pyrenäen auf. Diesmal rasten wir

nicht die Berge hoch, wir nahmen sie mit Tempo dreißig und flackerndem Warnblinker. Ich rechnete fest damit, dass man uns als Hindernis von der Autobahn holen würde, hätte das auch niemandem verdenken können. Überdies irritierten uns die Schilder auf den ersten spanischen Parkplätzen, die vor dem Anhalten warnten. »Achtung« hieß es dort unter anderem auch auf Deutsch, »dieser Rastplatz ist für einen kurzen Aufenthalt ausgerichtet.« Ultimativ wurde man aufgefordert, die Fahrt möglichst schnell fortzusetzen. Natürlich kannten wir die Geschichten, die man sich auf Europas Campingplätzen erzählte, von K.o.-Gas-Angriffen auf arglose Camper, die es sich auf einem einsamen Parkplatz gemütlich gemacht hatten und am nächsten Morgen ausgeplündert und mit dickem Kopf wieder aufwachten. Wenn sie denn aufwachten. Doch das hier war noch einmal etwas anderes. Speziell in Spanien hieß es, in Lieferwagen herumstreifende Banden würden die Autobahn unsicher machen und Touristen am helllichten Tag ausrauben, die einfach nur für einen kurzen Imbiss anhielten. Weshalb dringend dazu geraten würde, menschenleere Rastplätze zu meiden. Wir wären dieser Aufforderung gern gefolgt. Wenn Florian nicht von innen gegen das Seitenfenster gekotzt hätte. Ich vermute mal, nachdem die Kinder inzwischen alle sechs »Star Wars«-Filme intus hatten, hatte er sich unkontrolliert über die Vorräte hergemacht. Notgedrungen steuerten wir den nächsten Rastplatz an. Es war einer von denen, auf dem große blaue Schilder vor einem längeren Aufenthalt warnten.

Natürlich wurde ich ein wenig unruhig, als nach wenigen Minuten tatsächlich ein rostfarbener Lieferwagen auftauchte, vor uns stoppte und neben einigen Erwachsenen eine erstaunlich große Zahl nordafrikanisch aussehender Halbwüchsiger freigab. Das heißt, es waren auch ein paar Kinder dabei, die neugierig zu uns herüberkamen und für meinen Geschmack viel zu dicht an unserem Wohnwagen entlangstrichen. »Schatz«, sagte ich, »kannst du das hier mal alleine weitermachen?«, und hörte auf, schleimige Keksstückchen aus der Fensterführung zu pulen. Aus dem Kofferraum holte ich mir die Rohrverlängerung vom Wagenheber und begann nun meinerseits, um den Wohnwagen herumzustreichen. Dabei mühte ich mich um einen möglichst grimmigen Gesichtsausdruck, was mir allerdings auch nicht schwerfiel. Meine Nerven waren ohnehin kurz vor dem Zerreißen, keine Frage, ich war in der Stimmung, wieder einmal irgendetwas Dummes zu tun. Offenbar bemerkten die anderen das auch. Oder aber, sie fanden den Wagen interessanter, der nun auf den Parkplatz fuhr, ein neuerer Opel mit einem allein reisenden Fahrer. Bis eben waren wir, das heißt unser Gespann und der fremde Kleinlastwagen, tatsächlich die Einzigen hier gewesen. Jetzt konzentrierte sich unser aller Aufmerksamkeit auf den Neuankömmling. Die ersten Jugendlichen schlenderten zu ihm rüber.

»Fertig!«, rief in diesem Moment meine Frau. »Wir können.« Ehrlich gesagt war ich mir über die Situation noch nicht richtig schlüssig geworden und fragte mich, ob ich es verantworten konnte, den Neuen hier allein zurückzulassen. Aber der war erstens Spanier und wirkte zweitens so, als ob er wüsste, was er tat. Vielleicht ein verdeckter Ermittler? Ich beschloss, ihn seinem Schicksal zu überlassen, verstaute das Rohr wieder im Kofferraum und stieg in den Wagen ein. Langsam, logisch, schnell ging ja sowieso nicht, rollten wir vom Parkplatz.

Bei Barcelona hatte ich endgültig die Nase voll. Dort gab es Autobahnauffahrten auf beiden Seiten der Piste, riesige Lastwagen nahmen uns also von links und rechts in die

Zange, während wir dahintuckerten. Wir wurden von hinten angehupt, von der Seite beschimpft, von der anderen mit erhobener Faust bedroht. Das war der Moment, in dem mir an der Urlaubsform Wohnwagen gehörige Zweifel kamen. Ich wollte keine Geschichten mehr hören, von einem zahnsteinfarbenen Ei, das mein Schwiegervater einst bis Malaga gezogen haben soll, auf der Küstenstraße natürlich, weil es die Autobahn entweder noch nicht gab, oder sie ihm zu teuer war. Drei Tage hätten sie gebraucht, obwohl sie ja auch kaum hätten schneller fahren können als wir jetzt. Und alle fanden, was das doch für ein wunderbares Abenteuer gewesen wäre. Ich dachte daran, dass wir schon seit zwei Tagen am Ziel wären, wenn wir den Flieger genommen hätten.

Ich war mir nicht einmal mehr sicher, ob ich überhaupt noch nach Spanien wollte. Doch ausgerechnet das war der Moment, in dem wir es tatsächlich geschafft hatten. Es war deutlich vor 18 Uhr, wir waren allein heute elf Stunden unterwegs gewesen, aber wir hatten es geschafft. Vor uns lag die Einfahrt zu Playa Montroig.

Auf großen Campingplätzen, die ein wenig Luxus versprechen, ist der Empfang nicht anders als im Hotel. Es gibt eine Rezeption, man erledigt dort ein wenig Papierkram, und dann kriegt man, nein, nicht seine Zimmerschüssel, aber doch zumindest eine Parzellennummer – der kleine Ort, an dem man sich mit seinem ganzen Kram aufstellen wird. Dieser Moment ist in der Regel immer ein wenig heikel, je nachdem wie anspruchsvoll man ist. Wie rum soll der Wagen stehen? Hat man lieber abends Sonne oder beim Frühstück – was man in südlichen Ländern zumindest im Sommer vermeiden sollte, wenn nicht wenigstens ein Baum für ausreichend Schatten sorgt. Markisen schaffen das nie, da drunter kann es so heiß werden, dass nicht nur die Butter schmilzt. Dann gilt es in der Regel, ein Vorzelt aufzustellen, was je nach persönlicher Disposition mehr oder weniger schnell von der Hand geht. Wir streiten uns beim Aufbauen des Vorzeltes ganz gern, weshalb wir die Kinder während dieses Manövers meist wegschicken. Sie müssen ja nicht sehen, wie Mama reagiert, wenn Papa die Firststange in die Flanke des Wohnwagens fallen lässt. Danach will man vielleicht noch eine Satellitenschüssel aufstellen, was bei digitaler Technik schon etwas für Fortgeschrittene ist. Das Ausrichten einer Satellitenschüssel ist meist Männersache, weil, wie ich beobachtet habe, Männer sehr oft sehr viel schlechter ohne Fernsehen klarkommen. Aber je weiter man im Süden ist, desto schwieriger wird es, ein Antennensignal einzufangen. Weshalb ich schon gestandene Väter gesehen habe, die die Antennenschüssel voran stundenlang und mit flackerndem Blick um ihre Parzelle irrten, bevor sie akzeptieren konnten, dass es wohl nichts wird mit Fernsehen.

So weit waren wir noch lange nicht.

»Ein langsames«, antwortete ich artig, als mich die nette Senora in ihrer schmucken Uniform an der Rezeption fragte, was wir für ein Auto führen. Natürlich wollte sie Farbe, Typ und Kennzeichen wissen, aber an meiner Reaktion sah man, dass ich begann, mich vom Schock der Anreise zu erholen. Schon kehrte mein sarkastischer Witz zurück.

Dann verkündete sie: »So, und nun suchen Sie sich mal eine schöne Parzelle.« – Wie, schöne Parzelle suchen? Ich hatte doch reserviert? Nun dachte ich, sie würde ihrerseits einen Witz machen. Dazu muss man wissen, dass Playa Montroig, einer der in allen Campingführern am höchsten bewerteten Campingplätze Europas, der im ADAC-Campingführer schon damals das Label »Superplatz« trug, bis 2008 ein System praktizierte, bei dem einem im Reservierungsfall lediglich garantiert wurde, irgendwo auf dem Gelände gebe es einen freien Platz. Wobei das Gelände immerhin fünfunddreißig Hektar groß war und tausendsiebenhundertfünfzig Wohnwagen oder Zelten Platz bot.

»Aber Sie können mir doch sicher sagen, wo genau ich da gucken kann?«

Konnte die Dame an der Rezeption leider nicht, außerdem musste sie sich jetzt um den nächsten Gast kümmern. Also blieb uns nichts weiter übrig, als loszurennen. Denn wir waren keineswegs die einzigen Neuankömmlinge.

Wir trennten uns, meine Frau und ich. Jeder schnappte sich ein Kind, das im Erfolgsfall als Bote fungieren sollte, während der andere die Parzelle per Sitzblockade sicherte. Schon nach kurzer Zeit fürchtete ich, mein Kreislauf würde kollabieren, denn obwohl es auf sechs zuging, war es immer noch unfassbar heiß. Außerdem hatte ich so ein Ziehen auf der Rückseite des Oberschenkels. Ich kannte das ja schon, wahrscheinlich war es wieder der Ischias vom verkrampften Sitzen über Tausende Kilometer. Wir kamen an braun gebrannten Menschen in kurzen Hosen vorbei, die unter Palmen Federball spielten, konnten aber keine freie Parzelle entdecken. Irgendwann unterquerte ich eine Bahnlinie, Playa Montroig wird tatsächlich von einer eingezäunten Bahntrasse durchquert, was mich ein wenig irritierte. Die Bahn fährt dort übrigens auch heute noch, dem Vernehmen nach ist aber eine neue Trasse inzwischen gebaut, um 2014 herum soll sie in Betrieb genommen und die Strecke auf dem Campingplatz stillgelegt werden. Dort, hinter der Bahnlinie, ein gutes Stück vom Mittelmeer, entdeckte ich tatsächlich ein freies Stückchen Land. Hier sollte ich die nächsten knapp drei Wochen verbringen? Ich überlegte, ob ich weinen sollte, kämpfte dann aber doch gegen die Tränen an, weil ich bemerkte, wie die Kleine mich aufmerksam betrachtete.

»Papa!« Der Ruf riss mich aus meinen dunklen Gedanken. Es war nicht mein Mädchen, es war Florian, der sich mit seiner Mutter auf die Suche gemacht hatte. Wie lange war das jetzt her? Eine halbe Stunde? Würden wir uns jemals wiedersehen? Meine Gedanken wurden immer fataler. »Papa! Mama hat was gefunden!« Der Junge zottelte an mir herum, versuchte, mich auf die Beine zu bringen.

»Ist nicht wahr!« Wir zogen los, Richtung Meer.

Die beste Ehefrau von allen saß auf einer Art Hügel am äußersten Rand des Campingplatzes, direkt an der Umfassungsmauer. Aber zum Strand waren es nur zehn, fünfzehn Meter. »Das ist keine Parzelle, das ist eine Böschung«, sagte ich einigermaßen enttäuscht. Tatsächlich stieg die Parzelle stark an, aber oben war eine Art Plateau. Wir nahmen Maß, wenn man den Wagen hochkriegte, könnte es gehen. Inzwischen hatten sich allerhand Leute eingefunden und versicherten, sie würden selbstverständlich helfen, wenn wir da hinaufwollten. Das ist das Schöne am Camping, wenn man will, hat man ganz schnell neue Freunde. Eddie, ein kleiner, muskulöser Belgier, der mich mit seinem Schnauzer irgendwie an Asterix erinnerte, begann, seine Stühle auf unsere neue Heimat zu stellen, um uns das Stückchen zu sichern, während wir unser Gespann holen wollten.

Tatsächlich gelang es uns, mit insgesamt acht Helfern den Wagen auf das Plateau zu bugsieren. Dort stand er ganz gut, allerdings um den Preis, dass mich meine Frau vom ersten Tag an mit der Frage zu nerven begann, ob wir hier jemals wieder rauskämen, wenn wir denn am Ende in aller Frühe, und wie die meisten anderen Menschen auch, reisten wir immer in aller Frühe ab, hier wegwollten. Das ist so eine Marotte von ihr. So, wie ich ungefähr zehn Minuten nach Beginn einer Reise frage, ob wir denn auch an Eierlöffel, eine kleine Schere, Taschenlampe, Luftpumpe oder die Impfpässe der Kinder gedacht hätten, um nur ein paar Beispiele aufzuzählen, treibt mich meine Frau vom Tag der Ankunft an mit der immer wiederkehrenden Frage »Meinst du, wir kommen hier wieder raus?« in den Wahnsinn.

»Natürlich«, sagte ich, »bergab geht es doch immer von alleine.« Was ich nicht sagte, war, dass ich das Gefälle tatsächlich für beträchtlich hielt. Außerdem würde man aufgrund der starken Neigung den Wagen nicht ankoppeln können. Wir würden den Wohnwagen also allein mit Menschenkraft herunterlassen müssen. Keine Frage, ein anspruchsvolles Manöver mit offenem Ausgang. Aber darüber wollte ich mir jetzt keine Gedanken machen, nicht, bevor wir das Vorzelt aufgebaut hatten.

Die Frage, ob wir hier jemals wieder wegkamen, stellte sich tatsächlich sehr viel schneller als gedacht. Schon am nächsten Tag verstand ich nämlich das Prinzip Playa Montroig, wie es damals funktionierte: Man diente sich hoch. Das heißt, man stellte sich irgendwohin und guckte am nächsten Tag, ob es noch etwas Besseres gab. Wir sahen also Wohnwagen, an denen halbaufgebaute Vorzelte schlapp herabhingen, während sie von ihren Besitzern mal hierhin und mal dorthin geschoben wurden. Abends streiften Pärchen durch die Zeilen, nicht auf einem zwanglosen Spaziergang, nein, sie kundschafteten aus, ob irgendwo irgendjemand zusammenpackte, damit sie sich in aller Frühe auf der gerade eben freigewordenen Parzelle breitmachen konnten. Im Vorteil waren natürlich Wohnmobilfahrer, die ihr Gefährt sehr viel einfacher umsetzen konnten, dafür mussten sie auf der Hut sein, wenn sie etwa zum Einkaufen aufbrachen. Dann war es schlau, die Parzelle ausreichend zu sichern. Ein einsamer Campingstuhl konnte schon zu wenig sein, weil er sich sehr leicht wegräumen ließ. Und einmal erlebten wir, wie ein Holländer einen anderen niederschlug, sodass sogar der Notarzt kommen musste, was beunruhigend lange dauerte. Es gibt übrigens immer noch sehr große Campingplätze, die ein ähnliches Reservierungssystem bis heute praktizieren. Nur einmal so als Warnung an alle Anfänger.

Wir beschlossen, uns an diesem Irrsinn nicht zu beteiligen. Stattdessen redete ich mir die Parzelle schön. Es gab zum Beispiel eine Palme. Eine Palme war sehr viel besser als eine Kiefer, die den Wohnwagen mit ihren Zapfen bewarf und außerdem auch ins Schwitzen kommen konnte und dann Auto und Vorzelt mit ihrem Harz bekleckerte. Allerdings wurden auch die Mängel unserer Parzelle rasch offenbar. Zum einen befand sich auf der anderen Seite der an unser Grundstück grenzenden Mauer ein Ferienhaus, dessen Bewohner schon gegen acht Uhr früh Arien sang. Und es war nicht Placido Domingo. Zum anderen hatte die Nähe zum Strand einen gravierenden Nachteil. Praktisch die ganze Nacht zogen Betrunkene an unserem Wohnwagen vorbei. Offenbar befand sich außerhalb des Platzes eine Strandbar, die sehr lange offen hatte. Zwar gab es einen Wächter, den wir versuchten, dazu anzustacheln, einfach niemanden mehr über den Strand hereinzulassen. Das wollte er nicht. Stattdessen versprach er, die Leute zur Ruhe zu ermahnen. Das wiederum nutzte nichts, schon das Geräusch über den Kies schlurfender Schritte machte einen irre. Woraus ich zwei Lehren gezogen habe: Ich kann nur jedem raten, niemals in den Sommermonaten auf einem Campingplatz eine Parzelle zu reservieren, wenn nicht von vornherein klar ist, wo diese liegt. In Playa Montroig soll das inzwischen gehen, man kann unterschiedliche Kategorien buchen, weiter weg oder näher dran am Meer zum Beispiel. Weiß man, wo sich die gewünschte Parzelle befindet, besorge man sich hochauflösende Satellitenbilder des Geländes, Google Earth ist schon ganz gut, und überprüfe die Lage. Die Parzelle sollte nicht unmittelbar neben einem Zugang zum Strand liegen, wenn der die ganze Nacht geöffnet bleibt. Sie sollte nicht zu dicht neben dem Klohaus liegen, nicht direkt am Hauptweg, und es sollte sich kein Baum in der Mitte befinden, den man dann später ins Vorzelt integrieren muss.

Trotzdem entschieden wir, auf unserem kleinen Grundstück zu bleiben, weil wir fanden, dass unsere Nachbarn allesamt sehr nett waren und wir es wirklich nicht weit zum Strand hatten. Auch nicht unwichtig, denn in unserem Abschnitt war der Strand nur ein paar Meter breit, da war es von Vorteil, noch während des Frühstücks mal eben rüberzuschlendern und eine Liege aufzustellen. Außerdem hatte ich für Umzüge keine Zeit. Ich musste mich um das Auto kümmern.

Nur einen Tag später stand ich in einer Autowerkstatt in Reus auf dem Hof. Reus ist die Geburtsstadt des berühmten katalanischen Architekten Antoni Gaudí, der mit der unvollendeten Kathedrale Sagrada Familia in Barcelona. Mir ist vor allem der Bahnhof und die Werkstatt in Erinnerung geblieben. Erstaunlich, wie weit Corporate Design heute geht. Selbst der Kaffeeautomat sah aus wie zu Hause – also nicht wie bei Wolle, sondern in der echten Markenwerkstatt, die ich allerdings nur einmal betreten hatte und jetzt sofort wiedererkannte. Doch ich sollte schnell merken, dass das hier nicht zu Hause war. Ich verstand nämlich die Leute nicht, und die Leute verstanden mich nicht. Obwohl ich mir Mühe gab, ich hatte mal ein halbes Jahr Spanisch gelernt. Schließlich holten sie Ines. Ines hatte kurze dunkle Haare, war ungefähr Mitte vierzig und wirkte ausgesprochen seriös. Deutsch sprach sie genauso wenig wie alle anderen hier, aber sie hatte entweder zahlreiche Kinder oder mal in einem Kindergarten gearbeitet. Jedenfalls sprach sie im Unterschied zu ihren Kollegen sehr, sehr langsam, gestikulierte dabei ganz vorsichtig und betonte die Silben, als ob sie es mit jemandem zu tun hätte, der nicht im Vollbesitz seiner geistigen Kräfte war. Ines und ich, wir verstanden uns großartig. Auch wenn sie zunächst ein wenig eigenartig schaute, als ich ihr meinerseits versuchte radebrechend auseinanderzusetzen: »*Es un problema con la potenza.*« War wohl das falsche Wort. Vielleicht *fuerza*? Oder *presion*? Egal, sie nickte, lächelte sogar, und sagte, ich dürfe den Wagen hierlassen. Dann fragte sie mich, wie lange ich hier Urlaub machen wollte. Als ich – misstrauisch geworden – antwortete »*dos semanas*« und sicherheitshalber zwei Finger zeigte – in Wirklichkeit waren es ja fast drei Wochen –, meinte sie, *bueno*, so lange würde die Reparatur dauern. Zu meinen größten jemals zur Aufführung gebrachten schauspielerischen Leistungen gehört, wie ich ihr anschließend klarmachte, dass ich daheim viele kleine Kinder hätte, die ob dieser Nachricht bestimmt furchtbar traurig sein würden, und dazu guckte wie der Hund unseres Nachbarn, wenn er neben dem Esstisch auftaucht. Ich glaube, besser war ich nur, als ich mal in einer portugiesischen Apotheke versuchte, ein Mittel gegen Brechdurchfall zu kaufen und ebenfalls alles daransetzte, meinen Wunsch pantomimisch zu bekräftigen. Gut, sagte Ines, ich sollte mich *mañana*, also morgen, melden. Mit dem Zug machte ich mich auf den Weg Richtung Campingplatz.

Leider hieß es am nächsten Tag immer noch *mañana*.

Und am übernächsten auch. Ich dachte an Gaudís unvollendete Kathedrale in Barcelona, an der wird seit 1882 gebaut, die Fertigstellung ist für 2026 geplant, war verzweifelt und rief den Automobilclub an. Als ich dort auf Aufforderung Mitgliedsnummer und Kennzeichen nannte, musste ich zu meiner Verblüffung feststellen, dass man mich kannte. Ich war offenbar dabei, eine Spur durch Europa zu ziehen. »Sie hatten doch schon bei Hof Probleme, und dann wieder bei Lyon.« Donnerwetter. Und schließlich erklärte mir der Mann am Telefon, ich könne von Glück sagen, dass mein Wagen überhaupt in einer Werkstatt angenommen worden sei, denn jetzt wäre Hochsaison, außerdem würden auch spanische Mechaniker in die Ferien fahren. Aber ich sollte ihm einfach meine Telefonnummer geben, man kümmere sich darum.

Es war erstaunlich, am Dienstag, acht Tage nach unserer Ankunft in Spanien, erhielt ich einen Anruf, mein Wagen sei fertig. Es kostete achtzig Euro, was ich angesichts des ganzen Schlamassels für geradezu lächerlich hielt, und ich könnte ihn abholen. In Reus zeigte mir Ines dann einen kleinen Schlauch, der irgendwie durchgebissen aussah. Ich habe nie erfahren, was wirklich passiert war, aber der Wagen lief danach einwandfrei.

Es wurde schließlich ein ganz schöner Urlaub. Wir sahen eine Menge, das gewaltige Zisterzienserkloster in Santes Creus, die gut erhaltene mittelalterliche Festungsstadt Montblanc, das stolze Tortosa mit seiner die Altstadt überragenden Burg und natürlich Barcelona. Vom dortigen Marinemuseum waren sogar die Kinder beeindruckt, vor allem, als wir an Deck der Galeone des Juan de Austria in die Seeschlacht von Lepanto fuhren. Sah ziemlich echt aus, weil die Ruderbänke per Projektion mit Galeerensklaven besetzt waren. Jedenfalls gibt es bemerkenswert viele Urlaubsbilder von mir, auf denen ich einen Reiseführer in der Hand halte. Es gibt aber auch solche, auf denen glückliche Kinder Eis lutschen. Denn wir hatten einen Deal, alle drei Tage einen Ausflug, dazwischen wahlweise Strand oder Pool. Ein hoher Preis, zwang er mich doch gelegentlich, die absurde Karawane mitzumachen, die sich da jeden Morgen auf den je nach Lage der eigenen Parzelle unter Umständen ziemlich weiten Weg zum Pool machte, der, obwohl schon sehr groß – inzwischen soll er noch weiter ausgebaut sein –, trotzdem regelmäßig überfüllt war. Übrigens ist es für jeden Schwimmer ein bedauerlicher Trend, der sich auf nahezu allen großen Campingplätzen rund um das Mittelmeer abzeichnet. Alle setzen sie auf Spaßbäder mit Wasserfällen, Rutschen, Inseln und Höhlen, das Wasser reicht einem Erwachsenen dafür oft nur bis zur Hüfte. Die großen Schwimmbecken, manche Plätze haben Fünfundzwanzig-Meter-Becken, ich kenne einen, Marina di Venezia auf dem Cavallino unweit von Venedig, der hat sogar Fünfzig-Meter-Bahnen, müssen oft Badelandschaften weichen. Das hat natürlich mit der anvisierten kleinen Klientel zu tun, mancherorts scheint man sich aber auch einfach nur den Bademeister sparen zu wollen, der offenbar erst ab einer gewissen Wassertiefe am Beckenrand sitzen muss. Doppelt schade, so ein Bademeister ist doch die Zier eines jeden Schwimmbades, wenn er am Beckenrand entlanggockelt. Der gehört einfach dazu. Jedenfalls sollte man bei der Buchung unbedingt darauf achten, was für ein Schwimmbad da geboten wird.

Damals gab es auch noch ein Kino, die sind inzwischen auf Campingplätzen ebenfalls seltener geworden. Wahrscheinlich, weil jeder zweite Wohnwagen einen DVD-Player an Bord hat. Und in welcher Sprache soll der Campingplatzbetreiber sein Programm auch abspielen? In Playa Montroig war halb Europa vertreten. Trotzdem gab es eines Tages den Zeichentrickfilm »Spirit, der wilde Mustang« auf Deutsch. Wir hin, weil, Mädchen und Pferde, das ist nun einmal eine symbiotische Beziehung. Sophie hatte auch einige ihrer Freundinnen mitgebracht und folgte nun gebannt dem Geschehen auf der Leinwand. Nun wird in »Spirit« nicht viel gesagt, und man kann sich darüber streiten, ob die deutsche Fassung, bei der Hartmut Engler von Pur anstelle von Bryan Adams singt, wirklich ein Gewinn ist. Aber ein bisschen wird ja schon gesprochen. Und das wollte meine Tochter hören. Konnte sie aber nicht, weil ein kleiner Holländer hinter uns sich offenbar langweilte und seine Kumpels in Oranje mit dämlichen Witzen unterhielt. Das heißt, ich nehme an, dass es Witze waren, weil sie an Stellen lachten, die zum Film nicht passten. Genaueres wusste ich nicht, war ja Holländisch, und das verstehe ich nicht. Ich beging einen schweren Fehler, ich mischte mich ein. Soll man nie machen.

»Hör mal zu, du Knirps«, schwang ich mich also einigermaßen autoritär auf, »halt bitte einfach mal die Klappe, meine Tochter will da zuhören. Und ihre Freundinnen auch.«

Der Junge lachte, immerhin etwas verunsichert, und dann sagte er etwas auf Deutsch: »Heil Hitler.«

Man muss dazu sagen, dass die Ressentiments gegenüber deutschen Campern auf europäischen Plätzen doch sehr viel weniger geworden sind. In den Neunzigern war davon noch mehr zu spüren. Aber kein Vergleich zu den Sechzigern oder Siebzigern, als ich mit meinen Eltern in den Urlaub fuhr und früh lernte, dass es kaum eine Ferienregion gab, in der Väter und Großväter nicht auf rasselnden Ketten vorbeigeschaut hätten. Selbst im tunesischen Sousse konfrontierte man uns mal mit der Feststellung, dass unsere Vorfahren nicht ganz unschuldig daran wären, dass die ansonsten rund um die Altstadt prima erhaltene Mauer ein Riesenloch hätte. Aber siebzig Jahre Versöhnungspolitik haben eben auch ihre Spuren hinterlassen. Auf einem französischen Campingplatz hat uns mal ein britischer Camper erzählt, er habe sogar den Eindruck, wir würden besser behandelt als er. Nun also stand hier dieser kleine Rotzlöffel vor mir und sagte »Heil Hitler«.

»Was hat er gesagt?«, fragte meine Tochter.

»Weiß nicht«, brummte ich.

»Heil Hitler«, sagte der kleine Wicht und schob noch ein »Jawoll« und ein »Achtung« hinterher.

»Was meint er denn?«, wollte meine Tochter wissen.

»Lange Geschichte«, sagte ich, »lass uns den Film weitergucken.« Und dem Zwerg zischte ich zu, er könne sich auf was gefasst machen, ich würde persönlich mit seinem Vater reden. Was ich auch tat. Ich verfolgte ihn bis zu seiner Parzelle, wo ungefähr fünfzehn Holländer beisammenstanden. Ich will hier keine Vorurteile pflegen, aber es ist schon auffällig, dass Holländer gern in Gruppen unterwegs sind. Irgendwie kapierten sie aber nicht richtig, was ich wollte, als ich ihnen erklärte, ihr missratener Nachwuchs habe vor meiner Tochter »Heil Hitler« zu mir gesagt, nur weil ich ihn zur Ordnung gerufen hätte. Habe ich wirklich »Ordnung« gesagt? Na, egal. Einer gab sich als Vater des Jungen zu erkennen, sagte, so seien Kinder eben, und versprach mir, das würde nicht wieder vorkommen. Wenngleich ich mir nicht sicher war, ob er verstanden hatte, was mein Problem war.

Aber wir hatten auch Freunde auf dem Platz. Da war Mark, ein baumlanger Holländer, der mit Wohnmobilen und Campingzubehör handelte. Mark holte immer wieder neues Gerät aus seinem riesigen Gefährt, versprach, dass man damit kochen könne, und dann studierte er stundenlang die Gebrauchsanweisung. Er müsse das alles selbst testen. Schade, dass mein Freund Nils nicht hier war, die beiden hätten sich blendend verstanden. Nils konnte sich stundenlang über Kochertechnik unterhalten. Marks Beruf hatte allerdings auch seine Schattenseiten, denn seine Klienten riefen ihn sogar im Urlaub an. Einmal zum Beispiel, wir hatten gerade einen High-End-Kocher zum Laufen gebracht, mit dem man auch backen können sollte, meldete sich ein Kunde bei ihm, der mit einem seiner Wohnmobile in Spanien liegengeblieben war. Mark gebot uns, still zu sein, und versicherte ihm dann glaubhaft, da könne er jetzt von Holland aus auch nichts ausrichten. Wir haben viel zusammen gelacht.

Da gab es noch Jean, einen Luxemburger, der selten etwas anderes trug als ein ärmelloses T-Shirt. Jean zog vor allem dadurch die Aufmerksamkeit auf sich, dass er mit seinem Wohnmobil einen Anhänger durch die Gegend zog, auf dem ein Cabrio stand.

»Ist es nicht ziemlich aufwändig, mit einem Wohnmobil ein Auto zu ziehen, und wäre es nicht sehr viel einfacher, mit einem Auto einen Wohnwagen zu ziehen?«, fragte ich ihn. Zumal Wohnmobile auch sehr viel teurer sind als Wohnwagen.

»Stimmt«, räumte er ein, »aber nenn mir ein Cabrio, mit dem man einen Wohnwagen ziehen kann.«

Jean brachte eine tragische Note in unsere Runde. Weil er nämlich fremdging, mit der erwachsenen Tochter eines Campers zwei Reihen weiter. Ich habe davon nichts mitgekriegt. Jeans Frau schon, wie mir meine Frau später erzählte. Sie hatte es von Annemie, der Frau von Eddie, dem Belgier.

Jeans Frau hatte sich bei Annemie ausgeweint. Campingurlaub ist ein bisschen wie Ferien auf dem Dorf. Ein Dorf, das sich scheinbar aus dem Nichts bildet, für vierzehn Tage wirkt, als hätte es schon immer bestanden, und dann löst es sich wieder in nichts auf. Dazwischen kommt es einem manchmal so vor, als ob man schon ewig Nachbar wäre. Das kann die Hölle sein, aber auch ganz nett, hängt eben von der persönlichen Disposition ab.

Die Einzigen übrigens, mit denen wir heute noch losen Kontakt haben, sind Annemie und Eddie. Eddie war Bauarbeiter und eine echte Type. Er fuhr das dickste Gespann in unserer Zeile, vorn BMW, hinten Tabbert, ein Lebensstil, den er sich leisten konnte, weil er in Luxemburg arbeitete und dafür in Belgien offenbar keine Steuern bezahlte. Er konnte eine ganze Runde mit einfachsten Mitteln unterhalten, zum Beispiel, indem er ab und zu mal einen Schneidezahn rauszog und auf diese Weise die Umgebung schockierte. Er schaffte es sogar, René aufzuheitern, einen Sachsen mit einem altersschwachen Wohnmobil, der sich, wenn er etwas getrunken hatte, für einen Wendeverlierer hielt. Eddie sagte dann immer, er verstünde ihn, weil er selbst ja aus Eupen-Malmedy sei, wo Belgiens deutschsprachige Minderheit herkommt. Insofern sei er doch der Ossi von Belgien, was René sehr lustig fand, dass es noch andere Ossis gab außer ihm. Allerdings vertrug Eddie erheblich mehr als René. Und er war imstande, jeden Morgen, egal wie lange der Abend zuvor gedauert hatte, fünfzig, sechzig Kilometer mit seinem Rennrad abzuspulen.

Ich selbst hatte mir in der Runde mit meinem Abenteuer in der Werkstatt in Reus einiges Renommé erarbeitet, seitdem ging ich als Spanisch sprechend durch. So fiel mir die Aufgabe zu, für unseren letzten gemeinsamen Abend telefonisch einen Tisch im Restaurant zu reservieren. Mir war ein wenig unwohl dabei, weil ich gar kein Spanisch kann. Vor allem, wenn es darum geht, einen Tisch für dreizehn Personen zu bestellen, weil sich »drei« – tres – und »dreizehn« – trece – in meinen Ohren vollkommen gleich anhört. Ich fürchtete also, der Abend würde in einem Fiasko enden, weil wir uns um einen sehr kleinen Tisch würden scharen müssen. Dem war aber nicht so, alles klappte, es wurde ein netter Abend mit sehr vielen Tapas, das Fiasko kam erst später, denn es wurde auch ein sehr, sehr langer Abend.

Am nächsten Morgen rollten wir unter großer Anteilnahme der versammelten Nachbarschaft vom Platz. Übrigens entgegen der Bedenken meiner Frau ohne Schwierigkeiten, Eddie hatte ein paar Balken besorgt. Bei der Abfahrt fiel mir ein Mann auf, der wild winkend noch eine Weile neben uns herlief.

»Ist das nicht der Vater von diesem kleinen Heil-Hitler-Kerl?«, sagte ich zu meiner Frau. »Ist ja nett, dass der sich auch verabschiedet, hat er wohl doch erkannt, dass mich so etwas verletzt.« Allerdings fand ich, dass er seine Winkerei nun ein bisschen übertrieb. Oder wollte der mich auf die Palme bringen, weil er immerzu einen Arm hochriss? Vorn an der Schranke neben der Rezeption holte er uns immer noch winkend ein.

»Der zeigt irgendwas«, meinte meine Frau.

Ich stieg aus und guckte nach oben. Dort wippte unser großes Dachfenster senkrecht im Wind, ich hatte vergessen, es zu schließen.

»Das wird wegfliegen, wenn du das nicht schließt«, informierte der Holländer mich zum Abschied. Womit er wohl recht hatte.

Wir hatten beschlossen, nicht die ganze Tour durchzufahren, sondern in Frankreich für ein paar Tage zu unterbrechen. Schon, um zu prüfen, ob das Land nicht eine gute Wahl für künftige Urlaube sei. Unser Ziel war die Ardèche, ein kleiner Fluss, der sich seinen Weg durch eine spektakuläre Schlucht bis zur Rhone bahnt. Das Ardèche-Tal zwischen Vallon-Pont-d'Arc und der Rhone mit seinen dreihundert Meter hoch aufragenden Steilwänden ist streckenweise so etwas der Grand Canyon Europas. Reserviert hatten wir auf einem Campingplatz bei Ruoms, denn auch im französischen Inland ist es in der Hauptsaison schwierig, ohne Vorbestellung einen schönen Platz zu bekommen. Die Distanz zwischen Playa Montroig und Ruoms beträgt knapp sechshundert Kilometer, was ich für machbar hielt angesichts der Strecken, die wir auf dem Hinweg gewissermaßen hinkend zurückgelegt hatten. Jetzt lief der Wagen wie ein Uhrwerk. Was ich nicht bedacht hatte, war, wie lange wir unseren Abschied feiern würden – ich kann nur jedem raten, dergleichen immer zwei Tage vor Abreise zu tun und dann eine außerplanmäßige Verzögerung vorzutäuschen. Mir war auch nicht klar, wie heiß es an diesem Tag werden würde. Es war der Sommer, der in Europa Schlagzeilen machte, weil er die größte Hitzewelle seit Jahrzehnten mit sich brachte. Ein Jahr später wurde der Wein dieses Jahrgangs gefeiert, aber jetzt beklagte man allein in Frankreich fast fünfzehntausend Todesopfer, zumeist ältere Menschen, die dem Hoch Michaela erlegen sein sollen. Selbst in der Bretagne wurden bislang dort noch nie erreichte vierzig Grad gemessen. Und ich hatte Kopfschmerzen. Ich schwöre, ich hatte nicht besonders viel getrunken, aber ich war eindeutig zu früh aufgestanden.

So fuhren wir stundenlang, quälten uns wieder über die Pyrenäen, wenngleich diesmal etwas zügiger, zogen an Perpignan und Montpellier vorbei. Als ich zum Tanken stoppte, bemerkte ich, dass auf einer Seite des Wohnwagens, und zwar auf der, die seit Stunden nach Süden gezeigt hatte, die Gummikappen auf den Radmuttern nicht mehr da waren. Sie waren weggeschmolzen, hingen aber noch an spinnenwebartigen, zähen Fäden rund um die Felge. Keine Frage, diese Fahrt war eine Herausforderung für Mensch und Material. Ich fühlte mich wie jemand, der gerade etwas Großes leistete, sich auf einer Art Expedition mit ungewissem Ausgang befand. Toll. Wenn ich nur nicht solche Kopfschmerzen gehabt hätte. »Was machst du denn da?«, moserte von drinnen der Große, ich sollte endlich einsteigen und weiterfahren, damit die blöde Klimaanlage wieder anspringen würde. Als ob die alten Seefahrer eine Klimaanlage an Bord gehabt hätten. Oder Heinrich Barth, als er 1850 die Sahara durchquerte. Oder Ludwig Leichhardt, der ungefähr zur selben Zeit durch Australien zog. Ich war versucht, das Ding auszuschalten, hielt das dann aber doch für eine übertriebene erzieherische Maßnahme. Wäre sicher auch nicht gut für meine Kopfschmerzen gewesen.

Irgendwann standen wir vor einer Brücke über die Ardèche. Unser Campingplatz lag auf der anderen Seite. Die Brücke war sehr schmal und bot nur Platz für jeweils einen Wagen. Alles Weitere regelte eine Ampel, die ich allerdings erst auf dem anderen Ufer bemerkte. Keine Ahnung, ob ich Grün hatte, zum Glück war keiner gekommen. Mir ging es nicht gut, ich war echt froh, endlich hier zu sein. Noch glücklicher war ich, als ich erfuhr, nicht wieder in der gröbsten Hitze über irgendeinen Platz rennen zu müssen, um mir meine Parzelle selbst zu suchen. Ich wäre kollabiert. »Ich bring sie hin«, sagte die junge Frau hinter dem Tresen der Rezeption.

Ich musste nur noch zweimal um irgendeine Ecke fahren, die zweite war besonders eng, und an den Rändern standen überall teuer aussehende Wagen. Ich bat meine Frau auszusteigen, um hinten rechts zu kontrollieren, während ich den Volvo hinten links im Auge behalten würde. Vorne konnte ich unsere Parzelle schon sehen. Ich fuhr sehr vorsichtig weiter, den linken Spiegel fest im Blick, bis es vernehmlich knirschte. Ich schaute einigermaßen verdutzt durch die Frontscheibe, sah Mademoiselle, die Augen weit offen, eine Hand vor dem Mund, und einen Audi am Wegesrand, dem ich sehr, sehr nahe gekommen war. Bei einer näheren Inspektion zeigte sich, dass er jetzt eine längere Schramme auf seinem hinteren Kotflügel hatte, während unsere Stoßstange sich vorn links ein wenig in unseren Kotflügel drückte. Ich überlegte, was zu tun sei. Mademoiselle mit Geld zum Schweigen überreden und einfach weiterfahren? So tun, als ob nichts gewesen wäre? Immerhin hatte der Fahrer sich nicht blicken lassen. Ich musste nicht lange nachdenken, um zu erkennen, dass beides Unsinn war, außerdem war die Schramme so groß auch wieder nicht, und ich würde schließlich ein paar Tage hierbleiben.

Mein Unfallgegner erwies sich übrigens als Holländer, der ein mehrsprachiges Schadensprotokoll aufsetzte und mir beziehungsweise meiner Versicherung später eine absurd hohe Rechnung präsentierte. Einschließlich Leihwagen, den er in Anspruch nahm, beliefen sich die Kosten für die Fünf-Zentimeter-Schramme auf zweitausend Euro, die meine Versicherung auf tausendzweihundert korrigierte. Bis heute ärgere ich mich manchmal, dass ich dem britischen Vater eines anderen kleinen Campers, der sich am nächsten Tag ausgerechnet auf unserer Parzelle ein Wettrennen mit seinem Kumpel lieferte und dabei mit seinem

Fahrrad in unseren Wohnwagen krachte, keine Rechnung präsentiert hatte. Aber damals war ich mental nicht mehr in der Lage, weiteren Papierkram auf mich zu nehmen.

Es wurden trotzdem großartige Tage. Weil das Grundstück, das man uns zugewiesen hatte, wunderschön war. Es lag am Rand des Campingplatzes direkt über der Ardèche und war riesengroß. Unseren Kohlegrill durften wir hier leider nicht betreiben, wie fast überall in Frankreich ist offenes Feuer während der Sommermonate verboten. Der Gasgrill wäre gegangen, wenn ich nicht den passenden Schlauch verbummelt hätte. Ich kaufte also im nahen Supermarkt einen elektrischen und lernte wieder dazu. So ein elektrischer Grill zieht eine Menge Strom, und wenn man den an eine aufgewickelte Kabeltrommel anschließt, erlebt man Physik in der Praxis. Die Trommel erwärmt sich beträchtlich, zum Glück verfügte sie über eine Sicherung, die sich rechtzeitig abschaltete, bevor die Trommel zu einem Klumpen zusammenschmolz und irgendetwas in Brand setzte.

Egal, ich war plötzlich wirklich entspannt. Der Fluss vor unserer Tür strömte über eine kleine Staustufe, und die Kinder konnten gar nicht genug davon kriegen, sich mit dem Gummiboot über den kleinen Wasserfall treiben zu lassen. Außerdem kaufte ich ihnen Käscher, und sie fingen kleine Frösche. Zum Glück konnte ich sie überreden, die Viecher wieder freizulassen und nicht etwa mit nach Hause zu nehmen, wie sie es ursprünglich geplant hatten.

Das Team auf dem Campingplatz hatte offenbar jemanden mit Theaterambitionen in seinen Reihen und brachte mit den Gästen ein Musical nach Vorbild von »Arielle, die Meerjungfrau« auf die Bühne, eine schon mehr als semiprofessionelle Vorstellung. Obwohl alles auf Französisch war und unsere Tochter kein Wort verstand, war sie jedenfalls hingerissen. Für einen Moment überlegte ich sogar, ob wir nicht Kanus leihen sollten, weil man das hier an der Ardèche nun einmal so tat. Weil ich aber die Kinder für noch zu klein hielt, um sie unter meiner Führung im Wildwasser auszusetzen, nahm ich von dem Vorhaben wieder Abstand. Ich wollte meine momentane Glückssträhne, seit Tagen war nichts Schlimmes mehr passiert, nicht überstrapazieren. Und das war wahrscheinlich eine gute Entscheidung, wie sich in einem späteren Urlaub zeigen sollte.

Ich glaube, es war die Ardèche, die mich mit diesem Urlaub versöhnte. Wir beschlossen, das nächste Mal gleich nach Frankreich zu fahren und dort zu bleiben.

8

Der Wagen wird gerockt

Für einen Moment war ich ein bisschen enttäuscht. Eine Grillschürze. Von meinen besten Freunden zum Geburtstag. »Muttis Bester« stand vorne drauf. Christoph lachte. »Du dachtest, das ist jetzt alles, stimmt's?« Er überreichte mir einen Umschlag. Während ich ihn öffnete, guckte Christoph gespannt. Eine Eintrittskarte für ein dreitägiges Rock-Festival. Drei Tage?

»Freust du dich?«

»Ja, klar«, sagte ich vielleicht ein bisschen zu lahm.

»Hey, das sind VIP-Karten, war nicht so leicht, die zu kriegen!« Christoph hatte einen guten Job in einer Werbeagentur und war auf diese Weise an fünf Freikarten gekommen.

»Ja«, ich nickte, »aber drei Tage? Sind wir nicht ein bisschen zu alt dafür?«

»Was willst'n damit sagen?«, mischte sich Björn ein. Björn war eigentlich der Jüngste von uns. Aber er war frisch geschieden und seitdem ein bisschen empfindlich, wenn man ihn auf sein Alter ansprach. Er brauchte wieder dringend mehr Selbstbewusstsein.

»Mann, wir sind doch nicht alt«, stand Jan ihm bei, »außerdem bin ich seit zehn Jahren regelmäßig auf Festivals.«

»Und eines Tages wirst du deine Tochter da treffen, das wird vielleicht peinlich.«

»Meine Tochter?« Jan guckte mich entgeistert an. »Bist du verrückt? Meinst du, ich würde der erlauben, da hinzufahren? Was glaubst du, was da los ist?«

»Was ist denn da los?«, meldete sich Jans Frau. Sie war noch nie mitgefahren, weil Christoph und Jan darauf beharrten, dass der Besuch eine reine Männerveranstaltung sei. Und man müsse ihnen doch zugestehen, einmal im Jahr unter sich zu sein. »Wieso los sein?« Jan versuchte mit seiner Gegenfrage offensichtlich Zeit zu gewinnen. Er hatte wohl den Faden verloren, fing sich aber gleich wieder: »Na, bei uns jetzt nichts, aber die jungen Mädels, die können doch noch gar nicht umgehen mit den Gefahren und so. Was ist denn nun, findest du das jetzt super oder nicht?«

»Klar finde ich das super, wenn ihr mich da mitnehmt.«

Christoph und Jan schwärmten regelmäßig von ihren Festivaltouren. Die Geschichten fingen immer an mit: »Weißt du noch …?« Stets ging es um legendäre Auftritte. »Weißt du noch, Bowie auf dem Hurricane 2004, als der seinen Herzinfarkt kriegte?« Das war eins dieser Stichworte. Wenn man den beiden glauben durfte, kriegte David Bowie seinen Herzinfarkt auf offener Bühne. »Und wir waren dabei.« Tatsächlich musste er sein Konzert damals abbrechen, und es war erst einmal sein letztes. »Oder der Auftritt von Manu Chao, wenn ich nicht gewesen wäre, hätte der ohne Schlagzeuger spielen müssen.« Auch so eine Geschichte von Jan. Manu Chaos Schlagzeuger, so ein kleiner Südfranzose, hatte seine Akkreditierung nicht dabeigehabt und versucht, einen kahlköpfigen Ordner auf Französisch davon zu überzeugen, dass er wichtig wäre. Natürlich erkannte Jan den Mann. Er ist berühmt für sein Detailwissen, selbst wenn es um eher exotische Rockmusik ging. Oder um Fußball, vor allem um Borussia Dortmund, Jans andere große

Leidenschaft. Schon allein deshalb nahmen wir ihn immer mit, wenn wir zum Pubquiz gingen. Jedenfalls hatte er dem Ordner klarmachen können, dass sie den Schlagzeuger unbedingt durchlassen müssten.

Und so konnte das ewig weitergehen. »Weißt du noch, wie das Bier in meinen Schlafsack gelaufen ist? … Weißt du noch, wie das Konzert wegen Sturm abgebrochen wurde und unser Zelt weggeflogen ist? … Weißt du noch, als die Kloake überlief?« Das schweißte natürlich zusammen. Ich war immer ein bisschen neidisch, da nicht mitreden zu können. Seit zwei Jahren waren dann auch Björn und Hauke dabei und fingen auch schon damit an: »Weißt du noch?« Und ich? Ich hätte ihnen erzählen können, wie ich bei minus dreizehn Grad im Wohnwagen eine Wasserleitung mit dem Föhn aufgetaut hatte. Oder mir der Papst ein Rezept ausstellte. Aber dafür interessierten sie sich nicht.

»Ich muss erst mal meine Frau fragen.« Für diesen Einwand erntete ich erwartungsgemäß Gelächter, beeilte mich deshalb hinterherzuschieben: »Keine Bange, ist nur Formsache. Muss da nur ein paar Details klären.«

Tatsächlich arbeitete ich an einem kühnen Plan. »Schatz«, sagte ich also, »ist das nicht ein Ding, dass die Jungs mich auf ihre legendäre Tour mitnehmen?«

Meine Frau blätterte in einem Katalog von »Gärtner Pötschke« und erinnerte mich daran, dass die Badezimmertür seit einer Woche quietschte. »Hörst du das eigentlich nicht?«, fragte sie.

»Nu lass doch mal diese Tür. Ich meine, du willst doch auch nicht, dass ich hier zum Außenseiter werde, da muss man doch mal was zusammen unternehmen.«

Sie sagte nichts.

»Also, ich will da hin. Ich hab aber keine Lust auf Zelten.«

Tatsächlich war mir die Vorstellung ein Gräuel, zwei oder sogar drei Nächte auf einem Stoppelfeld zu verbringen, das aller Wahrscheinlichkeit nach im Schlamm versinken würde, weil es, wenn man Christoph und Jan glauben durfte, auf solchen Festivals eigentlich immer regnete. »Ich hab's im Kreuz.« Ich sah meiner Frau an, dass sie langsam erkannte, worauf ich hinauswollte.

»Du willst den Wohnwagen mitnehmen?«

»Ganz genau. Guck mal, Hauke und Björn schlafen dann in unserem Bett, Christoph in der Mittelsitzgruppe, ich in Florians Koje im Heck und Jan in Sophies Bett eins drüber. Passt perfekt.«

»Das ist ein Kinderbett. Das geht kaputt.«

»Ach was, Jan ist klein und zierlich, das geht wunderbar.« Jan war der Kleinste von uns. Dass ich zierlich gesagt hatte, durfte er allerdings nie erfahren. Neben Christoph war er derjenige von uns, der am verbissensten Sport trieb. Was er nicht zu Fuß erreichte, machte er mit dem Fahrrad. »Stell dir mal vor, das kennen die doch gar nicht, so mit dem Wohnwagen, solch einen Komfort sind die gar nicht gewohnt. Ich mach mich unsterblich bei meinen Freunden. Jahrzehntelang werden sie sich an irgendwelchen Lagerfeuern erzählen, weißt du noch, wie wir mit Andreas' Wohnwagen …«

»Was für Lagerfeuer?«

»Mann, das ist doch jetzt nur ein Beispiel.«

»Sag nicht Mann zu mir.«

Anschließend hielt mir meine Frau einen längeren Vortrag darüber, was da alles kaputtgehen könnte, und dass wir uns dann unseren Urlaub abschminken müssten, der nur eine Woche später in ebendiesem Wohnwagen beginnen sollte. Und wenn überhaupt müsste ich ihn selbstverständlich wieder blitzblank machen, »auch die Spiegel im Bad«. Und wenn sie feststellen würde, dass da irgendeiner im Stehen gepinkelt hätte, könnte ich ja mit Björn zusammenziehen.

»Hey«, behauptete ich, »das sind alles zivilisierte Leute in verantwortungsvollen Positionen.« Ehrlich gesagt wusste ich gar nicht genau, womit Björn sein Geld verdiente, aber es war sonnenklar, dass er welches verdiente, weil er mit seiner Ex genau darum stritt. War aber auch egal, weil es meine Frau gar nicht scherte, was meine Freunde den lieben langen Tag so trieben. Sie machte sich vielmehr Sorgen darüber, dass wir praktisch mit unserem gesamten Camping-Equipment losfahren würden, weil einfach keine Zeit mehr wäre, den Wagen umzupacken. »Du wirst sehen«, sagte ich, »nichts wird kaputtgehen, nichts wird fehlen, nicht die kleinste Gabel.«

Wir hatten uns in unserer Stammkneipe verabredet, Thema sollte natürlich der Besuch des Festivals werden.

»Jungs«, sagte ich, »ich habe mir die Sache noch einmal überlegt.«

»Wie? Was? Überlegt.«

»Was haltet ihr davon, wenn ihr in diesem Jahr in einem richtigen Bett übernachtet, mit einem Dach über dem Kopf.«

»Nee, lass mal, da haben wir auch schon mal daran gedacht«, sagte Christoph, »dass wir uns irgendwo im Ort einmieten. Aber erstens kriegst du da nichts, und zweitens ist das uncool, eines echten Rock'n'Rollers unwürdig. Drittens musst du dann abends immer vom Gelände. Da bist du ja gar nicht mehr richtig dabei.«

»Ich dachte eigentlich an unseren Wohnwagen.«

Schweigen. Wahrscheinlich überlegten sie jetzt, wie uncool das denn wäre.

»Also, ich find das prima«, meldete sich Hauke in seinem Hamburger Slang. »Ich habe sowieso keinen Bock im Modder aufm Boden zu liegen.«

»Überlegt mal«, meinte ich, wir können nicht nur jeder warm und trocken schlafen, wir haben auch noch einen Kühlschrank dabei. Und den Gasgrill. Ich meine, zwischen zwei Konzerten haben wir doch nicht immer die Zeit, da mit Kohle rumzukokeln.«

»Und dein Kühlschrank geht auch ohne Strom?«, fragte Christoph, denn wir würden ja nicht auf einem Campingplatz stehen, sondern auf einer Wiese.

»Klar«, sagte ich, »mit Gas. Außerdem haben wir sogar Satellitenfernsehen.«

»Und das geht auch mit Gas?« Jan hatte Ahnung von Borussia Dortmund und von David Bowie, von Technik verstand er gar nichts. Jan hatte nicht einmal einen Führerschein.

»Nee, dafür haben wir Strom.« Seit mein Schwiegervater den Mover eingebaut hatte, einen kleinen Elektromotor, mit dem man den Wohnwagen rangieren konnte, verfügte der Wohnwagen über eine eigene Batterie, die ungefähr für zehn bis zwölf Stunden Fernsehen reichen würde. »Immerhin ist Fußballweltmeisterschaft, vielleicht sind die Deutschen im Achtelfinale, während wir dort sind.«

Die Kombination aus Kühlschrank und Fernseher überzeugte.

»Toll«, sagte Christoph knapp.

»Supertoll«, pflichtete ihm Jan bei. Auch Björn hatte keine Einwände. Unser Wohnwagen war plötzlich Rock'n'Roll-tauglich.

Sofort machten wir uns an die Feinplanung. Da der Caravan mit fünf Mann hart an der Überbelegung wäre, würde sich unser soziales Leben draußen abspielen müssen. Ein Vorzelt wäre denn aber doch zu peinlich, weshalb wir unser Sonnensegel mitnahmen, das ich regenfest imprägniert hatte. Auch den Herd drinnen könnten wir vergessen. Weil praktisch der gesamte Innenraum mit Betten belegt wäre, hatte man keinen Platz mehr, mit irgendwelchen Töpfen zu hantieren. Dann konnte man drinnen allenfalls noch Wasser für Kaffee heiß machen. Wir würden also alle unsere Mahlzeiten auf dem Grill draußen zubereiten. Auch das Frühstück.

»Kein Problem«, meinte ich, »der hat so eine Platte, da kann man Eier drauf braten.«

Natürlich war damit klar, dass wir uns gerade für eine ganz besondere Diät entschieden hatten, die im Wesentlichen aus Fleisch und Eiern bestehen würde.

Christoph entwarf schnell einen Einkaufszettel, den er uns vorlas: »Ich würde sagen zwanzig Eier, oder besser dreißig, zwei Toastbrote, möglichst weiß, mit Körnerkram braucht ihr mir auf der Tour gar nicht erst kommen, ein Kilo Fleisch für jeden, zwei Eimer Kartoffelsalat, Kaffee und Marmelade.« Erst jetzt fielen mir die drei Frauen am Nebentisch auf. Die eine kannte ich vom Sehen, ich hatte sie mal auf einem Elternabend von Sophies Klasse getroffen. Muss eine Mutter von Sophies Mitschülern sein, dachte ich. Die drei hatten ganz offensichtlich mitgehört.

»Geht's ein bisschen leiser?«, raunte ich Christoph zu, »die da drüben kennt mich, die hält mich doch jetzt für den Ober-Proleten, wenn die hört, wie wir uns verpflegen.«

»Was ist mit Äpfeln?«, fragte Björn, »sollten wir nicht auch noch ein paar Äpfel mitnehmen?«

»Nee«, sagte Christoph, »Äpfel sind uncool. Wir nennen es die No-Apple-Tour.«

Alle lachten. Christoph fuhr mit seiner Liste fort: »Zwei Kisten Bier, eine Flasche 103er und eine Flasche Whiskey.« Angewidert, ich glaube, angewidert entspricht dem Blick am ehesten, mit dem die Frau vom Nebentisch uns musterte. Jetzt fiel mir ein, wer sie war: Sophies Klassenlehrerin.

In den folgenden Wochen rüstete ich den Wohnwagen noch ein bisschen auf, ein Projekt, bei dem mich mein Schwiegervater enthusiastisch unterstützte. Seit wir uns einmal auf einem Campingplatz um die letzte freie Steckdose streiten mussten, wünschte ich mir, den Wagen energieunabhängiger zu machen. Nils war da mein großes Vorbild. »Du brauchst einen Sinuswandler«, behauptete er, »der macht aus deinem Batteriestrom solchen wie aus der Steckdose.« Nils malte verschiedene Kurven auf. »Sinus«, sagte ich, »klar«, und kaufte für teures Geld das passende Gerät. Schon längst hatte ich aufgegeben nachzurechnen, ob sich der Wagen jemals rechnen würde. Die Batterie allein hatte über dreihundert Euro gekostet, versprach dafür aber auch besonders lange zu halten. Mein Schwiegervater investierte in energiesparende Beleuchtung, sogar zwei Platten mit Solarzellen montierte er. Obwohl er die eigentlich gar nicht brauchte. Niemals würde er irgendwo in der Wildnis Urlaub machen. Aber er träumte den gleichen Traum, den wahrscheinlich die meisten Camper haben: jederzeit jenseits der Zivilisation bestehen zu können. Bei maximalem Komfort. Anders ist es gar nicht zu erklären, dass in den Katalogen der Campingausrüster Brennstoffzellen für Tausende von Euros angeboten werden, die den Wohnwagen in ein mobiles Kraftwerk verwandeln können.

Ein paar Tage vor unserer geplanten Abreise gefährdete ein Zwischenfall unser Projekt. Unser Auto ging schon wieder kaputt. »Wahrscheinlich der Luftmassenmesser«, sagte Wolle. Ich hasste es, wenn er solche Ausdrücke benutzte. »Muss ich bestellen, Montag kriege ich das Teil, und dann ist er auch gleich fertig.« Das war nun ein Problem, denn der Montag, von dem Wolle sprach, war der Montag nach dem Festival. Wir steckten in der Klemme. Niemand in unserem Bekanntenkreis hatte einen Wagen mit Anhängerkupplung. Außer mein Schwiegervater. Aber es hatte schon gereicht, dass ich ihm erklären musste, mit unserem gemeinsamen Wohnwagen ein Rockfestival zu besuchen. Da konnte ich ihn schlecht fragen, ob er mir auch noch seinen Wagen geben könnte. Wir wollten einen mieten. Aber Mietwagen mit Anhängerkupplung gibt es quasi gar nicht. Jedenfalls nicht so schnell. Den rettenden Einfall hatte Christoph. »Wir fragen einfach Philipp.«

Philipp ist der vermögendste Mensch in unserem Bekanntenkreis. Und er ist tatsächlich der Einzige, der über ein geeignetes Fahrzeug verfügt. Philipp besitzt nämlich auch ein Segelboot, das er von Zeit zu Zeit auf einem Anhänger transportieren muss. Zum Glück ist Philipp nicht nur vermögend, sondern auch großzügig, Man könnte sogar sagen, Geld bedeutet ihm nicht mehr viel. Und sein Achtzigtausend-Euro-Auto auch nicht. »Ich geb ihm meinen Golf solange«, sagte Christoph. Zu meiner großen Überraschung ließ sich Philipp tatsächlich auf diesen Handel ein. Und so kam es, dass wir Freitag in aller Frühe Philipps Boliden vor unseren Wohnwagen spannten, um damit nach Norddeutschland aufzubrechen.

Allerdings kamen wir zunächst nur bis zum nächsten Supermarkt. Christoph hatte das Brot vergessen. Gut, dass meine Frau nicht dabei war, dachte ich noch, sie hasst es, wenn ich mit dem Gespann irgendwelche Supermarktparkplätze ansteuere. Hätten wir aber mit ihr an Bord auch nicht müssen, weil sie zuvor immer ihre Listen kontrolliert. Egal, lässig scherte ich in die Auffahrt ein.

»Toll machst du das«, meinte Hauke, »ist bestimmt nicht leicht, mit so 'nem Hänger.«

»Ach, ich hab das jetzt schon derart oft gemacht, den merk ich gar nicht mehr.«

Während wir auf Christoph warteten, kam ein Mann im karierten Hemd auf den Parkplatz, in der Hand hielt er eine Spiegelscherbe. Er zeigte auf einen Lastwagen, der vorn an der Straße stand, gleich vor ihm begann die Einfahrt zum Supermarkt. Der Mann sprach mit osteuropäischem Akzent, wir verstanden nicht gleich. Dann aber wurde klar: Er sei der Fahrer dieses Trucks, habe gerade ein Nickerchen gehalten – »und peng, Spiegel kaputt! Wart ihr!« Er zeigte auf unseren Anhänger. Um Himmels willen, dachte ich, hab gar nicht gemerkt, dass da auf der Beifahrerseite was gewesen sein soll. Dummerweise war so ein Gespann wirklich lang. Und wenn man abbog, gab es da einen Moment, an dem man nicht die ganze Seite überblicken konnte. Ich stellte mir vor, wie da jetzt ein Loch im Wohnwagen klaffte. Mir wurde heiß. Wir liefen alle um das Gespann, nichts zu sehen. Der Mann hielt seine Scherbe hoch. Tatsächlich bemerkte ich einen schwarzen Streifen auf der Wohnwagenflanke, sah aus wie Gummiabrieb.

»Könnte von dem Spiegel stammen«, sagte Jan.

»Muss ich Polizei holen«, meinte der Mann.

Du liebe Zeit, wie lange sollte das denn dauern? Nach einigem Hin und Her einigten wir uns darauf, dem Fahrer siebzig Euro zu geben.

»Ist aber ein großes Entgegenkommen von uns, bin nämlich immer noch nicht sicher, dass wir das waren.«

Der Mann zählte die Scheine, murmelte etwas in einer mir unbekannten Sprache, hörte sich aber nicht besonders nett an, und zog ab. Dann kam Christoph mit dem Brot. »Mann, das wird aber auch Zeit«, brummte ich, schloss den Wohnwagen auf, und schon kam mir die obere Türhälfte entgegen. Wir hatten doch einen Treffer erhalten. Das obere Scharnier war abgerissen. Eine Sache von Millimetern, sah man kaum, solange die Tür zu war. Christoph machte sie denn auch wieder zu, sagte mir, ich solle abschließen, was ich auch tat, Er ruckelte an der Tür. »Hält. Mach dir mal keinen Kopf. Dein Schwiegervater repariert das im Nu. Entspann dich, lass uns endlich losfahren.«

Am liebsten wäre ich wieder nach Hause gefahren.

Endlich erreichten wir die Autobahn. Philipps Wagen zog derart ab, dass ich für einen kurzen Moment den Anhänger vergaß. »Äh, da hängt noch was«, meinte Jan. Ich musste mich unbedingt besser konzentrieren, wenn das hier ein gutes Ende nehmen sollte. Die Jungs fingen derweil an, ihr Spiel zu spielen, eine Art musikalisches Trivial Pursuit. Christoph wählte auf seinem Player irgendeinen Song an, die anderen mussten ihn erraten und einen anderen Song vorschlagen, der irgendwie mit dem ersten zu tun hatte. Also etwa das gleiche Saxophon-Solo, eine Coverversion, der gleiche Vorname des Interpreten, immer wieder unterbrochen von »weißt du noch?« Konnten sie stundenlang spielen. Und nie war ich der Erste, der irgendetwas rauskriegte. Dann machten sie sich über die Vorräte her, ich hörte, wie Björn die Tüte mit den Haribo-Gummischnullern aufriss. Er würde sie alle aufessen.

»Nicht die Schnuller«, rief ich.

»Hast du geguckt?«, wollte Björn wissen. »Bist du verrückt, dich umzudrehen?«

Christoph schaute von seinem iPod-Display auf: »Willst du uns umbringen? Du fährst!« Und zu Jan sagte er: »Gib mir die Schnuller, ich teil sie ihm ein.«

Ich ahnte, es würde eine stressige Fahrt werden.

Nach vier Stunden verließen wir endlich die Autobahn. Wir näherten uns unserem Ziel. An einem Waldparkplatz passierten wir einen Wohnwagen, in dessen Fenster ein rotes Herz leuchtete.

»Ich glaub's nicht, ein Puff-Anhänger«, staunte Hauke, »ich hatte ja gar keine Ahnung, wie vielseitig so ein Wohnwagen sein kann.« Alle drei machten ihre Witze über Wohnwagen. Ich dachte an die kaputte Tür, an meine Frau und war ein bisschen traurig.

»Guck mal, eine Polizeikontrolle«, lenkte Christoph meine Aufmerksamkeit wieder auf die Straße. Tatsächlich, eine Polizeikontrolle. Ich drosselte das Tempo, vor uns wurde ein alter VW-Bus mit einem »Atomkraft? Nein danke«-Sticker rausgewunken. Schon von Weitem konnten wir den Parkplatz einsehen, ein Drogenhund schnüffelte an einem alten Golf. »Die stehen hier immer«, sagte Christoph, »ist die letzte Kontrolle vor dem Festival-Gelände.«

Wir näherten uns dem Kontrollposten in Philipps Achtzigtausend-Euro-Auto, hinten der Wohnwagen in Family-Ausstattung, wer ein bisschen was davon verstand, erkannte selbst von außen am Zuschnitt der Fenster, dass es sich um die Version mit Kinderbetten handelte. Die Polizisten machten einen Schritt von der Straße weg, einer winkte uns durch.

»Hey, das ist diskriminierend!« Björn drehte sich zu den

Polizisten um. »Wir sind auch Rocker, aber keine Sau interessiert sich für uns.«

»Nicht solange dieses Ding hinter uns hängt, da wird man als Rocker nicht ernst genommen«, sagte Hauke.

Ich wurde noch ein bisschen trauriger. Dabei konnte es doch auch an Philipps Auto liegen.

Ein Ordner dirigierte uns auf die VIP-Wiese. Tatsächlich handelte es sich um ein eingezäuntes Stoppelfeld, das bisher weitgehend leer war. Im Gegensatz zum benachbarten normalen Campinggelände, auf denen alle möglichen Gefährte, die meisten sahen deutlich abenteuerlicher aus als unseres, kreuz und quer standen. Dafür gab es bei uns deutlich mehr Duschen und Toiletten, jeweils in Lastwagenanhängern untergebracht.

»Wo wollt ihr stehen?«

»Nicht so weit weg von den Klos«, sagte Christoph, »aber auch nicht so nah dran. Ich erinnere nur an das Kloakendesaster.« Schnell hatten wir den Wohnwagen in Position gebracht und das regenfeste Sonnensegel gespannt. Ebenso schnell hatten wir auch wieder abgebaut und den Wagen gedreht, weil der Wind den plötzlich einsetzenden feinen Regen direkt von vorn unter das Vordach getrieben hatte.

»Sag mal«, meldete sich Christoph, »warum ist denn das Bier warm?«

Ich hatte vergessen, den Kühlschrank auf Gasbetrieb umzustellen und anzuzünden.

»Okay, dann mach das mal.«

Eigentlich hatte ich erst noch den Grill aufbauen wollen und die Satellitenschüssel ausrichten, aber gut, würde ich mich eben erst um den Kühlschrank kümmern.

»Können wir helfen?«, fragte Jan.

»Musst du nur sagen« ergänzte Hauke.

Ich guckte auf seine riesigen Hände, stellte mir vor, was er damit alles kaputt machen konnte und wie ich mich mit meiner Frau beim Aufbauen immer stritt. »Nee, lasst mal, bis ich erklärt habe, wie das funktioniert, habe ich es schon fertig.«

»Musst du wissen.«

Das ist der Fluch des Campings. Alles soll ganz einfach sein. Und jetzt hantierte ich hier mit Fernseher und Kühlschrank. Bin ich Monteur oder was?

Den Kühlschrank hatte ich erst ein einziges Mal mit Gas betrieben. Ich mach das nicht gern, weil ich vor Gas immer großen Respekt habe, und ehrlich gesagt habe ich sowieso nie kapiert, warum ausgerechnet im Kühlschrank eine Flamme brennen muss. Ich drückte auf Gas und Zündung, guckte in das entsprechende Fensterchen, da flammte etwas kurz auf und ging wieder aus. Das Schauspiel wiederholte sich ein paarmal.

»Was ist denn los?«, fragte Christoph.

»Ich schaff's nicht.«

»Wir haben kein kaltes Bier?« Er klang enttäuscht.

Ohrenbetäubender Lärm brach los.

»Was hast du gemacht?«, wollte ich wissen.

»Die Böhsen Onkelz«, meinte Jan, der wirklich jede Band nach den ersten paar Takten erkannte. »Kommt aus dem Bus da drüben.«

Wir guckten aus dem Küchenfenster, sahen einen mattschwarz gestrichenen VW-Bus und einen Skinhead daneben.

»Soll ich mal rübergehen und denen sagen, sie sollen leiser machen?«, fragte Jan.

»Okay«, antwortete Christoph, »aber halt dich zurück!«

»Klar.« Jan zog ab.

»Wie meinst du das, zurückhalten?«

»Na ja, Jan ist manchmal nicht besonders gut darin, eine Gefahr richtig einzuschätzen. Zu Hause hat er mal in einer Hertha-Kneipe am Bundesliga-Samstag gesagt: ›Leute, das Spiel ist langweilig, wollt ihr nicht auf Dortmund umschalten?‹«

»Echt? Und dann?«

»Die haben gelacht. Und als Hertha ein Tor kassierte, hat er gerufen ›Yes‹ und eine Faust gemacht. Und dann mussten wir ganz schnell gehen.«

Du liebe Zeit. Wir guckten ihm hinterher, wie er auf den schwarzen VW-Bus zuging.

»Ich muss mal meinen Schwiegervater anrufen, ich krieg das hier nicht hin.«

Zum Glück meldete er sich sofort: »Was ist denn das für ein Lärm bei dir?«

»Die Böhsen Onkelz.«

»Was?«

»Ach, vergiss es.« Ich erklärte ihm mein Problem.

»Du darfst den Regler nicht so weit aufdrehen, sonst bläst der Gasdruck die Flamme immer wieder aus.«

Er hatte recht. Musste man ihm lassen, er hatte wirklich Ahnung. Obwohl ich mich ein bisschen ärgerte. Ich fühlte mich wieder ein bisschen wie Schwiegervaters Lehrling, eine Rolle, die ich hasste. Aber der Kühlschrank lief. Ich nahm mir ein immer noch warmes Bier. »Wo ist denn der Öffner?«

Christoph zuckte mit den Achseln.

»Du hast dir doch gerade ein Bier aufgemacht. Der Öffner gehört zur Wagenausstattung, der ist aus Hirschhorn, dreißig Jahre alt, oder vierzig. Und er gehört den Schwiegereltern. Mann, der darf nicht weg sein.«

Christoph guckte mich an. »Du machst dir Sorgen wegen eines vierzig Jahre alten Öffners?«

»Ach, das verstehst du nicht.« Ich sah den Öffner vor dem Wagen im Gras liegen, steckte ihn ein. Jetzt kam ich mir vor wie der Heimleiter. Auch nicht schön. Draußen ging plötzlich die Musik aus. Wir guckten wieder aus dem Fenster.

Jan kam zurück, offensichtlich unverletzt.

»Wie hast du das gemacht?«

»Das ist doch die VIP-Wiese, hier stehen auch die Presse-Leute. Da hab ich die gefragt, Jungs, für wen schreibt ihr denn, für den ›Landser‹?«

»Echt?«

»Erst haben sie es nicht kapiert, dann wurden sie sauer.«

»Und dann?«

»Habe ich auf Philipps Riesenkarre gezeigt und denen gesagt, wir seien vom Fernsehen, müssten hier arbeiten, bräuchten deshalb etwas Konzentration. Und wenn wir die nicht kriegen, machen wir einen Riesenärger. Wenn sie aber mitspielen, bringen wir sie ganz groß raus.«

»Bist du verrückt, wir haben nicht mal eine Kamera.«

»Egal, die waren supernett und meinten, sie wollten sowieso rüber aufs Festival.«

»Was, wenn die sich nachts an Philipps Auto rächen? Oder an unserem Wohnwagen?« In meiner Fantasie sah ich riesige Graffiti auf der Seite.

»Nu hör aber auf, dir immer so einen Kopf zu machen!«, sagte jetzt Christoph. »Schalt lieber den Grill ein.«

»Ich dachte, ich bau erst einmal die Antenne auf.«

»Erst den Grill, dann die Antenne.«

Die nächste halbe Stunde hatte ich mit dem Grill zu tun, der Wind blies immer wieder die Flamme aus, das war mir sonst noch nie passiert. »Ich kümmere mich lieber um die

Antenne, wird sonst eng.« Ich drehte an der Antennenschüssel, nichts, kein Signal: Ich wurde immer hektischer.

Christoph wurde auch langsam ungeduldig. »Mann, heute ist Achtelfinale, meinst du, du kriegst das hin?«

Obwohl der Wind wirklich kalt war, fing ich an zu schwitzen. Das mit dem Satellitensignal ist wirklich kniffelig, man braucht eine ruhige Hand und kühle Nerven, wenn man Zentimeter für Zentimeter den Horizont absucht. »Weiß auch nicht, muss kaputt sein«, sagte ich, als plötzlich der grüne Balken auf dem Bildschirm Empfang signalisierte. »Ein Bild«, schrie ich, »ein Bild!« Von allen Seiten kamen Leute. Erst jetzt kriegte ich mit, dass jemand mit mir sprach.

»Cool. Können wir mitgucken?«, fragte ein Junge mit Wollmütze. »Wir beobachten Sie schon eine ganze Weile und haben echt mitgefiebert.«

»Logisch«, antwortete ich lässig. »Aber sag nicht ›Sie‹ zu mir.« Er hatte cool gesagt, es war an der Zeit, ein wenig zu entspannen. Immerhin waren wir schon seit drei Stunden hier.

Inzwischen waren auch Jan und Björn zurück, die drei hatten sich schon mal ein bisschen auf dem Festival umgesehen.

»Habt ihr gesehen«, rief Jan, »da hinten sitzt Elton vor einem Wohnmobil.«

»Welcher Elton?«, fragte ich.

»Der Moderator, aus dem Fernsehen.«

»Das ist nicht Elton«, widersprach Björn.

»Wenn du meinst.«

Hauke fehlte. Wir kümmerten uns nicht weiter um ihn, denn Christoph hatte inzwischen einen Windschutz gebastelt und den Grill in Gang gebracht. Ich hatte bisher noch keine einzige Band gesehen. Aber unsere Ausrüstung stand.

Ich fand, es war höchste Zeit zum Essen. »Es gibt Fleisch«, sagte Christoph.

Kurz danach kam Hauke. »Ich hab meinen Kumpel Olli getroffen, der hat hier in der Nähe ein Wohnmobil stehen. Hab ihm erzählt, dass wir Fernsehen haben und das Spiel sehen, da ist er gleich mitgekommen.«

»Klar«, meinte Christoph, »willst du auch ein Stück Fleisch?«

Olli meinte, dass er und Hauke zwar gerade gegrillt hätten, aber gut, wenn was übrig sei. Beide luden sich Fleisch auf den Teller. Wir werden alle Gicht kriegen, dachte ich. Oder Schlimmeres.

Olli versuchte, sich eine Zigarette anzustecken. Ich sagte: »Olli, du hast da noch eine brennende Zigarette im Aschenbecher.« Und dann zu Hauke: »Was ist mit deinem Freund los?«

»Der hat bis vorhin versucht, sich das Rauchen abzugewöhnen.«

Vielleicht hätten wir doch die Frauen mitnehmen sollen.

Hauke bot sich an, einen Kaffee zu machen. Das Ergebnis schmeckte erbärmlich. »Ich kann nur mit Maschine.« Er war ein bisschen beleidigt und kippte sich einen Weinbrand in den Kaffee. »So schmeckt er eigentlich ganz gut.« Wir folgten seinem Beispiel, stimmten ihm zu und nannten das neue Getränk »den heißen Hellström«, nach Haukes Nachnamen. Drinnen war der benutzte Kaffeefilter vom Tisch gefallen und lag auf dem Boden. Ich wischte den braunen Schmier vom nachgemachten Terrazzoboden und hoffte, dass da nichts zurückblieb. Leider hätte die Kaffeemaschine unsere Batterie im Nu geleert. Außerdem hatte ich vergessen, den Wassertank zu füllen, weshalb ich den Dreck jetzt trocken vom Boden rubbeln musste. Ich rief raus: »Wollen wir nicht mal langsam auf irgendein Konzert gehen?« Stattdessen schaltete Christoph den Fernseher ein.

Ungefähr fünfundzwanzig Leute hatten sich inzwischen mit Bierkästen, Kühltaschen und Campingstühlen vor unserem Wohnwagen versammelt. Der Fernseher stand im Küchenfenster genau in der Mitte des Wagens, den kleinen Neunzehn-Zoll-Bildschirm nach draußen gewandt. »Superbild«, sagte einer aus der dritten Reihe. Ich dachte erst, der macht einen Witz, weil das hier nun wirklich das Gegenteil von Public Viewing auf der Riesenleinwand war. Aber er meinte es wohl ernst. Wir erhoben uns sogar zur La-Ola-Welle aus den Klappstühlen. Erstaunlich, Dinge, die kein normaler Mensch sonst machen würde – wer guckt sich schon das Achtelfinale einer Weltmeisterschaft mit fünfundzwanzig Leuten auf einem Mini-Bildschirm an, vor allem, wenn er Eintritt für ein Festival bezahlt hat – unter Camping-Bedingungen wurde das plötzlich zum Riesenevent.

Nach dem Spiel brieten wir noch ein paar Würste, bevor wir uns endlich zum Festival-Gelände aufmachten. Im Gedränge verloren wir uns schnell aus den Augen, und weil es drei Bühnen gab, hatten wir schon vorher ausgemacht, jeder solle sehen, was ihm Spaß macht. Für den Fall, dass sich jemand einsam fühlte, hatten wir uns später beim Wagen einer Brauerei verabredet, einem oben offenen Doppeldecker, von dem aus man die Hauptbühne sehen konnte und für den Christoph durch seine Agentur ebenfalls Freikarten bekommen hatte. Nach drei Stunden standen wir alle oben auf der Plattform, hörten von Weitem die Foo Fighters, konnten sie auf der Riesenleinwand sogar sehen. Auf der Plattform lernten wir Sönke kennen. Sönke war Fleischermeister aus dem Ort und von der Brauerei engagiert worden, hier oben zu grillen. Ich aß mein viertes Steak und schwor, mich nach diesem Wochenende mindestens eine Woche lang ausschließlich von Obst zu ernähren. Björn unterhielt sich mit einem Mädel über Lammkoteletts. Als wir aufbrachen, um zum Auftritt der Chemical Brothers zu gehen, wollte er nicht mitkommen.

Die Lightshow war spektakulär, aber wir sahen und hörten zwei Typen auf einer Bühne, die irgendwelche Regler bedienten. »Ich find's ein bisschen langweilig«, sagte Christoph, »lass uns nach Hause gehen.« Er hatte tatsächlich »nach Hause« gesagt. Ich war erschöpft, beim Camping ist der erste Tag immer der schlimmste, weil man ewig braucht, bis alles funktioniert. Dankbar willigte ich ein.

Vor dem Wagen trafen wir auch Jan und Hauke wieder, die wir zwischendurch aus den Augen verloren hatten. Wir tranken noch ein Bier und machten uns Sorgen. Wo war Björn?

»Sollten wir nicht einmal nach ihm sehen?«

»Unsinn, der kommt schon«, sagte Christoph.

»Wir können aber aus logistischen Gründen schlecht schlafen gehen, wenn er noch nicht da ist, er muss nämlich an dir vorbei«, erklärte ich ihm.

Wir fanden Björn schlafend auf einer Böschung liegen, weckten ihn. »Sie hat mich stehen lassen«, jammerte er, als er wieder bei Sinnen war. »Wir haben uns so super verstanden.«

»Wer denn?«, fragte ich Björn.

»Na, ich und die Frau auf dem Bieranhänger. Sie wollte sogar mit zu mir kommen. Und ich hab gesagt, klar, kein Problem. Aber als sie hörte, dass ich mit vier Typen in einem Wohnwagen schlafe, wollte sie nicht mehr. Sie hat mich einfach stehen lassen.«

»Logisch«, meinte Jan, »würdest du mit fünf Typen in einen Wohnwagen steigen? Das spricht doch eher für sie.«

Björn sackte wieder in sich zusammen.

»Komm«, sagte ich zu ihm, »wir gehen nach Hause.«

Im Wohnwagen war es ein bisschen wie früher im Schullandheim. Da hatten wir auch in Etagenbetten geschlafen. Die Kinderkoje fand ich ziemlich gemütlich, allerdings recht eng. Ich konnte nur vorwärts rein, und wenn ich mal aufs Klo wollte, rückwärts wieder rauskriechen. Über mir ächzte der Lattenrost, auf dem Jan lag. Ein bisschen schwerer als Sophie war er ja schon. Hoffentlich würde er mir nicht mitten in der Nacht ins Gesicht fallen. Eingezwängt wie ich war, würde ich mich nicht einmal zur Seite aus dem Bett rollen können. Denn da war die Wand von unserem kleinen Badezimmer. Ich überlegte, ob ein Lattenrost mit Jan obendrauf einen Menschen erschlagen könnte. Darüber schlief ich ein.

Mitten in der Nacht wurde ich von einer Frauenstimme geweckt.

»Das hättest du nicht tun sollen!«

Wer war das?

Dann eine Männerstimme: »Da war doch gar nichts!«

»Glaubst du denn, ich krieg so was nicht mit? Und noch dazu mit meiner Freundin.«

Das war wieder sie. »Ich hätte es wissen müssen.«

Pause.

»Hör doch auf.«

Dann wurde es ruhiger, man hörte nur ein Flüstern, und ab und zu schlug irgendetwas gegen den Wohnwagen. Was ging da vor?

Plötzlich eine Stimme, die ich kannte: »Ruhe da draußen,

mal ist Schluss, balzt gefälligst woanders rum!« Das war Hauke.

»Du Schwein, du hast mitgehört!« Das kam von draußen. »Du Spanner!« Das auch. Plötzlich ein heftiger Schlag gegen die Außenwand. Und gleich noch einer, diesmal aufs Fenster. »Ich hol dich da raus!«, brüllte der Unbekannte.

»Komm doch rein!«, brüllte Hauke zurück. »Hey!«, rief ich, »die Fenster sind empfindlich.« Ich versuchte hektisch, aus meiner Koje zu kommen.

»Was'n los?« Von oben tauchte Jans Kopf auf.

»Weiß auch nicht, Hauke legt sich mit irgendwem an.« Schließlich gelang es mir die Schiebetür vom Kinderabteil mit der Fußspitze zu öffnen und mich rückwärts aus der Koje zu befreien. Ich sprang nach draußen, lief um den Wagen, stand zwischen zwei Zelten. Niemand mehr zu sehen. Stattdessen hörte ich rechts aus einem der Zelte eine junge Stimme in norddeutschem Slang: »Mist, jetzt habe ich mir in die Hose ejakuliert.« Ich hatte es gewusst, ich wurde zu alt für all das hier.

Am nächsten Morgen wurde ich als Letzter wach. Nur Christoph war noch da. »Hab super geschlafen«, sagte er. »Hat schon was für sich, so ein Mobilheim.«

»Wo sind denn die anderen?«, fragte ich. »Weiß nicht, vielleicht duschen?«

»Gute Idee.« Ich griff mir ein Handtuch und ging rüber zum Duschwagen. Es handelte sich um einen Lastwagenanhänger, der hinten offen war, drinnen ein langer Gang, links und rechts kleine Kabinen, jede mit einem Vorhang. Komfortabel. Erst im Gang merkte ich, dass ich kein Duschzeug hatte. Ich rief mit gepresster Stimme: »Hauke, Björn, Jan, seid ihr da, habt ihr mal ein Stück Seife?« Jeder zweite Vorhang öffnete sich, nackte Männer starrten mich an. Logisch, das hier war Norddeutschland, nicht weit von der Küste. Die, die nicht geguckt hatten, hießen wahrscheinlich Sven und Nils. »'tschuldigung«, sagte ich und verließ rückwärts den Waggon wieder. Ich ging wieder zurück zum Wagen, dort saßen auch die anderen. »Ich dachte, ihr seid duschen?«

»Nö, wir haben uns nur ein bisschen umgeschaut, hast du gesehen, da hinten sitzt Elton wieder vor seinem Wohnmobil«, sagte Jan.

»Das ist nicht Elton.«

»Ich glaub, der hat sich gar nicht von seinem Wagen wegbewegt.« Jan blieb bei seiner Meinung. »Viel gesehen haben wir auch noch nicht.«

Ich legte die Eisenplatte auf den Grill, briet darauf die Eier und verbrannte ein paar Scheiben Toast. »Müsst ihr Marmelade raufmachen, dann sieht man es nicht mehr so.«

Jan hatte es übernommen, den Kaffee zu machen. Er konnte keinen heißen Hellström mehr sehen. Er zelebrierte seine neue Rolle richtig: »Das Kaffeepulver muss durch ein paar heiße Tropfen erst geöffnet werden, dann eine Prise Salz und danach erst das heiße Wasser rüber.« Der Kaffee war wirklich gut.

»Jungs«, fing plötzlich Christoph an, »ich hab das Programm für heute Nachmittag gecheckt, nichts Besonderes, was haltet ihr davon, wenn wir nach Bremen fahren? Ich muss da was erledigen. Außerdem habe ich einen Kumpel dort, da können wir hin, uns duschen, das Geschirr abwaschen, was meint ihr?«

Ich staunte, dass Christoph an das dreckige Geschirr dachte.

»Superidee«, meinte Björn, »bin dabei.«

Wir anderen willigten ein, und so luden wir den Abwasch

ein und fuhren nach Bremen. Nur Hauke blieb hier. »Olli will grillen, ich guck da mal vorbei«, sagte er. Wir versicherten ihm erneut, dass er Gicht kriegen würde von dem vielen Fleisch, dann ließen wir ihn zurück.

Der Kumpel war nicht da, hatte aber einem Nachbarn Bescheid gesagt, der uns die Wohnung aufschloss. Jan und ich machten uns an den Abwasch, Christoph telefonierte praktisch die ganze Zeit, und Björn guckte aus dem Fenster. Irgendwann fing er an zu drängeln: »Ich müsste auch mal los.«

Wir waren überrascht. »Wohin denn?«

»So'n Café.«

Wir packten den Abwasch in unsere Schüssel und machten uns auf den Weg runter. Aber als ich die Schüssel in den Wagen laden wollte, fiel sie mir runter. Das Geschirr war ja aus Melanin, also unzerbrechlich. Mir fiel allerdings auf, dass eine Gabel fehlte. »Da fehlt jetzt 'ne Gabel«, sagte ich. Jan half mir suchen, wir guckten unters Auto, suchten im Rinnstein, nichts.

»Vielleicht liegt sie im Wohnwagen?«, meinte Björn. »Ich muss jetzt echt los.«

»Diese Gabel fährt schon seit Menschengedenken in diesem Wohnwagen«, stellte ich klar, »das verzeiht mir meine Frau nie.«

»Das ist eine Gabel für fünfzig Cent vom Grabbeltisch, und ich kauf dir ein komplettes Besteck«, sagte Christoph, »was bist du denn für ein Rocker, krabbelst hier unterm Wagen rum, wegen 'ner Gabel?«

»Können wir jetzt?«, meldete Björn sich wieder zu Wort. Erst die Tür, jetzt die Gabel, ich dachte an zu Hause, als ich den Wagen startete.

In dem Café saßen wir ohne erkennbaren Grund eine Stunde lang rum. »Und was war jetzt so eilig?«, fragte ich. Schließlich räumte Björn ein, dass er sich in einem Internet-Dating-Portal hier mit »Emo-Lady« verabredet hatte. »Du fährst mit uns zu einem Rockfestival, um dich ganz woanders mit Emo-Lady zu treffen?«, hakte ich nach. »Was ist überhaupt eine ›Emo-Lady‹?«

»Keine Ahnung, das ist ihr Codename, und ja, warum denn nicht?«

Wir warteten noch zwanzig Minuten, dann machten wir uns auf den Weg zurück. Eine günstige Gelegenheit, Philipps Wagen mal ohne Anhänger zu testen. Als ich die Autobahn erreichte, gab ich Vollgas. Ungeheuer, was der Wagen für eine Beschleunigung hatte. Vielleicht hätte ich die Wohnwagenspiegel lieber abnehmen sollen. Sie waren an den regulären Rückspiegeln befestigt und zitterten im Wind. Bis es einen Knall gab. »Was war das?«, fragte Christoph. Ich guckte aus dem Beifahrerfenster. Da war kein Aufsteckspiegel mehr.

Natürlich blieb die Gabel auch verschwunden. Aber ich vermied es, das Thema erneut anzusprechen. Christoph wollte wissen, ob er den Grill anmachen sollte. Ich ließ ihn gewähren, durchsuchte stattdessen noch einmal die Besteckschublade.

Hauke kam: »Habt ihr gesehen, dahinten sitzt Elton.«

»Das ist nicht Elton«, sagte Björn.

»Hey, warum bist du denn so genervt, soll ich dir einen heißen Hellström machen?«

Beim Essen tauchten auf einmal die beiden Jungs aus dem mattschwarzen VW-Bus wieder auf. Die hatten wir glatt vergessen. Wahrscheinlich, weil sie nicht mehr zu hören gewesen waren.

»Wir haben euch schon gesucht«, meinte der eine mit dem kahlen Kopf.

»Echt, warum denn?« Jan ging auf die beiden zu.

»Bin mal gespannt, wie er aus der Nummer rauskommt«, sagte ich.

Nach ein paar Minuten kam Jan zurück. »Und?«, fragten wir.

»Ich hab ihnen gesagt, dahinten ist Elton, fanden sie super, wollten sie gleich mal gucken gehen.« Komischerweise kamen die beiden nicht wieder. Ob wir sie demnächst im Fernsehen sehen würden?

Am Abend war es dann so weit. Wir gingen wirklich aufs Festival. Ich tanzte sogar. Wie ein Derwisch. Wahrscheinlich hatte ich eine Überdosis Fleisch erwischt. Für einen Moment vergaß ich die blöde Gabel, den bescheuerten Flaschenöffner, ich dachte nicht mehr an die kaputte Tür. Nicht mal an den verlorenen Außenspiegel und auch nicht an die Schramme, die er bei seinem Abflug in Philipps Achtzigtausend-Euro-Auto hinterlassen hatte. Ich verlor vollkommen die Kontrolle. Ich wusste nicht einmal mehr zu welcher Musik.

»Florence + the Machine«, sagte Christoph hinterher, als wir noch ein bisschen vor dem Wohnwagen saßen und in den bewölkten Himmel starrten, »ein voll peinlicher Hippieauftritt. Und du hast mit einer Zahnarzthelferin aus Bottrop getanzt, die hätte deine Tochter sein können. Voll peinlich.«

»Bochum«, stellte Jan klar, »sie war aus Bochum. Und du warst wirklich voll peinlich.«

»Jan wollte sie überreden, dass sie ein Studium aufnimmt«, meldete sich Christoph wieder, »das war auch ziemlich daneben. Ihr seid keine Rocker, ihr seid ein Hippie und ein Berufsberater.«

Wir saßen noch eine ganze Weile, nur Hauke schlief schon, nachdem er ein paar heiße Hellström ohne Kaffee getrunken hatte. Dann kam Björn. »Ich habe im VIP-Zelt mit Emo-Lady gechattet. Wir waren zwanzig Minuten zu spät in diesem blöden Café!« Zum Glück erinnerte er sich nicht mehr daran, dass ich so lange nach der Gabel gesucht hatte.

In der Nacht fing es heftig an zu regnen. Ich nahm es dankbar zur Kenntnis. Regen, der auf das Blechdach trommelt, hat bei mir immer eine einschläfernde Wirkung. Als wir zum Frühstück wieder Eier mit Speck aßen, schlug Christoph vor, wir sollten schon am Mittag zurückfahren, er müsse am nächsten Tag früh arbeiten. Außerdem versank das Gelände allmählich im Morast. Wir waren alle einverstanden. Es wurde allerdings Nachmittag, bis wir einen Bauer überredet hatten, dass er uns mit seinem Trecker rauszog. Eine sehr beeindruckende Vorstellung, wie er Auto mit Wohnwagen durch den Schlamm zog. Davon würden wir uns bestimmt nächstes Jahr noch erzählen. Und davon, wie Jan die Skinheads zu Elton geschickt hatte, Björn die Emo-Lady verpasste und Hauke den heißen Hellström erfand. Christoph verstieg sich auf der Rückfahrt sogar zu der Feststellung, dass das mit dem Wohnwagen echt gut war. »Ist schon bequem, und mit dir erlebt man auch 'ne Menge. Das machen wir jetzt immer so.«

Philipp nahm das mit der Schramme achselzuckend zur Kenntnis. »Blech bedeutet mir nichts«, sagte er. Meine Frau war bei der kaputten Tür nicht so großherzig. Zum Glück reparierte mein Schwiegervater das Scharnier tatsächlich in zwanzig Minuten. Es hielt besser als vorher. Er ist schon ein großer Bastler, ich war ihm wirklich dankbar. Das mit der Gabel behielt ich erst einmal für mich. Später würde keiner mehr wissen, wo die verloren gegangen war.

9

Vive la France

Ich hätte es gerne gesehen, wenn mich mein Bruder Michi erneut auf einem Campingplatz besucht hätte. Seit Sylt war eine Menge passiert. Aber irgendwie klappte es nicht. Obwohl ich immer wieder auf Familienfeiern Bemerkungen machte, wie toll es in dem neuen Wagen war. Ich sagte dann lässig so Sätze wie »wir haben da warmes Wasser« oder »wir haben da drinnen Fernsehen«. Es nutzte nichts. Im Gegenteil. Wer braucht im Urlaub schon Fernsehen? Und redet auch noch darüber? Und der Gedanke, jemand könnte kein warmes Wasser haben, erschien Michi wohl derart abwegig, dass er gar nicht mitbekam, was ich da eben gesagt hatte.

Keine Frage, in diesem Punkt lebten wir in unterschiedlichen Welten. Wenn er verreiste, besuchte er in Baden-Baden die Rennbahn oder in der Toskana Weingüter. Oder er machte im Elsass eine Tour durch die Gastronomie. Bei mir dagegen lagen jetzt immer häufiger die neuen Kataloge von Fritz Berger, Movera oder irgendeinem anderen Campingausstatter im Haus rum. Versandhändler, die sich darauf spezialisiert haben, eine Welt zu schaffen, die man überall hin mitnehmen kann – Tisch und Stuhl, Matratze und Küchenzeile, alles aus ultraleichten Materialien, zum Aufblasen, Auseinanderfalten oder Zusammenstecken. Eine

Welt, voller Mückenschutzvorhänge und Kühlboxen, in der die Kaffeemaschinen mit der Zwölf-Volt-Batterie betrieben werden können und der Föhn auch, in der es Backöfen gibt, die aussehen, als seien sie für die Puppenstube gemacht, und Waschmaschinen, die mit der Handkurbel bedient werden, falls mal gar kein Strom fließt.

Man muss das verstehen, Michi ist ein wenig älter als ich und in einer Zeit auf Klassenfahrt geschickt worden, als Jugendherbergen noch Zwanzig-Bett-Zimmer hatten und man sich morgens im Hof in einer Reihe nebeneinander an einer Betonrinne wusch. Das war wohl eine Art Trauma und sollte ihm nie wieder passieren. Basti war jünger, der kannte das nicht. Und obwohl er mich damit wirklich verblüffte, war es vielleicht gar nicht allzu überraschend, dass ausgerechnet er, immer ein bisschen etepetete, mit seiner Designerbrille und dem stets offenen Hemdkragen, plötzlich Interesse zeigte.

Tatsächlich war es ja Basti, der uns schon einmal beim Wintercamping besucht hatte, freilich damals auf Abstand im eigenen Haus. Und nun sollte er es sein, der am Ende gleich zwei Campingurlaube wenigstens in Teilen mit uns verbrachte. Eine erstaunliche Hartnäckigkeit, weil er dieses Abenteuer nicht immer unbeschadet überstehen sollte. Weshalb ich mich im Nachhinein manchmal fragte, was ihn bewogen haben mochte, sich darauf überhaupt einzulassen. War es das Bedürfnis des spätgeborenen Nachzüglers, näher an die Familie zu rücken? Oder doch ein eher ethnologisches Interesse, das ihn zu einer Art privatem Forschungsvorhaben verführte? Nun, ich will nicht vorgreifen.

Natürlich hätte Bastis Interesse auch mit unserem Reiseziel zu tun haben können. Beide Reisen führten nach Frankreich. Basti hatte eine Zeitlang in Saarbrücken gelebt. Der

Saarländer hat ja die Neigung, sich für eine Art Franzosen zu halten. Das ist interessant. Ich habe noch keinen Einwohner Vorpommerns kennengelernt, der sich für eine Art Polen hält. Oder einen Schleswiger, der wie sein dänischer Nachbar eine besondere Affinität zu Softeis und knallroten Würstchen hätte. Anders der Saarländer, der läuft gern mal mit einem Baguette unter dem Arm rum.

»Ihr fahrt nach Paris«, meinte Basti jedenfalls, »da komm ich auch hin.« Tatsächlich tauchte er dann in Maisons-Laffitte auf, auf einem Campingplatz, wunderschön auf einer Insel in der Seine gelegen, nur sechs Stationen mit der Regionalbahn RER vom Pariser Stadtzentrum entfernt. Natürlich hatte er nichts weiter mit, keinen Stuhl, kein Zelt, weshalb er im Auto schlafen und auf einer leeren Bierkiste sitzen musste. Mit uns kochen wollte er auch nicht, er sagte stattdessen: »Macht alles wie sonst, tut, als ob ich gar nicht da wäre«, und holte sich eine Pizza am Take-away vorn am Bistro, wo er den Nordafrikaner an der Essensausgabe mit einer Kaskade Schulfranzösisch eindeckte, als der ihm kein Besteck mitgeben wollte. Das muss man ihm lassen, Basti wirkt manchmal ein bisschen tollpatschig, aber er weiß sich zu helfen. Trotzig brummte er etwas, das wörtlich übersetzt so viel bedeutete wie: »Ich will das nehmen mit mir.« Und packte eine Gabel.

»Lass doch«, versuchte ich ihn zu beschwichtigen, »wir haben richtiges Besteck aus Metall dabei, genug für uns alle.« Aber Basti war bockig, und der Mann am Buffet zuckte irgendwann mit den Schultern und ließ ihn ziehen.

»Was ist denn das für Besteck?« Meine Frau guckte auf Bastis verbogene Gabel. »Du kannst doch eine von uns haben.« Leider bemerkte sie dann, dass wir nur noch fünf hatten, wo es doch mal sechs waren. Dabei war es schon

Wochen her, dass ich mit den Jungs auf dem Festival gewesen war, und niemand hatte bisher etwas bemerkt. »Deine Freunde«, sagte sie sofort. »Weißt du eigentlich, auf wie vielen Reisen uns diese Gabel begleitet hat?«

»Wahrscheinlich war sie schon in Malaga«, meinte ich. Das hätte ich mir besser gespart, aber das ist eben der Haken, wenn man so viel Zeug mit hat, ein bisschen Schwund ist immer. Außerdem war ja auf dem Festival allerhand schiefgegangen. Den Kaffeefleck hatte ich auch nicht ganz vom Boden wegbekommen, und erst zu Hause merkte ich, dass wir den Abwasserkanister auf dem Festivalgelände hatten stehen lassen. Weil wir solche Probleme hatten, überhaupt wegzukommen, hatte ich nicht unter das Auto geguckt, eine Aufgabe, für die normalerweise meine Frau zuständig war. Natürlich hatte ich dieses Rumpeln bemerkt, als das Abwasserrohr vom Kanister abriss, seitdem baumelte es ohne rechten Halt unter dem Wohnwagen. Jedenfalls stand unser Abwasser immer noch auf einer Wiese in Norddeutschland, was nicht weiter schlimm war. Weil ohne Außenstrom der Boiler nicht funktionierte, hatten wir kaum Seife benutzt, das Wasser war also naturbelassen und konnte von irgendjemandem in die Gegend geschüttet werden. Nur der Kanister, der fehlte uns schon.

»Ich kann auch mit den Fingern essen, wenn das das Problem ist«, mischte sich Basti ein. Der Gute, er tat wirklich alles, um so gut wie unsichtbar zu bleiben. »Macht einfach Urlaub wie sonst«, verkündete er, während er aus Aluminiumfolie einen Aschenbecher faltete. Meine Frau hasste es, wenn während des Essens geraucht wurde. Selbst wenn dieses Essen unter freiem Himmel stattfand.

Basti ist zäher, als man denkt. Drei Tage lang sind wir kreuz und quer durch Paris gelaufen, obwohl er gleich am

Anfang ein bisschen Pech hatte. Meine Frau lief dicht vor ihm und trat auf einen gusseisernen Gullideckel. Das Ding lag wohl nicht ganz gerade auf, jedenfalls wippte der Deckel unter ihrem Tritt ein Stück nach oben. Dabei ist meine Frau wirklich ein zartes Wesen, niemand konnte also damit rechnen, dass der Deckel sich überhaupt bewegte. Tat er aber. Und bei ihrem nächsten Schritt fiel er wie eine Bahnschranke wieder zurück in seine Ausgangsposition. Zur gleichen Zeit hatte Basti bereits seinen Fuß in die Lücke gesetzt, die nun abrupt geschlossen wurde. Er schrie. Ich fürchtete schon, der Gulli hätte seinen Zeh guillotiniert. Hatte er zum Glück nicht. Aber sein Designerslipper war hin. Nun, er hätte ihm sowieso nicht mehr gepasst. Nachdem nämlich Basti aufgehört hatte, auf einem Bein über den Platz zu hüpfen, riss er sich den Slipper vom Fuß, und man konnte sehen, wie der Zeh stark anschwoll. Außerdem war er enorm druckempfindlich. Basti schaute in eine andere Richtung.

»Sag's mir«, stöhnte er, »was ist mit meinem Zeh?«

»Er sieht ziemlich hässlich aus«, antwortete ich wahrheitsgemäß.

Am nächsten Tag trug er einen meiner Duschlatschen am linken, verletzten Fuß und gab sich große Mühe, mit uns Schritt zu halten. Zum Glück hat man ja als Camper immer ein paar solcher Latschen dabei, weil man es gewohnt ist, auch mal Sanitärgebäude zu betreten, in die man lieber nicht barfuß gehen möchte. So, wie ich mit Sylt das Geräusch der im Wind klingelnden Reißverschlüsse am Zelteingang verbinde, denke ich bei Paris heute noch an dieses schlurfende Geräusch von der Gummisohle, die hinter mir über den Asphalt schlappte.

In Saint-Germain-de-Prés setzten wir uns auf die Stufen vor der Kirche von Saint-Sulpice. »Du weißt, wo wir hier sind«, raunte er mir zu. Ich hatte keine Ahnung. Basti klärte mich auf. Er kannte nicht nur alle Folgen der »Drei Fragezeichen«-Reihe, er war auch ein großer Anhänger von Verschwörungskrimis. »Da Vinci Code, Dan Brown, nie gelesen? Ich sage nur: Der Heilige Gral!« Ich erinnerte mich dunkel an einen Albino-Mönch, der dauernd irgendwelche Leute umbrachte. Unter anderem in der Kirche hinter uns, ich glaube, er wohnte da sogar in irgendeinem Nebenzimmer. »Lasst mich einfach hier zurück und bringt euch in Sicherheit.« Ich schaute auf Bastis Zeh, der Verband war ein bisschen durchgesuppt. Er hatte wirklich einiges durchgemacht und sich trotzdem seinen kindlichen Humor bewahrt. Oder meinte er es ernst? Wusste man bei ihm nie so genau.

Abends blutete sein Zeh immer noch. »Wo wäscht man sich denn hier?«, erkundigte er sich. Ich zeigte auf das Sanitärgebäude am anderen Ende der Wiese, und er trottete los, vorbei an rauchenden Grills und lärmenden Kindern, die über die Wiese tollten und seinem Zeh bedrohlich nahe kamen. Er humpelte bis zum Sanitärgebäude, warf einen Blick hinein und kam wieder zurück.

»Was ist?« fragte ich.

»Da ist ein Loch im Boden«, sagte er.

»Meine Güte, sie haben aber auch ganz normale Toiletten.«

Er erklärte mir, dass er mit seiner schwärenden Wunde auf keinen Fall dieses verkeimte Gebäude betreten würde und jammerte ein bisschen, warum er sich überhaupt auf dieses Abenteuer eingelassen hatte. Dann zog er sich in seinen Mini zurück. Mir war schleierhaft, wie ein derart großer Kerl in einem so winzigen Auto schlafen konnte. Immerhin parkte er direkt an der Seine, wann hat man das schon, quasi in freier Natur übernachten zu können, und am anderen Ufer befand sich eine Weltstadt – von der man zugegebenermaßen hier noch nicht viel sah.

Wir hätten ihm eigentlich auch bei uns drinnen ein Bett bauen können, aber das wollte er nicht. War vielleicht gut so, der Abend war verdammt stickig, und fünf Personen auf vierzehn Quadratmetern hätten es nicht besser gemacht. Immerhin hatten wir ihm eine Verlängerungsschnur und eine Klemmlampe ins Auto gereicht, Licht hatte er also, dachte ich, während ich mich ruhelos in meinem Bett hin und her warf. Von draußen wehte ein deutlich vernehmbares Brummen herein. Der blöde Schotte mit seinem Angeberwohnmobil neben uns ließ wieder die Klimaanlage laufen. Ich hoffte, dass es bei ihm von der Decke tropfte, und malte mir aus, wie ich unseren Grill morgen so platzieren würde, dass die Schwaden in seine Richtung wehten. Schade, dass wir keinen Holzkohlengrill mithatten, der würde noch mehr stinken. Aber auf den meisten französischen Plätzen waren Holzkohlegrills im Sommer ja verboten, wegen der Brandgefahr.

Der Schotte übrigens grillte am nächsten Morgen schon zum Frühstück seine übelriechenden Würstchen, und er tat es natürlich mit Kohle. Dabei baute er seinen Grill derart dicht neben unserem Auto auf, dass ich schon befürchtete, der Lack würde Blasen schlagen. Ich stellte ihn zur Rede, in aller Vorsicht natürlich, nachdem ich den Rugby-Aufkleber an seinem Wohnmobil bemerkt hatte. Und der Schotte sah auch nicht aus, als ob er beim Rugby nur Zuschauer wäre. Es blieb mir zudem gar nichts anderes übrig, als unseren Wagen wegzufahren, weil der Schotte zwar ein Einsehen hatte, andererseits sah er sich aber nicht imstande, den glühenden Grill wegzutragen.

Weshalb dann auch wir es waren, die beim Frühstück im Rauch saßen und nicht der Nachbar. Basti kriegte davon tendenziell etwas weniger mit, weil er sich auf den Boden gesetzt hatte, um seinen Zeh zu verarzten. Nein, der Trip nach Paris war für ihn bestimmt nicht der Kracher. Ich konnte mir jedenfalls nicht vorstellen, dass es ihm gefallen hatte. Umso überraschter war ich, dass Basti uns im Jahr darauf fragte, ob wir nicht mal wieder nach Frankreich fahren würden. Unbedingt, sagte ich ihm. Und so vereinbarten wir, dass Basti uns wieder in Frankreich besuchen würde, diesmal allerdings am Meer. Und er versprach auch, sich besser vorzubereiten.

Allerdings würde er nur eine Woche Zeit haben, weshalb wir einfach losfahren sollten, er wollte dann unterwegs zu uns stoßen. Das kam uns sehr gelegen, wollten wir doch sowieso nicht die ganze Zeit am Meer verbringen. Wir planten einen Abstecher ins französische Jura, wo wir eine Woche auf einem Campingplatz am Ufer der Ain verbrachten, einem unspektakulären, aber idyllischen Fluss, der die Gegend durchquerte. Schöne Gegend, schöner Käse, es ist die Heimat des Comté. Der Platz wurde vor allem von Paddlern und Mountainbikern frequentiert. Leider hatten wir ausgerechnet diesmal keine Räder dabei. Es ist echt eine Quälerei, immer vier Fahrräder auf das Autodach zu wuchten. Weshalb ich darauf verzichtet hatte. Die Gegend war mir sowieso zu hügelig, und es war absehbar, dass niemand sich auf eine Radtour mit mir einlassen würde.

Dafür machte die Ain einen ausgesprochen ruhigen Eindruck. Und weil Camping doch irgendwie naturnah sein sollte, wollte ich unbedingt diesen Fluss runterpaddeln. Ich mag es, auf dem Wasser zu sein, verfügte auch über eine gewisse Erfahrung im Umgang mit Paddelbooten, die allerdings schon ein bisschen zurücklag und auf die ich auch nicht weiter eingehen will, weil, das ist eine Geschichte für sich. Jedenfalls las ich mit Interesse das Schild an der Rezeption. »Kajaks zu vermieten.« Mehr noch, man würde ein Stück flussaufwärts gebracht und dort zusammen mit dem Boot abgesetzt. Mit der Strömung wäre man zwei Stunden später wieder auf dem Campingplatz, die Landestelle war praktisch direkt vor unserem Wohnwagen. Trotzdem hatte meine Frau keine Lust, Florian auch nicht, aber Sophie. Wenn sie ein eigenes Boot bekäme. Fand ich erst nicht besonders gut, bei mir im Boot wäre es doch allemal sicherer, aber sie wollte unbedingt ihr eigenes Tempo paddeln. »Pas de problème, Monsieur«, versicherte mir der Patron an der Rezeption, wo auch die Boote vermietet wurden, »alles vollkommen sicher, wir haben viele Familien, die hier den Fluss runterfahren.« Der Patron war ein braun gebrannter Mensch im ärmellosen Unterhemd. Viele Leute schmückt so ein Hemd ja nicht besonders. Er aber sah aus wie ein Zehnkämpfer und demonstrierte das auch gern vor Publikum. Indem er zum Beispiel morgens mit einem kleinen Klapprad vom Fluss aus den Hügel zur Rezeption hochraste. Eine Steigung von bestimmt zehn Prozent. Jedenfalls war es derart steil, dass man sogar einen Trecker bestellen konnte, falls der eigene Wagen es nicht schaffte, den Wohnwagen am Tag der Abreise wieder den Hügel hinaufzuschleppen. Ich war schon außer Atem, wenn ich da morgens zu Fuß hoch musste, um oben die Brötchen zu holen. Er dagegen ließ es sich nicht nehmen, den Lenker mit einer Hand loszulassen, um mir lässig im Vorbeifahren zuzuwinken.

Ich buchte zwei Kajaks.

»Und wie viele wasserdichte Tonnen wollen Sie haben?«

»Braucht man die?«, fragte ich den Patron, der mir darauf noch einmal versicherte, wie ungefährlich die Ain sei, aber besser ist besser. Ich nahm also eine Tonne, weil ich plante, die Fahrt für ein Picknick zu unterbrechen. Das Problem beim Camping mit dem Wohnwagen ist doch, dass man von der ursprünglichen Idee, dem Überleben in freier Wildbahn mit einfachsten Mitteln, nicht mehr viel mitkriegt, wenn man im Notfall die Zentralheizung einschalten kann und den Unbilden der Witterung unter der eigenen Bettdecke trotzt. So würden wir wenigstens unter einfachen Bedingungen eine Mahlzeit zu uns nehmen. Ich stellte mir vor, wie toll das würde, ein richtiges kleines Abenteuer, an das sich Sophie noch lange erinnern würde. Ich malte mir aus, wie sie noch nach Jahrzehnten ihren Kindern würde erzählen können: »Mit meinem Papa bin ich auch mal gepaddelt, ach, war das schön.« Für einen Moment war ich gerührt von mir selbst.

Wie versprochen brachte uns der Patron in seinem Landrover ein gutes Stück flussaufwärts, die Boote zog er im Anhänger hinterher. Es war ein schöner Tag, ich hielt die Hand aus dem offenen Fenster und spreizte die Finger, die Zugluft strich warm über die Haut. Zweimal überquerten wir den Fluss auf einer Brücke, zum Schluss zeigte er auf eine Art Sandbank, die das Wasser teilte, und erklärte uns, dass man hier immer den linken, flachen Abschnitt wählen sollte. Ich blickte hinunter, der Fluss war sehr flach, man sah deutlich die groben Kiesel auf dem Grund, manchmal schauten sie sogar aus der Oberfläche heraus. Rechts dagegen schäumte die Ain ein wenig, aber nicht dramatisch.

Der Landrover bog ab und fuhr einen schmalen Weg zum Fluss hinunter. Der Patron lud die Boote vom Anhänger, eine richtige kleine Flotte. Wir trödelten beim Anlegen der Schwimmwesten ein wenig herum, weil ich den anderen einen Vorsprung lassen wollte, damit wir den Fluss für uns hätten. Erst dann stießen wir uns vom Ufer ab.

Nach ein paar Hundert Metern kam etwas, das wie eine erste Stromschnelle aussah. Sophie wählte den Weg links in ruhiges Fahrwasser. Es war wohl die Stelle, die der Patron uns gezeigt hatte, aber mir war nach Abenteuer zumute. Ich steuerte nach rechts, wo der Fluss ein wenig sprudelte.

»Was machst du?«, rief Sophie.

»Lass mal, ich habe das schon ein paarmal gemacht, rechts ist spannender«, behauptete ich. Und dann drehte sich mein Boot so weit, dass ich quer zum Strom stand. Ich erhöhte die Schlagzahl, paddelte wie ein Wilder, kam aber nicht mehr vom Fleck. Dafür neigte sich das Boot beträchtlich. Bis es kippte. Das Wasser war schockierend kalt. Ich verfing mich unter Wasser in einem Strauch, der an dieser Stelle vom Fluss überspült wurde, und strampelte mit den Füßen, bekam aber keinen Grund, obwohl der Fluss kaum mehr als einen Meter tief sein konnte. Für einen kurzen Moment kam ich mit dem Gesicht an die Oberfläche, schnappte nach Luft und nahm dabei einen tiefen Schluck Ain. Der Strom drückte mich unablässig in den Busch. Ich weiß nicht, ob ich überhaupt irgendetwas dachte, dafür war ich eigentlich zu panisch, aber hinterher war ich sicher, dass mir dort unter Wasser der Gedanke kam, wie blöd, in einem Fluss zu ertrinken, der mir kaum über die Hüfte reichte. Schließlich gelang es mir doch irgendwie freizukommen. Stehen konnte ich trotzdem nicht, das kalte Wasser hatte mir derart aufs Ohr getrommelt, dass irgendetwas mit meinem Gleichgewichtssinn nicht stimmte. Auf allen vieren robbte ich ans Ufer.

Sophie saß in ihrem Boot, das ganz ruhig in der Ain lag. Sie war kaum zwanzig Meter entfernt und sah besorgt aus. »Papa, alles in Ordnung?«, fragte sie.

»Hmm«, brummte ich und sah mich um, weiterhin auf den Knien, weil ich beim ersten Versuch aufzustehen wieder umgefallen war. Mein Boot lag nicht weit entfernt am Ufer. Immerhin gelang es mir schließlich, mich doch aufzurichten, wenngleich ich immer noch ein bisschen wackelig auf den Beinen war. Ich stakste durch den Fluss rüber zum Boot, das sich am Ufer verfangen hatte. Die groben Kiesel taten mir unter den Füßen weh, was die Sache nicht leichter machte. Wo waren eigentlich meine Schuhe? Weg. Wie meine Lieblingsmütze. Und das Paddel. Wenigstens war die Tonne mit den trockenen Sachen noch da. Der Patron selbst hatte sie mit einem Riemen auf dem Kajak festgezurrt. Von wegen »pas de problème«.

»Ich seh dein Paddel«, rief Sophie, fuhr mit ihrem Boot ans Ufer in etwa fünfzig Meter Entfernung und fischte es aus dem Gestrüpp. Ich dagegen watete erneut zum Ort des Unglücks zurück. Meine Mütze hing in den Ästen unter Wasser. Ich tauchte nach ihr. Es war immerhin meine Lieblingsmütze, wenn ich sie nicht wiederbekäme, wüsste meine Tochter doch, dass ich nicht mehr Herr der Lage war. Tatsächlich gelang es mir, sie zu bergen. Ich setzte mir die tropfnasse Mütze auf. »Alles halb so wild.«

Nach einer halben Stunde holten wir eine holländische Familie ein, die wir vom Campingplatz kannten. Das Mädchen, eine blondbezopfte Zehnjährige, war mir dort extrem unangenehm aufgefallen, weil es schon vor acht Uhr früh Ball spielte. Ich hatte seine Eltern im Verdacht, dass sie die Kleine mit Absicht immer zu uns schicken würden, damit sie ihre Ruhe hätten. Sie hätte ja auch vor dem eigenen Wagen spielen können. Tat sie aber nicht. Sie kam zu uns, wo sie ihren Ball direkt vor dem Schlafzimmerfenster auf den Asphalt tippen ließ. Patsch, patsch, patsch. Meine

Frau hatte noch gesagt, dass es ein Fehler wäre, den Wohnwagen unmittelbar neben der asphaltierten Zufahrt zu platzieren. Und weil die Kleine ihr Spielgerät nur ungenügend beherrschte, versprang ihr der Ball ab und zu, bong, gegen unseren Wohnwagen. Ich war deshalb schon einmal bei den Eltern, hatte aber nicht viel genutzt. Zwar war der Vater sehr freundlich, aber wie er »sind doch Kinder« zu mir sagte, war mir klar, dass ich in seinen Augen auch nur einer von diesen blöden intoleranten Moffen sei, typisch deutsch eben. Haben wir eigentlich beim Schlager-Grand-Prix jemals zwölf Punkte aus Holland bekommen? Oder mehr als fünf? Jedenfalls kam die Kleine danach zusätzlich abends, um mit ihrer Mutter oder mit ihren Freundinnen direkt vor unserem Wagen Federball zu spielen. Mit dem Federball konnte sie genauso schlecht umgehen wie mit ihrem Ball, weshalb mir das Ding ab und zu um die Ohren flog. Dafür hatte sie sehr viele Freunde. Alles Holländer, die sich am liebsten vor unserem Wagen trafen. Es ist mir ein Rätsel, wie ein Siebzehn-Millionen-Volk auf Europas Campingplätzen derart präsent sein kann. Und sie treten immer in Gruppen auf. Müssen Sie mal darauf achten auf der Autobahn. Einen holländischen Wohnwagen sieht man selten allein, meistens folgt ihm mindestens ein zweiter. Am Ziel hat der Holländer dann die Tendenz, sein Territorium zu vergrößern. Wahrscheinlich, weil er es seit Jahrhunderten gewohnt ist, dem Meer noch ein paar Quadratmeter abzuringen. Gut, man wird ihn jetzt nicht unbedingt einen Deich bauen sehen. Aber in Spanien haben wir mal erlebt, wie unser holländischer Nachbar seinen Wohnwagen so in die Parzelle manövrierte, dass seine Deichsel in unserem Vorzelt stand. Und bei Florenz baute neben uns einer ein Zelt auf, das sich geschwürartig immer weiter ausbreitete. Schließlich bedeckte es seine gesamte Parzelle, und ihm blieb nichts anderes übrig, als seine Heringe in unseren Boden zu rammen, um der Konstruktion ein bisschen Seitenhalt zu verleihen. Heringe, über die ich natürlich stolperte. Es muss im holländischen Fernsehen sogar eine Sendung geben, bei der es nur ums Camping geht. Hat mir mal ein Holländer am Lago Maggiore erzählt. Der Platz dort war derart voller Holländer, dass ich schon dachte, ich hätte mich verfahren. »Das kommt, weil dieser Platz bei uns im Fernsehen so gut wegkam«, hat er gesagt. Ich finde, das hätten sie mir bei der Buchung sagen müssen. Jedenfalls war es wieder mal einer dieser WM-Sommer, und als Oranje antrat, trugen alle unsere Campingnachbarn orangene Perücken und orangene Holzschuhe und brachten orangene Lampions an. Das Lustige war, nachdem die Holländer verloren hatten, war der ganze Spuk innerhalb von Minuten vorbei. Die ganze Deko, alles gleich wieder weg, und niemand verlor auch nur ein Wort über das Spiel. Ich meine, man muss doch auch mal mit Anstand verlieren können.

Nun also saß diese kleine holländische Nervensäge in ihrem Kajak direkt vor mir fest auf einer Sandbank, die eigentlich eher eine Kiesbank war, und versuchte verzweifelt, sich mit dem Paddel wieder freizustoßen. Ihre Eltern waren schon ein Stück weiter flussabwärts und schauten dem Manöver zu. Ich sah meine Chance gekommen. Ich würde dieses Mädchen aus seiner Notlage retten, und die Eltern könnten fortan gar nicht mehr anders, als ihr Gör zur Ordnung zu rufen, wenn es mal wieder seinen Ball in Ohrhöhe gegen unseren Wagen pfeffern würde. Mit zwei, drei Paddelschlägen brachte ich mich auf gleiche Höhe und streckte die Hand nach ihrem Bug aus. Leider hatte ich mich ein wenig verschätzt, die Distanz war größer als erwartet, weshalb ich mich ziemlich weit rauslehnen musste, während ich an ihr vorbeitrieb. Ich griff daneben. Etwas zu hektisch lehnte ich mich noch ein bisschen weiter raus – hätte ich nicht tun sollen. Zum zweiten Mal an diesem Tag machte ich die Eskimorolle. Wobei, bei der echten Eskimorolle kommt der Kajakfahrer an der anderen Seite wieder hoch. Das gelang mir nicht. Als ich endlich wieder an die Oberfläche kam, sah ich, wie die Kleine gerade die Boote ihrer Eltern erreichte. Sie war offenbar wieder freigekommen. Vielleicht, weil ich so eine Welle gemacht hatte. Die Mutter winkte mir fröhlich zu. Erst auf den zweiten Blick erkannte ich, dass sie mein Paddel in der Hand hielt. »Alles in Ordnung?«, rief sie auf Deutsch. Ich winkte auch und bemühte mich, dabei so auszusehen, als ob mir das gerade großen Spaß gemacht hätte. Sophie verdrehte die Augen, fuhr rüber, das Paddel zu holen, während ich mich nach meiner Mütze umsah. Ich hatte wieder Glück, sie war am Ufer hängengeblieben, und, unglaublicher Zufall, dort fand ich auch meine Schuhe, die bereits bei meinem ersten Tauchgang verloren gegangen waren. Ich hatte sie an den Riemen zusammengebunden, jetzt hingen sie hier im Ufergeäst.

Leider musste ich nun in nassen Sachen picknicken. Ich hatte nicht damit gerechnet, mich zweimal umziehen zu müssen. Das Picknick war sowieso nicht allzu toll, weil das Ufer einfach zu steinig war. Die einzige schöne Wiese mussten wir mit ein paar Kühen teilen. Eine ließ neben uns einen Fladen fallen.

Wir brauchten also länger als geplant, und meine Frau war schon in Sorge. Ich sah sie von Weitem, sie stand auf dem Anlegesteg des Campingplatzes und hielt nach uns Ausschau. »Was war denn?«, fragte sie, als sie die Schrammen an meinem Arm und in meinem Gesicht bemerkte.

»Wir haben überlebt«, antwortete ich, »es war allerdings nicht leicht.«

Aber ist das nicht genau das, was man im Campingurlaub will? Dass es nicht leicht ist? Sonst könnte man doch auch zu Hause bleiben. Ich war jedenfalls hochzufrieden, als ich die Paddel wieder abgab, und lobte den schönen Fluss. Meinen kleinen Unfall erwähnte ich mit keinem Wort. »Schön«, sagte der Patron, »legen Sie doch die Sachen draußen ab.« Ich ging um die Rezeption herum und warf die Schwimmwesten zu den anderen, die da schon lagen. Wir waren ja die Letzten gewesen. Dabei bemerkte ich das kleine Fahrrad, mit dem er morgens immer an mir vorbeirauschte. Erst jetzt entdeckte ich den Hilfsmotor in der Hinterradnabe, der dazugehörige Akku klemmte unter dem Sattel.

Ich fühlte mich getäuscht, vergab dem Patron aber rasch. Die Franzosen sind einfach eine große Campernation. Weiß komischerweise nicht jeder, weil sie anders als die Holländer im Ausland kaum auffallen. Warum auch, der Franzose kann sein Zelt zu Hause auf mehr als vierzehntausend Campingplätzen aufschlagen, so viel hat keine andere Nation in Europa. Dabei ist der Franzose ein bemerkenswert ruhiger Nachbar, der richtig charmant werden kann, wenn man ihn morgens mit ein paar französischen Brocken begrüßt. Früher war er da noch anders, da musste man sein Idiom schon perfekt beherrschen, damit er sich zu einem Lächeln durchrang. Heute freut er sich, wenn überhaupt jemand irgendwas in seiner Sprache sagen kann.

Natürlich können diese vierzehntausend Campingplätze nicht alle perfekt sein. Wir waren mal auf einem typischen Camping Municipal, das können sehr lokale Dorfplätze sein, da stand eine Laterne in der Mitte mit einer freien Steckdose am Mast. Dies war die einzige verfügbare Stromquelle auf dem ganzen Platz. Jemand steckte einen Vierer-Verteiler in diese Dose, schon waren es ein paar mehr. Dann ergänzte ein anderer diese Viererdose um eine Sechserleiste, die rasch um einen Dreistecker erweitert wurde. Gegen Abend war die Zahl der Steckdosen unübersehbar, bis es einen Knall gab und niemand mehr Strom hatte. Sogar die Laterne ging aus. Ob der Ort betroffen war, kann ich nicht beurteilen, es war ohnehin ein sehr dunkles Nest. Zum Glück hatte ich mich nicht getraut, unseren Stecker in eine der freien Dosen zu stecken. Französische Dosen haben neben den beiden Löchern noch einen Stift. Wir waren also unschuldig an diesem Stromausfall.

Genau solche Steckdosen gab es hier am Ufer der Ain auch. Am Anfang hatte mir das einige Schwierigkeiten bereitet. Und blöderweise war die einzige freie Steckdose eine französische. Ich stand einigermaßen ratlos davor und blickte mich um. Niemand schien mich zu beobachten. Ich dachte daran, diesen Stift einfach mit einer Zange abzuzwacken. Denn ohne ihn sähe die Dose aus wie eine von uns. Zum Glück unterbrach mich ein französischer Camper in meinen Überlegungen und fragte, ob ich ein Problem hätte. »Bien sûr«, sagte ich, »avec ce truc.« Dabei zeigte ich auf den Stift. »Truc« heißt Ding und kann man immer sagen, jedenfalls kamen meine fünf französischen Worte unheimlich gut an. Der Mann, wie ich ihn verstand, erklärte mir, er sei ein pensionierter Elektriker und habe irgendwo in seinem Wohnwagen bestimmt einen passenden Adapter, den er mir leihen könnte. Mit diesen Worten lief er zu seiner Parzelle, von uns aus gesehen hinter dem Stromverteiler, und leerte vor den Augen seiner Frau mitten im Vorzelt eine Kiste mit allerlei Krimskram aus. Madame guckte entsetzt, ich zuckte mit den Schultern und sagte dazu »oh là là«, was ja nie falsch ist, der pensionierte Elektriker wühlte sich derweil durch einen unübersichtlichen Haufen aus Kabelenden, Steckerfragmenten, Sicherungen und anderen Kleinteilen. Einen Adapter fand er nicht. Zu seinem großen Bedauern. Aber, so erklärte er mir, das würde überhaupt nichts machen. Darauf zog er den Stecker aus seinem Wohnwagen und bot mir an, ich solle den einfach bei mir reinstecken, dann hätten wir erst einmal Strom. Da es zu dämmern begonnen hatte, versank sein Wohnwagen augenblicklich in der Dunkelheit. Seine Frau fing an zu schimpfen.

»Mais non«, sagte ich also, während ich mit seinem losen Ende schon mal einen Schritt rückwärts auf unseren Wohnwagen zu machte.

»Mais oui«, antwortete Monsieur. Er würde sich etwas basteln, wozu sei er schließlich so lange Elektriker gewesen.

»Das kannst du nicht tun«, ließ sich meine Frau vernehmen.

»Aber natürlich«, antwortete ich, »schau, wahrscheinlich ist der Mann gerade erst in Rente gegangen, und jetzt ist er glücklich, weil er wieder gebraucht wird. Soll ich ihm das kaputt machen?«

Meine Frau gab mir darauf zu verstehen, dass ich ziemlich großen Ärger mit ihr bekommen würde, falls ich jemals auf die Idee kommen sollte, Ähnliches zu tun. Wir waren dann beide recht froh, als bei unserem Nachbarn irgendwann das Licht wieder anging. Offenbar hatte er es geschafft. Übrigens stellte ich am nächsten Morgen fest, dass sich im Stecker unserer Kabeltrommel zwischen den beiden Stiften ein kleines metallisches Loch befand – dass ich das Ding also einfach hätte benutzen können. Offenbar gibt es da längst eine EU-Verordnung, die regelt, dass deutsche Stecker auch in Frankreich passen müssen. »Guck mal, wär alles gar nicht nötig gewesen«, sagte ich also zu meiner Frau, »soll ich das unserem netten französischen Nachbarn mal sagen?« Meine Frau war strikt dagegen.

Tatsächlich hatte ich unserem französischen Nachbarn offenbar eine Freude bereitet, weil ich ihm die Möglichkeit gegeben hatte, uns aus unserer vermeintlichen Notlage zu helfen. Er grüßte uns von nun an jeden Morgen überschwänglich und guckte auch nicht mehr angewidert, wenn wir uns Wurst aufs Baguette legten. Franzosen tun so etwas nicht.

Dann traf ein Belgier mit einem überdimensionierten, doppelachsigen Wohnwagen ein und platzierte sich zwischen uns. Kaum hatte er sich an unseren Stromkasten angeschlossen, ging bei uns der Kühlschrank raus. Kein Strom mehr. Ich schaute aus dem Wagen, sah überall Männer, die ebenfalls ratlos aus ihren Wohnwagen guckten. Offensichtlich war unser Teil der Wiese nun stromlos. Im Nu bildete sich eine Traube um den Belgier, Camper nehmen wahnsinnig gern Anteil am Schicksal ihrer Nachbarn, und Strom haben oder nicht haben, ist immer ein großes Thema. Der Franzose und ich berieten das Problem, obwohl mir sowohl die Vokabeln als auch der Sachverstand fehlten, um wirklich irgendeinen sinnvollen Beitrag leisten zu können. Das war völlig egal. Ich sagte einfach ein paarmal »oh là là« oder »ce truc«, während ich auf irgendetwas zeigte. Der Luxemburger von der anderen Seite des Weges, die überhaupt nicht betroffen war, hatte bereits mit einem Schraubenzieher in der Hand den Wagen des Belgiers geentert, um hilfreich nach irgendwelchen Sicherungen zu suchen. Der Vater von dem holländischen Zopf-Mädchen brachte ein paar Flaschen Bier und eine Taschenlampe. Während der Luxemburger weiterhin den Sicherungskasten suchte und der

Belgier sich mit dem Franzosen darüber unterhielt, ob der Euro nun gut oder schlecht sei, ging das Licht wieder an. Ohne unser Zutun, soweit ich das beurteilen konnte. Aber das machte nichts, der Belgier bedankte sich trotzdem bei allen, während seine Frau Kekse verteilte und der Holländer noch ein paar Flaschen Bier holte.

Diesen Aspekt des Campings hatte ich inzwischen schätzen gelernt. Auf solch einem Platz bilden sich ganz schnell Gemeinschaften wie sie auf dem Dorf erst nach Jahren entstehen. Man kannte sich vorher nicht, weiß nichts über das Leben der anderen, und man wird sich auch nie wiedersehen, meistens jedenfalls. Aber wenn man es nicht sehr blöd anstellt, ist man für eine Woche Mitglied dieser Gemeinschaft, die einen im Notfall mit Glühbirnen versorgt, Starthilfe gibt oder mit einem Kabel aushilft. Dabei hilft natürlich, dass sich ja praktisch das eigene Leben zu einem Gutteil unter freiem Himmel abspielt, man sich also ständig sieht. Und zwar bei den intimsten Verrichtungen. Zum Beispiel, wenn man sein Klo zum Ausleeren wegbringt. Oder beim Abwaschen. Wo sonst treffen sich Männer beim Abwaschen? Nur beim Camping. Und man erkennt sich an kleinsten Zeichen. Einmal stand ich beim Abwasch mit unserer orangenen Schüssel, eine mit Klappgriff, da sagte der Nebenmann zu mir: »Gardasee« und zeigte auf die Schüssel. »Nein«, antwortete ich, »Lago Maggiore, im Shopping Center Isole in Gravellona Toce.« Und weiter geht's: »Bernardino oder Gotthard?« Natürlich meint er die Alpenpässe, na, das sind doch Dialoge, die führt man nirgends sonst. Und man kann sich jederzeit wieder ausklinken, man muss ja nur einpacken und abfahren. Ein großer Vorteil übrigens gegenüber dem Dauercamping. Der Dauercamper kann das nicht, abfahren und sich ein neues Dorf suchen. Der sitzt auf immer dem gleichen Platz fest, während sein Wagen langsam Moos ansetzt. Irgendwann schraubt er die Nummernschilder ab oder kratzt die letzte TÜV-Plakette weg, und dann weiß er, hier komme ich nicht mehr weg. Weshalb Dauercamping mit unserer Form des mobilen Reisens nichts zu tun hat. Ein grobes Missverständnis, das bei Außenstehenden immer wieder vorliegt.

Wir fuhren nach vier Tagen weiter, die Holländer winkten uns hinterher. Wahrscheinlich besetzten sie sofort unsere Parzelle. Wir wollten ans Meer, an den Atlantik, unser Ziel war Lacanau Océan, dort würden wir uns mit Basti treffen. Ich versprach ein Surferparadies mit hohen Wellen. »Haben die dort auch WLAN?«, war alles, was Florian wissen wollte. Na klar, versicherte ich. Mir war nicht verborgen geblieben, dass er schlechte Laune hatte. Irgendetwas mit seiner Freundin.

Er war inzwischen sechzehn, passte kaum noch in seine Koje, und was jahrelang funktioniert hatte, die ganze Familie unter einem engen Dach, musste ja nicht in alle Ewigkeit funktionieren. Meuterei lag in der Luft, beim Frühstück, beim Mittagessen, beim Abendessen. Der Junge hatte schlechte Laune, und jedes Mal, wenn er aus dem WLAN-Café zurückkam, wurde sie schlechter.

Zur endgültigen Krise kam es beim Monopoly. Meine Frau hatte verlangt, dass wir den Fernseher zu Hause lassen sollten, damit wir wie früher mehr zusammen machen würden, also spielten wir Monopoly. Das war das Einzige, was dem Jungen noch Freude bereitete, vor allem, wenn er uns dabei rücksichtslos in den Ruin treiben konnte. Was er regelmäßig tat, er hatte ein unglaubliches Glück, weidete sich an unserem Unglück, brachte seine Schwester zum Weinen. Zu Hause hätten wir ein paar Türen zuschlagen und uns aus dem Weg gehen können, im Wohnwagen gab es nur eine Tür, und sich aus dem Weg zu gehen, ging gar nicht. Irgendetwas musste geschehen.

»Als ich so alt war wie Florian jetzt, habe ich in einem kleinen Zelt neben dem Wohnwagen meiner Eltern geschlafen«, sagte meine Frau, »da hatte ich meine Ruhe.«

Das war bestimmt in der Bretagne gewesen, die Geschichte mit den Dünen. Oder waren es Klippen? »Was war das eigentlich für ein Typ, mit dem du da rumgeknutscht hast?« Ich stellte mir den Patron von der Ain vor, fünfundzwanzig Jahre jünger, aber bereits mit dem braun gebrannten Körper eines Zehnkämpfers.

»Da war nichts«, versicherte meine Frau, »aber irgendwann will man eben auch mal eigene Wege gehen.«

Schön, ich fragte mich zwar, warum wir extra einen Wohnwagen mit Kinderschlafzimmer gekauft hatten, wenn ich am Ende doch ein Zelt aufbauen sollte. Aber es würde dem Frieden dienen. Wir fuhren also zusammen nach Bordeaux, wo es eine ziemlich große Filiale von Decathlon gab, einem französischen Outdoor-Ausstatter, und erwarben ein Wurfzelt mit dem programmatischen Namen »2 Seconds«, weil es angeblich nicht länger als zwei Sekunden dauern sollte, das Ding aufzubauen.

Der Verkäufer machte es vor. Er warf das Zelt aus dem Handgelenk nach oben, und als es landete, war es praktisch aufgebaut. Fantastisch. Natürlich gelang mir das nicht besonders gut. Ich warf das Ding hoch, und als es wieder runterkam, zerstörte es eine kunstvoll aufgeschichtete Pyramide aus Campinggeschirr, zum Glück unzerbrechlich. Zum ersten Mal in diesem Urlaub lachte unser Sohn. Ich war untröstlich, aber der Verkäufer sagte »pas de problème« und wich von seiner stoischen Haltung auch nicht ab, als ich mich mit dem Zelt auf dem Boden herumrollte, um es wieder so zusammenzufalten, wie er es mir gezeigt hatte. Dazu musste man den störrischen kreisrunden Boden erst einmal zu einer Acht falten, was mir aber nicht gelang. Stattdessen riss ich eine weitere Geschirr-Pyramide um. Am Ende schaffte ich es aber doch, das Zelt in akzeptablen acht Minuten zusammenzulegen. Ich nahm es. Es kostete etwa dreißig Euro, was nicht viel war angesichts der Verwüstung, die ich in dem Laden angerichtet hatte. Der Verkäufer gab mir sogar noch einen guten Rat: Ich sollte vorsichtig sein, wenn ich das Zelt bei starkem Wind aufbaute. Dann dürfe man es auf keinen Fall allzu hoch in die Luft werfen.

Wir bauten das Ding in wenig mehr als zwei Sekunden unmittelbar neben unserem Wohnwagen auf. Um ehrlich zu sein, hatte ich mir nicht sehr viel von dieser Maßnahme versprochen. Ich meine, wenn ich die Wahl habe, auf einer Matratze zu schlafen oder in einem Zelt, leuchtete mir nicht ein, warum sich die Laune des Jungen im Zelt verbessern sollte. Ich täuschte mich, kaum hatte Florian sein Zelt bezogen, wurde alles besser. Das war der Moment, in dem Basti wie angekündigt auftauchte.

Diesmal hatte Basti tatsächlich daran gedacht, ein Zelt mitzubringen. Es handelte sich um ein fleischfarbenes Monstrum. Zusammen mit dem Wohnwagen, Florians Zelt, dem Vorzelt, einem Schatten spendenden Pavillon, den wir zusätzlich zum Vorzelt aufgebaut hatten, weil wir das eigentlich nur nutzten, um darin Schlauchboot, Wellenbretter, Schuhkiste, Küchenzeile und was wir sonst noch mit uns herumschleppten, abzustellen, hatten wir nun ein Ensemble beisammen, das unserer Parzelle den Charme eines Flüchtlingslagers verlieh. Überdies erwies sich Bastis Zelt als außerordentlich transparent, wenn er darin ein Licht einschaltete. Es sah dann aus wie ein Lampion, in dem jemand Schattenspiele veranstaltete. Ich hatte Angst, er könnte darin vielleicht unzüchtige Handlungen vornehmen und rief vorsichtshalber: »Basti, man kann dich sehen.« Er nahm es gelassen und antwortete mit dem Umriss eines Hundes, den er aus zwei Händen formte. Nein, Basti würde mir keine Schwierigkeiten bereiten.

Tat er dann aber doch. Schon am nächsten Morgen, als er auf unserem High-End-Klapptisch eine Scheibe Salami absäbelte und dabei in die versiegelte Tischoberfläche sägte.

»Bist du verrückt!«, rief ich etwas schärfer als beabsichtigt.

»Oh, pardon«, sagte er und wischte mit dem Daumen auf der Schmarre rum, »ist ja nur ein Kratzer.«

»Nur ein Kratzer!«, rief ich.

»Hey«, antwortete Basti, »das ist weder Louis-seize noch Mahagoni, das ist ein Klapptisch, der aussieht wie Pappe.«

»Pappe?« Ich erklärte ihm, dass er da gerade das teure Spitzenprodukt eines holländischen Campingausstatters unter dem Messer hätte, ein Tisch, den man bei Wind und Wetter draußen stehen lassen könne. Solange man nicht in die Oberfläche sägte, wenn da nämlich Wasser eindringt, quillt das Ding auf wie ein Zwieback im Regen.

»Ich bin versichert«, sagte Basti spitz.

Immerhin zeigte er dann aber doch ein Einsehen, und zusammen kauften wir einen Klarlack, um den Schaden zu beheben. Nun war es an mir, irgendetwas zur Versöhnung beizutragen. Und weil Sophie Geburtstag hatte, schlug ich vor, dass wir heute Abend groß essen gehen würden, und zwar nicht auf dem Campingplatz. Das hatte auch den Vorteil, dass Basti keine weiteren Zerstörungen an unserem Mobiliar anrichten konnte, was ich natürlich nicht sagte.

Leider hatte ich es versäumt, irgendwo einen Tisch zu reservieren, weshalb wir am Abend erfolglos von Restaurant zu Restaurant zogen. Sie waren allesamt voll.

»Was haltet ihr von McDonald's?«, fragte Basti. »Das mögen Kinder doch.«

Was für eine Idee. Wir waren in Frankreich. Das Mutterland der Haute Cuisine. »Andere vielleicht«, antwortete ich, »meine nicht.« Ich hatte noch einen Pfeil im Köcher, einen Landgasthof, von dem man mir an der Rezeption erzählt hatte. Er war ein wenig abgelegen, weshalb ich mir berechtigte Hoffnung machte, dort einen Platz zu finden.

Als wir den Gasthof erreichten, ging es schon auf neun Uhr abends zu. Und es war nur ein Tisch frei. Der Wirt zögerte, musterte uns, wahrscheinlich überlegte er, ob er an diesem Abend noch etwas Besseres bekommen würde als uns. Aber angesichts der fortgeschrittenen Uhrzeit entschied er sich dann doch, uns den letzten Tisch zu geben. Die Speisekarte war einfach, es gab eigentlich nur zwei Menüs zur Auswahl. Und als Vorspeise stellten sie uns eine Holzplatte mit verschiedenen Würsten und Schinken auf den Tisch, dazu Schälchen mit in Würfel geschnittener, gebratener Entenhaut. Eine ländliche, rustikale Küche eben. Basti bediente sich, säbelte sich immer mehr Wurst runter, griff beherzt bei der Entenhaut zu. Es war ganz offensichtlich nicht vorgesehen, dass man diese Platte aufaß, sondern man sollte sich halt so viel nehmen, wie man mochte, danach würde für den nächsten Gang abgetragen. Ein Konzept, das Basti nicht gleich durchschaut hatte. Er aß immer weiter. Und an den Nebentischen begann man, sich für uns zu interessieren.

Das Restaurant war ausschließlich mit Franzosen besetzt, viele Tische waren es auch nicht. Sie standen allesamt unter freiem Himmel in dem von einer Mauer umringten Hof. Manche Gäste kicherten, während Basti sich mit dem Messer an dem Schinken zu schaffen machte. Schließlich gab er fürs Erste auf. Die Platte wurde abgetragen, der nächste Gang kam. Und Basti schwächelte. Vor dem dritten Gang, einer Platte mit Käse und Früchten, sagte Basti, dass ihm nicht wohl sei und er sich mal kurz die Beine vertreten würde. Dann stand er auf und verließ den Hof durch den beleuchteten Torbogen. Draußen verlor sich seine Silhouette rasch in der Dunkelheit des angrenzenden Feldes.

Wir warteten ungefähr eine halbe Stunde, dann machten wir uns Sorgen. Sollte ihm irgendwo da draußen etwas zugestoßen sein? Doch gerade als ich mich entschloss, mal nach ihm zu sehen, tauchte er wieder auf. Unübersehbar, Basti ist wirklich groß, stand er im Licht des Torbogens. Als wirklich alle Augen auf ihn gerichtet waren, wischte er sich mit dem Handrücken über den Mund. Wieder hörte ich Leute kichern. »Jetzt geht es mir wieder prima«, sagte Basti, setzte sich zu uns und griff nach der Käseplatte.

Eigentlich war Basti ja mein Bruder, aber in Momenten wie diesen kam es mir so vor, als ob wir uns neben unserem renitenten Sohn noch einen Teenager eingehandelt hätten, der ständiger Aufsicht oder doch wenigstens Fürsorge bedurfte. Das Eigenartige war, dass Basti selbst sich in genau diese Rolle ziemlich schnell einfügte. Was er am nächsten Tag eindrucksvoll bewies.

Es ging ihm nicht besonders, weshalb er ankündigte, sich möglichst wenig bewegen zu wollen. »Lass uns doch zusammen zum Strand gehen«, schlug ich vor. »Da kannst du einfach nur rumliegen oder mitkommen ins Wasser.« Was eindeutig die bessere Idee gewesen wäre. Denn wenn einer eine Überdosis gebratene Entenhaut abbekommen hatte, würde er doch gut daran tun, das überschüssige Fett durch ein wenig Bewegung zu verbrennen.

»Rumliegen«, sagte Basti, »Superidee!« Und kam mit uns. Am Strand entblößte er seinen Alabasterleib, der in diesem Jahr ganz offensichtlich noch keine Sonne bekommen hatte, und legte sich in den Sand.

»Basti«, riet ich ihm fürsorglich, »eincremen!«

»Klar«, antwortete er und begann sich mit irgendetwas einzusprühen.

»Muss man das nicht verreiben?«, fragte ich.

»Nö«, behauptete er, »ist eins von diesen neuen Hightech-Produkten. Das verteilt sich von allein.« Dann legte er sich wieder hin. Wir ließen ihn zurück und gingen ins Wasser.

Die französische Atlantikküste ist berühmt für ihre enormen Wellen. Und das macht sie auch so riskant. Nicht weil man leicht ertrinken könnte, das natürlich auch, sondern weil die Gefahr ziemlich groß ist, im Wasser von einem Surfer überfahren zu werden, der nur Augen für die Welle hat, auf der er reitet. Und wenn man abseits der ausgewiesenen Badestellen ins Wasser geht, kann es passieren, dass einem auf dem Weg ins Wasser eine ganze Flotte Surfbretter entgegenkommt, mit wild gewordenen Jungs drauf, die einen ohne Gnade niederbügeln. Wir setzten uns diesem Risiko eine Weile aus, aber ich muss sagen, ich fand es zum Fürchten. Also gingen wir wieder zurück zu Basti. »Zu gefährlich hier«, ließ ich ihn wissen, »wir versuchen es weiter da drüben.«

»Okay«, antwortete Basti, »ich bleib ein bisschen im Sand liegen, da kann ja nicht viel passieren.«

Ich hätte ihm widersprechen sollen, tat es aber nicht. Stattdessen zogen wir ab.

Als wir nach drei Stunden zurückkamen, lag Basti immer

noch da. Er hatte sich inzwischen umgedreht, aber sonst hatte er seine Position überhaupt nicht verändert. Oberflächlich betrachtet.

»Basti«, schlug ich ihm vor, »willst du nicht lieber mit uns zurückkommen? Du hattest schon ganz schön viel Sonne für jemanden, der das nicht so gewohnt ist.«

»Hightech«, murmelte er. »Brauche ein bisschen Ruhe.« Also ließen wir ihn liegen.

Am Abend ging es Basti gar nicht gut. Er hatte einen furchtbaren Sonnenbrand. Besonders schlimm hatte es die Kniekehlen und die Brust erwischt. Unglücklicherweise zeigte ich nicht sofort die angemessene Betroffenheit. Stattdessen lachte ich erst einmal. Weil Basti in seinem Elend auch ganz lustig aussah. Sein Hightech-Spray hatte sich nämlich nicht wie von ihm erwartet von ganz allein verteilt, sondern vielmehr ein Muster auf seinen Körper gezeichnet. Es gab großflächig verbrannte Stellen und dazwischen immer wieder weiße Flecken, wo das Spray offenbar höher dosiert gewirkt hatte.

»Du hättest es doch besser verreiben sollen«, stellte ich fest.

Basti erwiderte erst nichts, dann aber sagte er doch etwas: »Du bist schuld.«

»Wie bitte, warum das denn?«

»Du hättest mich warnen sollen.«

»Basti, du bist volljährig.«

»Ja«, schimpfte er, »aber ich konnte mich ja am Strand nicht im Spiegel sehen. Ich würde sagen, du bist zu achtzig Prozent schuld.« Basti hatte eigentlich Anwalt werden wollen, das merkte man ihm jetzt an.

»Hast du das gehört?«, beschwerte ich mich bei meiner Frau. »Ich soll schuld sein.« Florian beobachtete uns beide interessiert. Er fand es offenbar ganz gut, mit seiner schlechten Laune nicht mehr im Fokus zu stehen.

»Schön«, sagte, Basti, »aber mindestens sechzig Prozent.«

»Du hast wohl einen Vogel, ich setz dir gleich den Tisch auf die Rechnung.«

»Fünfzig Prozent an meinem Sonnenbrand und achtzig Prozent daran, dass es mir vorher schon schlecht ging. Du hättest mir sagen müssen, dass ich das nicht alles essen soll. Sonst wäre es mir am nächsten Tag nicht so übel ergangen, und ich hätte da nicht derart hilflos rumgelegen.«

Unsere Verhandlungen wurden dadurch unterbrochen, dass unser englischer Nachbar anfing, auf sein Kind einzubrüllen. Es ist unbestritten einer der Nachteile beim Camping, dass man sich nicht besonders gut aus dem Weg gehen kann. Basti versuchte es trotzdem, verschwand in seinem Zelt und zog demonstrativ den Reißverschluss zu. Weil er aber das Licht anknipste, blieb er sozusagen unter uns. Wir konnten nämlich immer noch deutlich seine Silhouette sehen, als schwarzen Schattenriss. Aber er war natürlich weiterhin knallrot. »Ich besorg dir was«, rief ich gegen die Zeltplane. Dann schnappte ich mir mein Fahrrad und machte mich auf den Weg zur nächsten Apotheke.

Zwanzig Minuten später war ich mit einer Brandsalbe zurück. Basti öffnete den Reißverschluss einen Spalt, ich reichte ihm die Salbe rein, und er begann sich einzureiben. Weil er das Licht brennen hatte, konnte man das ganz gut sehen. Auch unsere Nachbarn nahmen Anteil.

»Was hat er denn?«, fragte der Engländer, während wir das Zelt anstarrten, in dem Basti mit den Händen kreisende Bewegungen an sich ausführte.

»Sonnenbrand«, sagte ich. »Er reibt sich ein.«

Am nächsten Tag hatte sich Bastis Zustand nur unwesentlich verbessert, seine Laune war sogar noch schlechter geworden, weil er am Morgen auf dem Boden liegend aufgewacht war. Seine Luftmatratze hatte offensichtlich ein Loch. Ist natürlich besonders blöd, wenn man einen Sonnenbrand hat. Trotzdem versuchte Basti es für weitere zwei Tage mit uns, dann gab er auf, fragte, ob ich ihn nach Bordeaux zur Bahn fahren könne. Ich wusste, dass dies wohl unser letzter gemeinsamer Urlaub gewesen sein würde, jedenfalls solange wir auf Campingplätze führen, und war ein bisschen traurig. Na ja, er hat es wenigstens versucht. Als ich ihn nach Bordeaux fuhr, ging mir durch den Kopf, dass auch Florian wahrscheinlich nicht mehr mit uns verreisen würde. Es wurde allmählich einsam um mich, und mir war noch melancholischer zumute.

Ich bot Basti an, dass wir sein Gepäck mitnehmen würden, er also nur das Nötigste zu tragen hätte, was er dankbar annahm. Am Bahnhof verabschiedeten wir uns.

Später erzählte er uns, dass sein Heimweg die Hölle gewesen sei. Im Abteil habe er mit seinem verbrannten Körper Qualen gelitten, außerdem sei er praktisch die ganze Zeit angestarrt worden, wobei er immer wieder ganz deutlich das Wort »rouge« gehört habe. In Paris musste er dann nicht nur den Zug, sondern auch den Bahnhof wechseln, wofür er nur wenig Zeit gehabt hatte. Zumal ihn seine verbrannten Kniekehlen auf seinem Weg quer durch Paris sehr behindert hätten.

Ich selbst tröstete mich damit, dass Bastis Probleme mit dem Camping an sich nur mittelbar zu tun gehabt hatten. Mich traf also eigentlich gar keine Schuld. Ich führte den Gedanken allerdings nicht weiter fort, denn etwas anderes beanspruchte meine Aufmerksamkeit. Ich sah die Delle in unserem Wohnwagen, direkt neben der Gepäckklappe. Ich konnte mich an keine Karambolage erinnern und mir auch nicht erklären, wann und wie die Delle da hingekommen war. Ich klickte mich auf meinem Laptop durch die Fotos, die ich während des Urlaubs gemacht hatte, und schließlich sah ich es. Auf einem Bild stand im Hintergrund das Fahrrad dieses blondbezopften holländischen Görs unmittelbar neben unserem Wohnwagen. Und auf dem nächsten Bild lag das Rad. Keine Frage, das Ding war mir in die Flanke gefallen. Ich fing an, darüber nachzudenken, wie ich beim nächsten Mal die Nachbarn davon abhalten konnte, uns allzu nah auf die Pelle zu rücken.

10
Wir fahren nach Amerika

Frau Wartner lächelte nicht mehr. Freundlich war sie immer noch, aber deutlich ernster als eben. »Schauen Sie, wir bei IST erleben das oft«, sagte sie, während sie mit einer Büroklammer spielte, die unsere Akte zusammenhielt. »IST – International Student Travel« stand in übergroßen Lettern auf dem Briefkopf, man konnte das sogar verkehrt herum lesen. Und Frau Wartner kannte uns jetzt schon ein Jahr, sie hatte uns geholfen, das Highschool-Jahr für Florian zu organisieren. »Sie müssen bedenken, der Junge ist ein Jahr älter geworden. Und dann soll der plötzlich mit Ihnen allen auf so engem Raum wohnen? Der braucht Zeit.«

»Ach«, antwortete ich, »machen Sie sich da mal keine Sorgen, das macht dem nichts aus, der ist ja praktisch in einem Wohnwagen groß geworden.«

Ich dachte an unseren Frankreichurlaub am Atlantik, an den Stress, den der Junge mir da bereitet hatte. Aber was wusste Frau Wartner schon von unserem Frankreichurlaub? Und außerdem lag der Fall diesmal doch wohl ganz anders. Florian hatte uns ein Jahr lang nicht gesehen. Was würde der sich freuen, wenn wir da vor seiner Tür auftauchten. Keine Frage, Frau Wartner hatte Vorurteile gegenüber Leuten, die ihren Urlaub im Wohnwagen verbrachten. Bis eben war ich in ihren Augen ein leidlich erfolgreicher Familienvater, der allein schon dadurch Weltläufigkeit bewiesen hatte, dass er Unsummen ausgab, um seinen Sohn für ein Jahr in die USA zu schicken. Nun sah sie in mir nicht mehr den George Clooney der Vorstadt, jetzt war ich jemand, der Pudelmütze trägt und in seinem Urlaub Konservendosen öffnet, um sie auf kleiner Flamme zu erhitzen. »Das ist ein Wohnmobil, mit dem wir ihn abholen, mit allem Drum und Dran. Das hat sogar 'ne Dusche.« Ich hob das hervor, weil ich die Erfahrung gemacht hatte, dass Wohnmobile bei Leuten, die mit dem Thema nicht vertraut sind, ein erheblich höheres Prestige haben als ein Wohnwagen. Ersteres versprach Freiheit, Abenteuer, into the wild, solche Dinge eben. Letzteres galt doch vielen bloß als Anhänger, der die Autobahnen verstopft.

Mein Plan war folgender: Wir würden nach New York City fliegen, unser Wohnmobil abholen, anschließend rund vierhundertfünfzig Kilometer in den Norden des Staates New York fahren, wo Florian ein Schuljahr bei einer Gastfamilie in einem kleinen Ort unweit des Ontariosees verbracht hatte. Wir würden dort ein paar Tage bleiben, um den Abschied nicht allzu abrupt zu gestalten, und dann mit unserem Sohn knapp drei Wochen in den USA Urlaub machen, um ihn langsam wieder an uns zu gewöhnen. Das mit dem Wohnmobil hielt ich schon deshalb für eine großartige Idee, weil ich keine Ahnung hatte, wie lange wir bei den Lettermans bleiben würden. Wir kannten sie nämlich gar nicht, nie gesehen. Weil sie so etwas nicht mögen bei den Highschool-Programmen, wenn die leiblichen Eltern da zwischendurch auftauchen. Wir mussten sogar unterschreiben, dass wir fernbleiben.

Aber immerhin waren Bob und Mary Letterman ein Jahr lang wie Eltern für den Jungen gewesen, da kann man den nicht einfach einpacken und tschüs sagen. Ich fand, wir gingen das geringste Risiko ein, wenn wir mit dem Wohnmobil kämen und auf ihrer Auffahrt parkten. Wenn wir ein paar Tage blieben, könnten wir abends in unser eigenes Zuhause gehen, ohne irgendjemandem zur Last zu fallen. Wir würden den Lettermans gewissermaßen auf Augenhöhe begegnen, wie Nachbarn. »Nein, Frau Wartner, unser Entschluss steht fest, wir holen den Jungen im Camper ab.«

Von Bob Letterman wusste ich immerhin, dass er keine Vorbehalte gegen unseren Plan haben würde. Im Gegenteil. Bob war selbst Camper. Längst hatte ich sein Haus per Google ausspioniert. Aus der Satellitensicht kannte ich den kreisrunden Pool hinter der Doppelgarage. Aus der Google-Straßenansicht wusste ich, dass er einen Wohnwagen besaß, man sah ihn auf den Bildern vor der Garage stehen. Von Facebook wusste ich, dass Mary den Anhänger »our little shoebox« nannte, unseren kleinen Schuhkarton. Irgendwie niedlich. Sie hatte sogar ein paar Bilder eingestellt. Und ich wusste auch, dass die Auffahrt groß genug war, nachdem ich rangezoomt und sie vermessen hatte, um noch ein weiteres Wohnmobil aufzunehmen.

Ankommen würden wir in New York City. Leider kann man in der Stadt keine Wohnmobile mieten, man darf nicht einmal mit einem hineinfahren. Die Vermieterstationen liegen alle ein beträchtliches Stück außerhalb, was aber nichts macht, weil: Abholen ist inklusive. Allerdings darf man sich bei Wohnmobilen nicht sofort ans Steuer setzen, es gibt keinen Anbieter, der einem sein Fahrzeug am Tag der Anreise überlässt – anders als bei Autos. Wahrscheinlich wollen sie, dass man erst einmal eine Nacht schläft, bevor man sich mit Jetlag ans Steuer eines Kleinlastwagens setzt. Denn die meisten Fahrzeuge sind selbst in der kleinsten Kategorie größer als das, was man in Europa so gewohnt ist. Der Transfer funktioniert allerdings nur dann reibungslos, wenn man sich für ein Hotel entscheidet, dass der Vermieter vorschlägt. Weshalb alle diese Hotels in New Jersey unweit des Flughafens Newark liegen. Gut, dafür sind sie auch ein bisschen billiger, und ist ja auch nur für eine Nacht. Ich buchte also ein Hotel direkt an dem Highway, der dem Flughafen gegenüberliegt. Das Problem war nur, dass es sich um den falschen Flughafen handelte. Der günstige Flug, den ich ausgewählt hatte, würde auf dem John F. Kennedy-Flughafen in New York landen, weshalb wir also die ganze Stadt durchqueren müssten.

Weil ich es als Camper mittlerweile gewohnt war, eine Menge unentbehrlicher Utensilien mit herumzuschleppen – eine Taschenlampe, Klebeband, kleines Werkzeugset, weiß man doch, an einem Wohnwagen gibt es immer was zu basteln –, fielen öffentliche Verkehrsmittel schon mal aus. Für einen Moment hatte ich sogar erwogen, Reifenkeile mitzunehmen, das sind so Dinger, auf die man drauffährt, damit das Wohnmobil auch auf schrägem Untergrund horizontal steht. Ich hasse es nämlich, wenn der Kopf beim Schlafen nach unten hängt, da bin ich sehr empfindlich. Noch empfindlicher sind Kühlschränke, die können sogar kaputtgehen, wenn sie immer schief stehen. Aber meine Frau hatte mir das mit den Keilen verboten. »Das ist doch bestimmt alles drin«, hatte sie gesagt. Wir würden ja sehen. Nicht verhindern konnte sie jedenfalls, dass ich die Decken und die Kissen aus dem Flugzeug mitnahm. Eine Decke extra kann man immer brauchen, weiß ich aus Erfahrung. Jedenfalls kam die U-Bahn nicht infrage, nicht solange ich Decken und Kissen in den auffälligen Farben der Airline unter dem Arm tragen würde. Ein Taxi böte sich natürlich an, Taxis nehmen drei Leute mit, aber nur, wenn auch ihre Koffer reinpassen. Blieb eine Limousine mit Fahrer. Kostet nicht viel mehr als ein Taxi, dafür passen alle rein. Außerdem steht der Preis fest, egal welche Route der Fahrer nimmt. Kein unwesentliches Detail, wie ich bald merkte.

Ich bestellte also noch von Deutschland aus eine Limousine. Man nahm meine Personalien auf, sagte mir, wenn ich in New York sei, sollte ich einfach nur eines der Telefone in der Eingangshalle benutzen, über eine 0800-Nummer Bescheid sagen, sobald wir die Einreiseformalitäten hinter uns hätten. Tatsächlich fand ich besagtes Telefon, die Dame am anderen Ende der Leitung nannte mir die Fahrspur vor der Tür, zu der wir uns begeben sollten. Dort fuhr wie versprochen ein Wagen vor, im Fenster stand deutlich der Name unserer Servicefirma auf einem Pappschild. Das ging ja einfach, dachte ich, drängte beherzt ein älteres Ehepaar beiseite, das auf den gleichen Wagen zusteuerte, sagte »yes«, als der Fahrer irgendetwas nuschelte. Ich glaube, er war Koreaner, jedenfalls verstand ich ihn nicht. Ich half dem Fahrer, unser Gepäck einzuladen, während ich den älteren Herrschaften erklärte, wir hätten vorbestellt. Drinnen nannte mir der Fahrer eine Adresse, die ich nicht kannte, ich nannte ihm meine, die ihm nichts sagte, und dann luden wir gemeinsam das Gepäck wieder aus, während meine Frau die älteren Eheleute beruhigte, die weiterhin darauf beharrten, dass das ihr Wagen sei. Tatsächlich handelte es sich bei dem dahingekritzelten Wort, das auf dem Schild im Fenster gleich neben dem Namen der Servicefirma stand, es war so etwas wie Greenfield, keineswegs um eine Werbung oder um eine Ortsangabe, sondern offenbar war das der Name der älteren Herrschaften.

Für jemanden wie mich, der es seit Jahren gewohnt war,

mit dem eigenen Wagen in den Urlaub zu fahren und deshalb stets Herr über An- und Abfahrt zu sein, dauerte es eine gefühlte kleine Ewigkeit, bis wieder ein Wagen in den Farben unserer Firma vorfuhr. Tatsächlich waren es wohl kaum zehn Minuten. Diesmal stand auf dem Schild etwas, das unserem Namen recht nahekam. Der Fahrer gab vor, die Adresse zu kennen, zu der wir wollten. Jedenfalls soweit ich ihn verstand. Ich glaube, er war Inder, zumal ich mir einbildete, im Wagen eine spezifische Gewürznote wahrzunehmen. Könnte gut Curry gewesen sein, war nicht unangenehm. Der Mann schien noch nicht viel länger in den USA zu sein als wir. Die Fahrt dauerte über eine Stunde, dann fuhren wir das erste Mal an einem Hotel vorbei, das so hieß wie das, in dem wir reserviert hatten. Es lag direkt am Highway. Unser Fahrer nahm die nächste Ausfahrt, und wenig später passierten wir das Hotel erneut, diesmal allerdings aus der anderen Richtung. So ging das weitere zwei Mal, der Fahrer bemerkte wohl, wie wir im Vorbeifahren unser Hotel anstarrten, sagte jedes Mal »no problem« und versuchte dann einen anderen Weg. Leider fand er nie die richtige Abfahrt. Stattdessen landeten wir in einer Einfamilienhaussiedlung, die schon ein wenig heruntergekommen schien. Wir hielten. Auf der anderen Seite spielten ein paar schwarze Jungs Basketball. Unser Fahrer fummelte an seinem Navi herum.

»Gibt es irgendein Problem?«, erkundigte ich mich.

»No problem«, antwortete er.

Den Jungs draußen war ihr Spiel offenbar langweilig geworden, sie näherten sich unserem Wagen.

Meine Frau guckte mich an, mir fielen verschiedene Filme ein, in denen Jungs dieses Alters Schnellfeuerwaffen mit sich herumtrugen. Andererseits, vielleicht könnte man sie einfach mal nach dem Weg fragen? Ich war erschöpft. Doch bevor die Jungs unseren Wagen erreichten, fuhren wir wieder weiter. Der Fahrer tippte immer noch auf seinem Navi rum. Einhändig fuhr er um ein paar Ecken, hielt dann vor einem Drugstore, sagte »Moment please« und verschwand in dem Laden. »Wahrscheinlich spielt er Lotto«, meinte ich zu meiner Frau. Das war eine Anspielung auf den Busfahrer, der uns bei Neapel mit seinem Bus hatte sitzenlassen. Fanden wir damals ganz lustig, ich dachte deshalb, die Geschichte würde meine Frau vielleicht aufheitern. Sie starrte nur durch das Rückfenster, um zu gucken, ob die Jungs mit dem Basketball wiederauftauchen würden. Stattdessen kam der Inder zurück, wahrscheinlich hatte er nur nach dem Weg gefragt, denn ungefähr fünfzehn Minuten später hielten wir tatsächlich vor unserem Hotel. Erleichtert, endlich aussteigen zu dürfen, gab ich ihm ein unangemessen hohes Trinkgeld. Der Fahrer schien selbst ein wenig überrascht zu sein.

Natürlich entfaltet unter solchen Umständen auch das bescheidenste Hotelzimmer einen gewissen Charme. Schließlich ist man froh, überhaupt irgendwo angekommen zu sein. Unser Hotelzimmer war deutlich größer als ein Wohnwagen, trotzdem bestand es im Wesentlichen aus Betten, hatte einen beeindruckenden Flatscreen und war komplett in Braun gehalten, ein Ensemble aus Dunkelbraun, Mittelbraun und Hellbraun, das auf mich eine sedierende Wirkung hatte. War wahrscheinlich Absicht. Die Betten waren wirklich sehr groß.

»Das ist aber schön«, schwärmte meine Tochter, »so ein schönes Zimmer.«

Ich schob die braune Gardine beiseite, blickte auf einen Parkplatz, dahinter war der Highway. Das Fenster ging nicht auf. »Hm«, murmelte ich, »ein Hotelzimmer halt.«

»Ja, aber dass die so schön sind.«

Mir wurde klar, dass Sophie in ihrem ganzen Leben bislang kein einziges Hotelzimmer von innen gesehen hatte. Ihre Ferienwelt bestand aus ihrer Koje im Wohnwagen. »Freust du dich auf unser Wohnmobil?«, fragte ich und guckte zu ihr rüber. Sie hatte inzwischen den Fernseher eingeschaltet. Es kamen die Simpsons. Immer noch erschöpft setzte ich mich an den kleinen braunen Schreibtisch neben dem Fenster, griff mir eine Büroklammer, um damit rumzuspielen. Frau Wartner fiel mir wieder ein. Wie würde wohl unser Wiedersehen mit Florian verlaufen?

Im Nachhinein weiß ich, dass man beim Mieten eines Wohnmobils in den USA auch auf die Übergabemodalitäten achten sollte. Es gibt Anbieter, bei denen ist ein sogenannter Early Bird Service inklusive. Das bedeutet, dass man schon sehr früh, oft noch vor acht Uhr, abgeholt wird – was allerdings nichts macht. Durch die sechs Stunden Zeitverschiebung fühlen sich sechs Uhr früh in den USA wie 12 Uhr mittags in Europa an, man wird also am ersten amerikanischen Morgen nach dortiger Uhrzeit ohnehin sehr früh wach. Nun, das hier war ohne Early Bird. Vier Stunden saßen wir zwischen unseren Koffern in der Hotellobby rum. Endlich kam jemand und holte uns, eine weitere Stunde später standen wir auf dem Hof, wo wir unser Fahrzeug übernehmen sollten. Ich war inzwischen schon wieder müde, füllte ziemlich viele Papiere aus und bezahlte allerhand Geld für Messer, Gabel, Bettdecken, all diesen Kram, den man schon gern hätte, der aber in amerikanischen Wohnmobilen in der Regel nicht inklusive ist. Der Einweiser sprach Schwyzerdütsch, ulkigerweise gibt es in den USA zwei große Wohnmobilvermieter, die Schweizer Besitzer haben, Holländer hätte ich irgendwie passender gefunden. Unser Fahrzeug war sehr hoch und sehr breit, obwohl es sich um das kleinste Modell auf dem Hof handelte und der Wagen nicht wie die anderen noch eins von diesen Modulen hatte, die man wie ein Geschwür aus der Seite herausfahren kann, um den Wohnraum zu vergrößern.

Wenn man mal ehrlich ist, geht es beim Camping doch gar nicht darum, der Natur möglichst nahe zu sein. Wäre es so, würde man doch nicht im Wohnwagen schlafen, sondern daneben. Nein, es geht darum, irgendwie in der Nähe von Natur zu sein und es sich dabei so bequem wie möglich machen zu können. Keiner hat das derart glasklar erkannt wie die Amerikaner. Deshalb sind deren Wohnmobile auch so groß – und heißen nicht Wohnmobil, sondern RV für Recreation Vehicle. Es geht um Entspannung und nicht um einfaches Leben. Das wurde mir schlagartig klar, als ich unser RV das erste Mal betrat. Bis dahin hatte ich unseren Wohnwagen daheim für ganz komfortabel gehalten. Nun stand ich vor einem Tisch, an dem man auch zu fünft hätte sitzen können, betrachtete die Spüle, den Herd mit Backofen und einen Kühlschrank, der auf den ersten Blick nicht viel kleiner aussah als das Modell in unserer Küche zu Hause. Das Doppelbett im Heck hatte eine Matratze, bei der man den Härtegrad über eine Fernbedienung hydropneumatisch verändern konnte. Im Bad gab es kein Plumpsklo, das immer eine leichte Chemienote verströmt, sondern ein richtiges Wasserklosett und eine Duschkabine mit Schiebetür. Neben dem Bett über der Fahrerkabine ließ sich ein Fernseher per Fernbedienung ausklappen. Der Schweizer nahm sich eine halbe Stunde, um uns die diversen Kontrollleuchten und Absperrhähne zu erklären, die sich hinter irgendwelchen Klappen verbargen, vor allem wie das mit der Abwasserversorgung funktionieren würde und wo man den Generator startet, falls man mal keinen Strom hat, aber trotzdem Kaffeemaschine oder Mikrowelle betreiben möchte. Tatsächlich brauchte man den Generator nur dafür; die Batterie war groß genug, dass man auch zwei, drei Tage in der Wildnis stehen konnte, ohne auf etwas zu verzichten. Selbst der Kühlschrank würde weiter auf Hochtouren laufen, weil das Gerät im Stand oder wenn der Wagen nicht an ein normales Stromnetz angeschlossen ist, automatisch auf Gasbetrieb umschaltet. Ich staunte. Keine Frage, seit der Planwagenzeit war eine Menge passiert. Bis ich alles verstanden hatte, war es halb vier.

Dieser Wagen würde es auch in den Augen meiner Tochter mit einer Nacht im Hotel aufnehmen. Allerdings schüchterte er mich auf den ersten Meilen ein wenig ein, vor allem dann, wenn er im Wind schwankte. Besonders beeindruckend fand ich die Einfahrt auf den Highway. Wenn man aufs Gaspedal drückte, gab der überdimensionierte Motor ein bösartig schlürfendes Rauschen von sich und beschleunigte enorm. Ich stellte mir vor, wie sich im Innern der Maschine ein armdickes Rohr auftat und Benzin ansaugte. Ein Bild, das wahrscheinlich der Wirklichkeit ziemlich nahekommt. Das Ding brauchte locker fünfundzwanzig Liter auf hundert Kilometer, manchmal mehr.

Wir fuhren. Ich drückte an den Knöpfen für den Tempomat herum und lauschte dem lustigen Englisch unseres Navis, das wir von zu Hause mitgebracht hatten. Jeden Straßennamen sprach es betont deutsch aus, zum Beispiel den der Interstate 87, die den schönen Namen »Governor Thomas E. Dewey Thruway« hatte; der kleine Kasten nannte ihn hartnäckig »Dewei Truweh«. Leider setzte das Navi ziemlich oft aus. Entweder fand das Gerät keinen Satelliten, weil die Schlafkabine über den Fahrersitzen so weit nach vorn über die Motorhaube ragte, dass sie den Himmel abschirmte, oder aber das Navi hatte den Flug über den Atlantik nicht verkraftet und fremdelte jetzt ganz einfach.

Aus den Augenwinkeln nahm ich auf dem Standstreifen gegenüber ein Auto wahr, dahinter einen Streifenwagen. Der Fahrer des vorderen Wagens stand mit gespreizten Beinen neben seinem Auto und hatte den Kopf auf die Haube gelegt, während ein Polizist seine Papiere studierte. »Hast du das gesehen?«, sagte ich zu meiner Frau. Mir fiel wieder die Passage im Reiseführer ein, die eindrücklich darauf hinwies, allen Anweisungen unverzüglich Folge zu leisten, falls man mal von der Polizei kontrolliert würde. Bloß keine unbedachten Handbewegungen machen. Stattdessen solle man beide Hände auf dem Lenkrad lassen und nur nach Aufforderung sehr langsam ins Handschuhfach greifen, um etwa die Papiere rauszuholen. Umso erschrockener war ich, als ein Polizeiwagen überholte und unmittelbar vor uns einscherte.

Der Streifenwagen drosselte seine Geschwindigkeit und begann rechts zu blinken. »War irgendwas?«, fragte ich meine Frau, »habe ich was übersehen?« Ich nahm ebenfalls Gas weg, der Polizeiwagen fuhr noch langsamer, bog auf den Standstreifen, ich ihm hinterher. Schließlich tauchte rechts ein kleiner Weg auf, also keine reguläre Abfahrt. Der Streifenwagen fuhr hinein, ich ergab mich meinem Schicksal und folgte, unter den Reifen knirschte Schotter. Der Polizeiwagen hielt in einer kleinen Staubwolke an, ein Polizist stieg aus und starrte zu mir rüber. Irgendwie sah er überrascht aus, er ruckelte mit beiden Händen seinen Gürtel zurecht. Amerikanische Polizisten haben unwahrscheinlich viel Zeug an ihren Gürteln hängen.

»Alle bleiben ruhig«, sagte ich nach hinten, wo meine Tochter vor sich hindöste, offenbar hatte sie gar nichts mitbekommen. Der Mann glotzte immer noch zu uns rüber. Ich entschloss mich, doch lieber auszusteigen, allerdings verschätzte ich mich mit der Höhe, ein Wohnmobil ist ja deutlich höher als ein PKW, fiel fast aus dem Wagen und strauchelte auf den Polizisten zu. Der fragte mich, was los sei. »Nothing« antwortete ich, und er wischte mit der Hand durch die Luft, was nur bedeuten konnte, ich solle schleunigst abhauen. Ich zog mich am Rand des Armaturenbretts wieder in unseren Wagen hoch. Meine Frau hatte derweil die Stelle im Reiseführer gefunden. »Polizeiwagen in den USA bleiben stets hinter einem und geben von dort Signal, wenn man stoppen soll«, las sie vor. »Ich glaube, der musste nur mal, der will gar nichts von dir.«

Fortan hielt ich mich peinlich genau an das Tempolimit von rund hundert Stundenkilometern, blieb eher ein bisschen darunter, weshalb der Zwischenfall erhebliche Auswirkungen auf unsere Reisegeschwindigkeit hatte. Wahrscheinlich war meine Frau deshalb ein wenig dünnhäutig, als wir endlich gegen zehn Uhr abends vor dem Haus der Lettermans standen. Vielleicht war sie aber auch einfach nur aufgeregt, wir hatten Florian schließlich elf Monate nicht gesehen. Und da kam er auch schon, lächelte ein wenig nervös. Er ist gewachsen, dachte ich, während Florian den ersten Satz sagte: »Mama, sprich bitte Englisch.« Das war der Moment, in dem seine Mama anfing zu weinen.

Florian blieb einfach erst einmal im Haus der Lettermans wohnen. Er hatte noch nicht einmal gepackt. Wir schliefen zwar in unserem Wagen auf der Auffahrt, aber es war kein richtiges Camping. Zum Duschen gingen wir ins Haus rüber, zum Essen auch, die Lettermans waren sehr lässig, sie schlossen ihre Haustür nie ab. Auch nachts nicht. Florian erzählte uns, dass sie das nicht einmal getan hätten, als er mit ihnen ein paar Tage in die Ferien gefahren war. Die Tür blieb offen, damit Nick, ein schon ziemlich alter, schwarzer Hund, der offenbar keine Lust mehr zum Verreisen hatte, rein- und rauskonnte.

Ich glaube, Bob hielt mich sogar für ein wenig neurotisch. Weil ich unseren Wagen immer abschloss und dann noch einmal rumlief, um zu gucken, ob auch alle Gepäckklappen verriegelt waren. Immerhin lag all unser Kram darin. Er ließ sich aber nichts anmerken, außer dass er mich ein paarmal darauf hinwies, hier sei wirklich alles sicher, und ich müsse mir keine Sorgen machen. Ich für meinen Teil fragte mich, ob er wohl eine Waffe besaß. Wie man so hört, ist das bei Amerikanern ziemlich oft der Fall. »Hey«, hätte ich sagen können, »kann sein, dass wir ein wenig eigen mit den Türen sind. Dafür tragen wir keine Waffen.« Ich traute mich allerdings nicht, das Thema anzusprechen. Bis ich mich doch nicht mehr beherrschen konnte. »Bob, hast du eigentlich eine Pistole?« Er guckte ziemlich überrascht. »Gewehr?«, schob ich schnell hinterher. Bob versicherte mir noch einmal, dass ich hier wirklich vollkommen sicher wäre.

Tatsächlich war die Gegend unspektakulär. Es handelte sich um Farmland mit kleinen Ortschaften dazwischen. Schnell hatten uns Bob und Mary die lokalen Touristenattraktionen gezeigt, die im Wesentlichen aus Fort Stanwix bestehen, ein sorgsam rekonstruiertes Holzfort aus der Zeit der Indianerkämpfe, die in der Heimat der letzten Mohikaner schon sehr lange zurücklagen, eigentlich schon vorbei waren, als die USA gegründet wurden. Bob bedauerte trotzdem, dass es im ganzen County kein älteres Gebäude gäbe, »ihr seid von daheim sicher anderes gewöhnt.«

»Och«, sagte ich, »man muss in Berlin schon sehr lange suchen, um ein Haus zu finden, das zweihundert Jahre alt ist.« Bob guckte ein bisschen ungläubig, vielleicht dachte er aber auch nur, ich hätte gelogen, um sein Holzfort nicht so popelig aussehen zu lassen.

Die Oneida, wie der örtliche Indianerstamm heißt, gibt es zwar immer noch, aber sie haben den Kampf längst eingestellt. Stattdessen rächen sie sich am weißen Mann durch den Betrieb eines ziemlich großen Spielkasinos mit angeschlossenem Campingplatz. Das Geschäft liefe sehr gut, erklärte uns Bob, die Gäste kämen sogar von weiter weg. Ich erklärte ihm, dass wir uns unter Camping in Amerika irgendwie etwas Naturverbundeneres vorstellen würden, es sei bei uns eher ungewöhnlich, mit dem Wohnmobil bei einem Spielkasino vorzufahren. Bob verstand das gut, er war ehrenamtlicher Boyscout, erzählte von seinem letzten Urlaub in Colorado und entschuldigte sich, nicht am Rande der Rocky Mountains zu leben. »Die müsst ihr mal sehen«, empfahl er uns, während wir uns abmühten, das Wohnmobil auf seiner Auffahrt in die Horizontale zu bekommen. Die war zwar nicht so steil wie die Rockies, aber ziemlich abschüssig für eine geruhsame Nacht. Ich verkniff mir den Hinweis auf die Keile, die ich gern mitgenommen hätte, denn natürlich reichten die Dinger, die sich im Wagen befanden, nicht aus. Bob schleppte dafür allerhand Holz aus seiner Garage, mit dem wir eine Rampe bauten. Schien ihm einen Riesenspaß zu machen, ich glaube, Bob hätte sich super mit meinem Schwiegervater verstanden. Die beiden hätten bestimmt extra für uns schnell noch eine Wasserleitung verlegt.

Nach drei Tagen erklärte ich, wir könnten hier leider nicht länger bleiben, weil wir unsere Batterien aufladen müssten. Das Stromkabel, das Bob von seiner Garage zu unserem Gefährt gelegt hatte, war geschmolzen, nachdem wir die Klimaanlage eingeschaltet hatten. Erstaunlich, was diese Geräte für Strom ziehen. Ich wollte auch, dass unser Sohn endlich bei uns einzieht, immer noch hatte er sein Zeug im Haus der Lettermans. Außerdem feierte er seit drei Tagen Abschied, wir kriegten ihn praktisch nie zu sehen. Bob empfahl uns einen Abstecher zu den Niagarafällen, die nun wirklich das Spektakulärste seien, was sie im Staat New York zu bieten hätten. Wir könnten leicht in drei, vier Tagen wieder zurück sein, dann hätten sie auch frei, und wir würden vielleicht einen gemeinsamen Campingtrip unternehmen. Gute Idee, fand ich und versuchte, wie mir empfohlen worden war, einen Stellplatz zu reservieren. Die Niagarafälle gehören zu den touristischen Hotspots der USA, da ist so etwas ratsam. Allerdings erwies sich das als schwieriger als gedacht, weil mich der Mann vom Campingplatz mit überraschenden Fragen konfrontierte.

»Brauche ich Full Hook-up?«, fragte ich Bob.

»Unbedingt«, lautete seine Antwort. »And thirty Amps.«

Bei den Niagarafällen gibt es auf der kanadischen Seite mehr Campingplätze als auf der amerikanischen. Auch gilt der Blick von Kanada aus als der schönere. Wir haben ihn nie gesehen. Weil wir uns wegen unseres Sohnes nicht trauten, die Grenze zu passieren. Schüler, die an einem Highschool-Jahr teilnehmen, dürfen nach Ablauf dieser Zeit noch für eine Art dreißigtägige Gnadenfrist, es heißt tatsächlich *grace period*, in den USA bleiben, wenn sie mit ihren Eltern dort Urlaub machen. Sollten sie aber in dieser Zeit ausreisen, dürfen sie erst wieder aus ihrem Heimatland zurück in die USA. Natürlich hätte man an der Grenze fragen können, ob man kurz rüberdarf, von Kanada aus einen Blick auf die berühmten Fälle werfen und gleich wieder zurück. Was aber, wenn da inzwischen ein anderer Grenzbeamter steht und uns nicht wieder reinlässt? Also blieben wir auf der amerikanischen Seite. Dort gibt es auch eine Reihe Campingplätze, der größte öffentliche Platz liegt im Four Mile Creek State Park, unmittelbar am Ontariosee und schon ein gutes Stück von den Fällen entfernt. Wir entschieden uns für den »Niagara Falls Campground and Lodging«, der damit warb, den Fällen am nächsten zu sein. Und hier wurde mir auch klar, was Full Hook-up bedeutet: Zum Stellplatz gehören Wasser- und Stromanschluss, an die man sich einfach andockt, das Tollste aber ist ein mit einem Deckel verschlossenes Loch im Boden, in den man seinen Abwasserschlauch steckt, der so dick ist wie ein C-Rohr der Feuerwehr. Auf amerikanischen Full-Hook-up-Plätzen muss man keine Eimer hin- und hertragen oder irgendwelche Chemietoiletten entleeren, alles verschwindet unbeobachtet in der Kanalisation. »Thirty Amps« wiederum bezeichnet unseren Stromanschluss. Man hat die Wahl zwischen gar keinem Strom, zwanzig, dreißig oder fünfzig Ampere, entsprechend groß sind die Stecker. Unserer passte nur in eine Dreißig-Ampere-Dose, also muss man »thirty Amps« sagen, wenn man gefragt wird. Und diese Frage stellt jeder amerikanische Campingplatzwirt. Fünfzig Ampere braucht man, wenn man beispielsweise in einem Gefährt von der Größe eines Reisebusses unterwegs ist, mit zwei Klimageräten auf dem Dach. Auch das gibt es, und gar nicht mal selten. Ich rammte also unser Abwasserrohr in den Boden, schloss die Frischwasserleitung an, stöpselte die Stromleitung ein und verkündete, niemand müsse mehr die öffentlichen Sanitärgebäude aufsuchen.

Leider ist auch der »Niagara Falls Campground and Lodging« immer noch sechs Meilen von den berühmten Fällen entfernt, weshalb man da nicht einfach hinlaufen kann. In dieser Situation zeigt sich einmal mehr der Haken an einem Wohnmobil: Man muss mit dem Riesending einen Parkplatz suchen und ist immer mit Sack und Pack unterwegs. Oder man sieht sich nach irgendeiner anderen Fahrgelegenheit um. Doch öffentliche Verkehrsmittel sind in der amerikanischen Provinz rar. Ich betrat also das campeigene Visitor-Center, in dem sie nicht nur Tassen mit den Wasserfällen darauf verkaufen, sondern mit bunten Flyern auch für die Touren warben, die man hier buchen konnte. Wir entschieden uns für die »All American Adventure Tour«.

So lernten wir Geena kennen, eine pummelige Mittdreißigerin, die uns kleine Schilder mit der Aufschrift »Team Geena« an die Brust heftete und beim Reden vor uns rumhüpfte. Geena redete und lachte sehr viel. Wenigstens hörte sie auf zu hüpfen, als sie hinter dem Steuer ihres Vans Platz nahm. Dafür drehte sie sich nun dauernd zu uns um, was mich auch ein wenig nervös machte. Da war aber auch niemand, dem sie sonst ihre Aufmerksamkeit hätte schenken können, ihre gesamte Reisegruppe bestand nur aus uns vier, Florian war tatsächlich endlich bei uns eingezogen, und einem allein reisenden Südafrikaner, der die ganze Zeit überhaupt nichts sagte. Der Trip kostete uns rund zweihundertfünfzig Dollar, plus Trinkgeld, zehn Prozent werden erwartet, wie auf einem Zettel an der Sonnenblende im Auto stand. Ein Haufen Geld, dafür waren aber die Regencapes ebenso inklusive wie die Gummisandalen. Beides brauchte man unbedingt, denn zur Adventure Tour gehörte eine Fahrt mit der »Maid of the Mist«, einem Ausflugskahn, der sehr dicht an der fünfzig Meter hohen Wasserwand vorbeischipperte, sowie ein Fußmarsch über allerhand Treppen direkt unterhalb der Fälle. Ohne Cape bleibt da keine Faser trocken. Mit Cape ist der Unterschied marginal. Ebenfalls inklusive waren die Niagara-Anekdoten, die Geena pausenlos erzählen konnte. Meine liebste handelte von Maud Willard, die 1901 in den Whirlpool-Rapids unterhalb der Fälle ums Leben kam. Das Fass, in dem sich die Fünfundzwanzigjährige befand, kreiselte stundenlang im Wasser, gefangen in einem Strudel. Zum Verhängnis wurde ihr der kleine Foxterrier, den sie mit an Bord genommen hatte. Offenbar hatte das Tier mit seiner Nase das einzige Luftloch verstopft, welches man in das Fass gebohrt hatte – so wie ein Korken eine Flasche verschloss. Miss Willard erstickte, ihr Hund hingegen überlebte. Ich habe keinen Zweifel, dass diese Geschichte der Wahrheit entspricht. Wir hatten nämlich inzwischen auch einen Hund zu Hause, der höchstwahrscheinlich Terrierblut in seinen Adern hat. Genau weiß man das nicht, Duffy, das ist sein Name, stammt aus dem Tierheim. Und wenn mich Duffy eines gelehrt hatte, dann, dass ich so ein Tier niemals mit auf eine solche Reise nehmen würde. Duffy war schon im Wohnwagen untragbar. Denn er neigt dazu, jedes Fleckchen Erde, auf dem wir uns niederließen, gegen Passanten verteidigen zu müssen. Was auf einem Campingplatz grundsätzlich zu Problemen führen musste. Außerdem beanspruchte er für sich immer den besten Platz. Ich führte das auf seine Tierheimvergangenheit zurück. Natürlich hätte auch er seine Nase in das einzige verfügbare Luftloch gesteckt. Kurz nach Maud Willard durchquerte übrigens Annie Taylor die Fälle in einem Fass. Ohne Hund. Sie überlebte.

An den Niagarafällen verbrachten wir unsere erste Nacht auf einem amerikanischen Campingplatz. Ich wollte unbedingt ein Feuer anzünden, weil das praktisch jeder hier tat, und man will ja nicht auffallen. Auf jeder Parzelle lag eine rostige LKW-Felge zu genau diesem Zweck, sie war groß genug für ein Riesenfeuer. Ich machte mich daran, Holz zu sammeln, es standen ja genug Bäume herum. Eigenartigerweise gab es aber kaum Reisig. Es blieb mir nichts anderes übrig, als vorn im Laden Holzscheite zu kaufen. Natürlich hätte man auch im Ort welches besorgen können, aber auf den meisten amerikanischen Campingplätzen ist es verboten, sein Holz mitzubringen. Weil man auf diese Weise zur Verbreitung eines gefährlichen Insekts beitragen würde, gemeint war wohl eine Art Borkenkäfer. Wir hielten uns daran, beobachteten allerdings Amerikaner, die in ihren Wohnmobilen ganze Bäume mit sich herumschleppten. Wahrscheinlich gibt es in der amerikanischen Verfassung so etwas wie das Recht auf ein eigenes Feuer, das noch aus jener Zeit stammt, als die Pioniere mit dem Planwagen durch das Land zogen und nicht mit gewaltigen Wohnmobilen, die sich abends durch eine raffinierte Hydraulik in Einfamilienhäuser verwandeln.

Diese Feuer dienen einzig und allein dazu, Marshmallows darin zu rösten und nicht etwa schlechten Kaffee in emaillierten Kannen warm zu halten, wie man das vielleicht aus Wild-West-Filmen kennt. Jedenfalls sah ich niemanden, der das Lagerfeuer nutzte, um darin irgendetwas außer Marshmallows zuzubereiten, die man, wenn sie genügend verschmurgelt sind, mit einem Stück Schokolade zwischen zwei Kekse klemmt. Das war denn auch einer jener Momente, der uns Florian wieder näherbrachte. Er hatte ja genug Zeit zum Üben gehabt, wusste folglich, wie das ging. Ich glaube, wir haben nie zuvor und nie danach derartig viele Lagerfeuer entzündet wie in diesen drei Amerika-Wochen. Allein dafür hatte sich der Entschluss, den Jungen abzuholen, schon gelohnt.

Ein anderer Moment war der, als ich die Steaks auf dem Einweggrill zubereitete, den ich im Supermarkt gekauft hatte. Der Grill war ja nichts anderes als eine flache Aluschale mit Kohle drin, die ich der Einfachheit halber auf dem hölzernen Picknicktisch platziert hatte, weil ich keine Lust hatte, Steaks in der Hocke auf dem Fußboden zu grillen. Und während ich versuchte, mit Florian ein Männergespräch zu führen, und Sachen sagte wie: »Meine Güte, du hast ja ziemlich behaarte Beine bekommen, die hattest du vor einem Jahr noch nicht!«, brannte sich der Grill langsam einen Weg durch den Holztisch. Florian fand das sehr viel lustiger als meinen Hinweis auf seine behaarten Beine. Ich glaube, er war sogar froh, dass dieser verdammte Grill sich in den Tisch brannte, weil er meine Versuche, mit ihm ins Gespräch zu kommen, ziemlich peinlich fand. Mir fiel Frau Wartner wieder ein, wegen ihres Hinweises, der Junge müsse sich doch erst langsam wieder an uns gewöhnen. Wie klug, dass wir uns für einen gemeinsamen Campingurlaub entschieden hatten. Wenn mal was danebengeht, das schweißt doch erst richtig zusammen. Und ein Campingurlaub bietet nun einmal viel mehr Möglichkeiten, dass etwas danebengeht.

Die nächste Chance ergab sich gleich am nächsten Morgen, als ich den Schieber für den Toilettentank nicht zukriegte. Was nun? Ich konnte den ja schlecht offen lassen, während ich vom Gelände runterfuhr. Und falls doch, würden wir eine Spur legen, die rasch zu uns führte. Ich rüttelte an dem Ding. Nichts rührte sich. »Du hättest den Rüssel nicht in diesem Loch da im Boden stecken lassen dürfen«, sagte meine Frau, während sie das Handbuch studierte. »Hier steht, man sammelt das Abwasser im Tank und lässt es erst ab, wenn genug da ist. Sonst kann sich das verfestigen.« Verfestigen klang beunruhigend. »Und dann muss der Tank professionell gereinigt werden, das wird nicht billig«, sagte sie und guckte mich an, als ob ich als Einziger die Toilette benutzt hätte. Der Vorfall kostete mich eine halbe Stunde, Geld für extralange Gummihandschuhe und allerhand Überwindung.

Abgesehen von der serienmäßigen Feuerstelle können amerikanische Plätze in manchen Dingen europäischen durchaus ähnlich sein. Es gibt dort zum Beispiel auch das Phänomen des Dauercampers. Wir lernten einen auf dem Four Winds Campground am Rand des Letchworth State Parks kennen. Durch diesen State Park im Nordwesten des Staates New York hat sich der Genesee River eine Schlucht gegraben, dem der Park seinen Beinamen »Grand Canyon of the East« verdankt. Tatsächlich ist die Schlucht nicht ganz so spektakulär wie ihr großer Bruder im Westen, dafür ist sie immer noch beeindruckend genug und deutlich abgelegener. Während nämlich der Grand Canyon in der Hauptsaison geradezu überrannt wird und man schon sehr früh buchen muss, um dort überhaupt einen Platz zu bekommen, bin ich mir nicht sicher, ob wir Four Winds ohne Bob und Mary überhaupt gefunden hätten.

Die beiden wollten wie angekündigt ein Wochenende mit uns gemeinsam campen, und der Genesee River gehört neben den Niagara Falls zu den großen Natursehenswürdigkeiten der Region. Umso erstaunlicher, dass Four Winds komplett menschenleer zu sein schien, abgesehen von einem mit Grünspan bedeckten Wohnwagenensemble, vor dem ein glanzloser Ford-Pick-up-Truck stand. Offenkundig war jemand zu Hause. Der Platz selbst war derart naturbelassen, dass er auf den ersten Blick gar nicht als Campingplatz zu erkennen war. Man hätte sich also problemlos irgendwo hinstellen können. Aber der Rezeptionist, der aussah wie ein schon sehr in die Jahre gekommener Trapper, legte großen Wert darauf, uns mit seinem Golfcar genau zu der Steckdose zu bringen, die er uns zugewiesen hatte. Sie war an einem kleinen Holzpfahl befestigt und für den Riesenstecker, der zu unserem Wohnmobil gehörte, zu klein dimensioniert. Inzwischen routiniert sagte ich: »Thirty Amps!« Bob stimmte mir zu, aber der vom Alter gebeugte Trapper ließ nicht locker, wollte unbedingt den Stecker in die Dose drücken. Bis er schließlich doch aufgab und mir den Platz direkt neben dem von Grünspan bedeckten Wohnwagen zuwies, offenbar eine der wenigen Ecken hier, die über eine funktionierende Stromleitung verfügte.

»Da will ich nicht hin«, sagte meine Frau mit Blick auf den fremden Wohnwagen, der diesen Platz schon lange nicht mehr verlassen hatte. Wie sollte er auch, dazu hätte man ja erst einmal die hölzerne Veranda abreißen müssen. Doch der Mann von der Rezeption, von dem ich inzwischen wusste, an wen er mich erinnerte, an Festus nämlich, den lustigen Maultiertreiber aus der Fernsehserie »Rauchende Colts«, die ich als Kind sehr gern gesehen hatte, kannte kein Pardon. Er wies mich ein, damit ich unser Wohnmobil zwischen zwei Bäumen rückwärts hindurchlavieren konnte, um es im richtigen Winkel an der einzigen Steckdose weit und breit zu platzieren. Dabei kam ich einer Satellitenschüssel recht nahe, die jemand an einen in den Boden gerammten Zaunpfahl geschraubt und mit verschiedenen Seilen sorgsam abgespannt hatte. In diesem Moment öffnete sich die Tür des fremden Wohnwagens. Ein Mann in einer karierten Jacke trat auf die Veranda, er sah aus wie jemand, der schon ziemlich lange in diesem Wald lebte. Und er machte mir unmissverständlich klar, was er davon halten würde, wenn ich seine Satellitenantenne auch nur berührte. »Mann, ich hab verdammt lange gebraucht, das Ding zwischen den Bäumen so auszurichten, bis ich ein Bild hatte!«, rief er mir zu. Ich wusste, dass Bob keine Waffe trug, bei unserem neuen Nachbarn war ich mir nicht sicher. Zum Glück gelang es Bob, den Mann zu besänftigen. Denn der alte Trapper hatte längst sein Golfcar bestiegen und sich davongemacht.

Abgesehen von unserem merkwürdigen Nachbarn war der Aufenthalt am Genesee River sehr idyllisch. Wir hatten einen hölzernen Picknicktisch, was selbstverständlich ist, auf amerikanischen Plätzen gehört dergleichen zur Grundausstattung. Dieser hier stand aber auf einer Art Plateau oberhalb eines Bachlaufs. Ich kann mich nicht erinnern, jemals auf einem europäischen Campingplatz ein derartiges Wildnisgefühl gehabt zu haben. Umso eigenartiger war unser Besuch in der Schlucht am nächsten Tag. Der Wanderweg selbst war gut befestigt, und alle paar Hundert Meter näherten wir uns einem neuen Parkplatz. Stets stellte Bob dann die gleiche Frage: »Was meint ihr, soll ich den Wagen holen?« Die ersten paarmal haben wir nein gesagt, aber Bob ließ sich trotzdem immer zurückfallen, um wenig später mit dem Wagen vor uns wiederaufzutauchen. Solch eine Form des autobegleiteten Wanderns war mir neu.

Florian war nicht mitgekommen. Er feierte stattdessen im Haus der Lettermans mit seinem Gastbruder wieder mal Abschied. Diesmal aber wirklich. Am nächsten Tag eskortierte uns seine amerikanische Gastfamilie nach Old Forge in den Adirondacks. Den Adirondack State Park im Norden New Yorks kennt in Europa kaum jemand, tatsächlich handelt es sich um eines der größten geschlossenen Waldgebiete der USA, größer als Grand Canyon, Yellowstone und Yosemite zusammen, die großen Nationalparks der Westküste. In den Adirondacks soll es noch über sechstausend Bären geben. Die Lettermans bildeten mit unserem Sohn einen Kreis und nahmen tränenreich Abschied. Dann ließen sie uns mit unserem schluchzenden Sohn allein.

Die Szene hatte auch mich berührt, weshalb ich erst danach dazu kam, mir noch einmal all die Papiere anzugucken, die ich an der Rezeption bekommen und unterschrieben hatte. Der Campground in Old Forge war nicht so einsam wie der am Genesee River, aber mindestens so ursprünglich, so schien es wenigstens. Wir standen praktisch im Wald, aber auch hier gab es ein Loch im Boden, in den man seinen Abwasserrüssel entleeren konnte, und einen Hahn, der die Dusche im Wohnmobil mit Frischwasser versorgte. Erstaunlich, selbst in größeren amerikanischen Städten kommt der Strom aus Oberleitungen in die Häuser, auf Campingplätzen aber wird noch die entfernteste Parzelle unterirdisch versorgt.

Ich schaute mir einen der Zettel an, die ich unterschrieben hatte. »Bärenwarnung« stand oben drüber. Wenn man vorhatte, im Zelt zu übernachten, wurde man dringend ermahnt, auf keinen Fall in den Sachen zu schlafen, in denen man auch das Abendessen eingenommen hatte. Es könnte sonst sein, dass herumstreifende Bären einen mit dem Dinner verwechseln und aus dem Zelt holen würden. Außerdem sollte man keine Nahrungsmittel herumliegen lassen und bitte beachten, dass der Zaun, der abends um den zentralen Müllplatz hochgezogen wurde, elektrisch geladen sei. Also machte ich mich auf, unseren Müll lieber jetzt schon wegzubringen, andernfalls hätte ich ihn am Abend über den Elektrozaun werfen müssen. Tatsächlich gab es am Container kleine gelbe Täfelchen mit einem stilisierten Blitz darauf, die einen warnten, nach 20 Uhr hier bloß keinen Draht zu berühren. Dann ging ich weiter zur Rezeption. Dort sollte es WLAN geben, und ich wollte versuchen, irgendeine deutsche Nachrichtensendung herunterzuladen.

Die Rezeption war in einer Art Blockhütte untergebracht. In einer Ecke saßen ein paar Camper an Holztischen, jeder hatte einen aufgeklappten Laptop vor sich. Ich setzte mich dazu, tippte an meinem Notebook herum und plötzlich, daam-daam-dadadadamm, ertönte ziemlich laut die Erkennungsfanfare und dazu auf Deutsch die Begrüßung: »Hier ist das Erste Deutsche Fernsehen mit der Tagesschau.« Ich wurde angestarrt. Ganz offenkundig war ich der einzige deutsche Camper weit und breit, höchstwahrscheinlich sogar der einzige Europäer. Nun sind Camper daheim ziemlich gesprächig, jedenfalls hat man auf einem Campingplatz in Deutschland, Frankreich oder Italien ziemlich schnell neue Freunde. In Old Forge war es nicht viel anders. So lernte ich Pete kennen, den Angestellten einer Telefongesellschaft aus Albany, der Hauptstadt des Staates New York. Pete verbrachte wie immer seine Ferien in den Adirondacks, was für ihn den Vorteil hat, dass er nicht weit fahren muss, denn Pete hat nicht mehr als zwei Wochen Urlaub im Jahr. Wir sprachen über die Bärenwarnung.

»Muss man das ernst nehmen, oder ist das eine Art Folklore?«, fragte ich ihn.

»Unbedingt ernst«, mahnte Pete, klickte auf seinem Laptop herum und zeigte mir ein paar Fotos im Internet. Darauf waren Autos zu sehen, bei denen jemand ziemlich gewaltsam die Tür aufgerissen haben musste. »Das war ein Schwarzbär«, erklärte Pete, »der öffnet dir mit seinem Fingernagel deinen RV, als wär's eine Dose gebackene Bohnen. Und es gibt keinen besseren Dosenöffner als eine Bärenpranke!«

Ich war beeindruckt. Auf einem Bild hatte der Bär, wenn es denn einer war, den Fensterrahmen eines Kombis einfach nach außen umgebogen. Danach hatte er sich offenbar die Innenverkleidung vorgenommen, jedenfalls hing das Armaturenbrett in Fetzen herunter. Offenbar hatte er versucht, mit seiner Pranke das Handschuhfach zu öffnen. »Und was tut man, wenn eins von diesen Viechern vor einem steht?«

Pete sagte allen Ernstes, man könne versuchen, ihn mit Pfefferspray in die Flucht zu schlagen. Weglaufen bringe jedenfalls gar nichts, es sei denn, man habe jemanden neben sich, der langsamer sei als man selbst. Oder man hätte irgendetwas anderes, das man dem Bären überlassen könnte, um ihn eine Weile zu beschäftigen. Ein paar belegte Sandwiches würden für den Notfall eventuell reichen – obwohl Bären füttern an sich streng verboten sei. Sich tot stellen wäre auch eine Variante, vor allem, weil Bären angeblich nicht besonders gut gucken könnten, »vielleicht übersieht er dich dann, ist aber unwahrscheinlich, wahrscheinlich wird er dich riechen.«

Petes Ausführungen hatten mich ein wenig beunruhigt, als ich zu unserem Wohnmobil zurückging. Obwohl wir uns doch auf einem Campingplatz befanden, sah es tatsächlich so aus, als würde der Wagen mitten im Wald stehen. Selbst von unserem unmittelbaren Nachbarn waren wir durch Büsche getrennt. Trotzdem erklärte ich mich bereit, zu Fuß in den Ort zu gehen, um noch ein paar Sachen für das Abendessen zu holen. Eigentlich wollten wir ja mit dem Auto hin, aber das hätte bedeutet, alles wieder klapperfest zu verstauen. Der Ort war angeblich keine drei Kilometer entfernt, wenn man die Abkürzung durch den Wald nahm. Tatsächlich brauchte ich eine Stunde, obwohl ich zügig gelaufen war.

Und auf dem Rückweg machte ich den Fehler, auch noch in einem Imbiss etwas zu essen kaufen zu wollen. Ich orderte eine Tüte gebratene Hühnerflügel, die hier Buffalo Wings heißen, weil sie angeblich in Buffalo im Bundesstaat New York erfunden wurden, und ein paar Scheiben Pizza. Man musste erst bei einem gelangweilten Jüngling bezahlen, den Zettel dann einem anderen gelangweilten Jüngling in die Hand drücken. Dazu musste man aber wissen, was man wollte, welche Soße, die Wings scharf oder nicht so scharf, die Pizza mit oder ohne Käserand, jedenfalls dämmerte es, als ich schließlich aus der Bude kam, um den Heimweg durch den Wald anzutreten. Ich dachte an den Elektrozaun, den sie jetzt auf dem Campingplatz rund um den Müllcontainer hochzogen, und an die Dinge in meinem Rucksack. Ich war mir sicher, alle sechstausend Bären der Adirondacks würden die Buffalo Wings riechen. Und wenn sie dann vor mir stünden, müsste ich erst den Rucksack abschnallen, um sie mit Pizzascheiben von mir abzulenken.

Also nahm ich die Imbiss-Tüte wieder aus dem Rucksack, besser, ich würde sie in der Hand halten und dem Bären notfalls entgegenschleudern können. Kurz dachte ich sogar darüber nach, ob es nicht noch besser wäre, den ganzen Kram gleich hier zu essen, um nicht nach gebratenen Hühnerflügeln und Pizzakäse zu riechen. Aber das wäre unfair den anderen gegenüber gewesen. Außerdem wäre mir von der Käsepizza bestimmt schlecht geworden, was mich im Ernstfall zu einer hilf- und willenlosen Beute gemacht hätte. Stattdessen suchte ich mir einen Stock, mit dem ich regelmäßig auf den Boden schlug und setzte vor mich hin summend meinen Weg fort. Pete hatte mir nämlich geraten, dass es gut wäre, ordentlich viel Krach zu machen. Da würden die Bären, schreckhaft wie sie sind, vor mir weglaufen. Ich wusste zwar nicht, warum ein Tier, das mit seinem Fingernagel Autotüren verbiegen kann, sich vor mir erschrecken sollte, aber ich war geneigt ihm zu glauben.

Wenn dieser Waldweg nicht gewesen wäre, ich hätte mich in Old Forge noch wohler gefühlt. Gern wäre ich zum Beispiel abends mit meiner Frau mal in einen Saloon gegangen, »Dance in the Line« mit Livemusik, das hätte mir gefallen. Aber die Vorstellung, erneut im Dunkeln durch diesen Forst zu stampfen und dabei versuchen zu müssen, irgendwelche Bären mit meinen Liedern zu erschrecken, hielt mich davon ab. Das, man muss es so sagen, ist der Nachteil vom Camping in freier Wildbahn: Es kann abends ein bisschen ungesellig sein.

Die anderen warteten schon auf mich, um endlich das obligatorische Marshmallow-Feuer anzuzünden. »Wollen wir es uns nicht lieber drinnen gemütlich machen?«, schlug ich vor, fand aber keine Mehrheit für meinen Vorschlag. Meine Familie wusste ja in ihrer Unschuld nichts von Pete, sie hatten die Bilder auf seinem Laptop nicht gesehen, ahnten nichts von den Gefahren im Wald hinter uns. Ich behielt mein Wissen für mich, entzündete jedoch ein größeres Feuer als sonst. Den ganzen Abend über konnte ich mich nicht richtig entspannen. Es war mir ein Rätsel, wie Leute auf die Idee kommen konnten, in diesem Wald zu zelten, selbst wenn sie wie empfohlen abends noch mal die Wäsche wechselten. Ich wurde erst lockerer, als wir endlich reingingen und ich die Tür hinter uns schließen konnte. Auch wenn mir klar war, dass sie für einen entschlossenen Bären kein großes Hindernis darstellte, würde er uns doch weder sehen noch riechen können.

Bevor wir Old Forge am nächsten Morgen verließen, sammelte ich das Feuerholz ein, das unsere Nachbarn zurückgelassen hatten. Was das Feuer angeht, konnten sich Franzosen und Amerikaner ja kaum fremder sein. Während es nämlich in den USA vollkommen normal ist, auch im Sommer gewaltige Feuer zu entzünden, muss man auf französischen Campingplätzen damit rechnen, dass ein Löschzug vorfährt, wenn man etwa die Absicht hat, einen Kohlegrill zu betreiben. Das heißt, ich sollte auf dem Campingplatz am Lake George noch einen weiteren gravierenden Unterschied kennenlernen.

Der Platz war mit einem Swimmingpool ausgerüstet. In vielen französischen Pools ist es verboten, in Badeshorts ins Wasser zu steigen. Warum, ist mir nie ganz klar geworden, es hat angeblich mit der Hygiene zu tun. In Wirklichkeit handelt es sich aber wohl um ein Gesetz zur Drangsalierung der französischen Jugend, die ganz offensichtlich möglichst weite Shorts favorisiert. Da ich kein Jugendlicher mehr bin, hatte ich mit dem Gesetz keine Probleme und mir in Frankreich die übliche, enganliegende Badehose gekauft, eine Speedo wie man in den USA sagt. Nun, in den USA sieht man das mit den Badehosen ganz anders, aber das wurde mir erst auf besagtem Campingplatz am Lake George bewusst.

Der Platz lag in unmittelbarer Nähe des historischen Forts William Henry. Leser von James Fenimore Coopers Lederstrumpferzählungen werden das Fort kennen, es spielt dort eine große Rolle. Vor rund zweihundertfünfzig Jahren war es Schauplatz eines Scharmützels zwischen Briten und Franzosen, bei dem die Briten unterlagen. Man versprach ihnen großzügig freien Abzug, falls sie das Fort räumen und herauskommen würden. Was sie dann auch taten. Allerdings wurden die rot uniformierten und gut sichtbaren Briten entgegen aller Abmachungen von den mit den

Franzosen verbündeten Indianern im nahen Wald massakriert. Der Verrat brachte den Franzosen in dieser Gegend einen ziemlich schlechten Ruf ein. Und überdies war ihr Erfolg nicht von Dauer, sie verloren erst den Krieg und später ganz Amerika. Sonst wären die USA vielleicht französisch geworden, und mir wäre die folgende Episode erspart geblieben.

Natürlich fiel mir rasch auf, dass irgendetwas nicht stimmte, als ich in Lake George von meinem Liegestuhl aufstand und mich auf den Weg ins Wasser machte. Weil wir wie immer reichlich spät am Pool erschienen waren und ich auf keinen Fall schon am frühen Morgen irgendwelche Handtücher in der ersten Reihe platzieren wollte, standen unsere Liegen ein wenig weiter weg. Ich musste drei, vier Reihen durchqueren, um zum Wasser zu gelangen. Noch bevor ich den Pool erreichte, hatte ich das bestimmte Gefühl, dass mich nahezu jeder im weiten Rund beobachtete. Tatsächlich war ich der Einzige, der Speedos trug. Ich fühlte mich irgendwie nackt, beschleunigte also meinen Schritt und sah zu, dass ich ins Wasser kam. Florian folgte mir in seinen überdimensionierten Shorts.

»Sag mal«, fragte ich ihn, »irre ich mich oder starren die mich alle an?«

»Ist wahrscheinlich deine Hose«, sagte mein Sohn und bestätigte meinen Verdacht.

Ich blieb unter Wasser hocken und traute mich nicht mehr raus. »Hol bitte Mama und deine Schwester«, bat ich ihn. Mir war daran gelegen, allen hier zu demonstrieren, dass wir eine ganz normale Familie seien, damit bloß keiner auf die Idee käme, ich sei irgendein abartiger Sonderling.

»Was ist denn?«, fragte meine Frau, die zum Glück ziemlich rasch kam. »Ich trau mich nicht mehr aus dem Wasser, ich glaube, ich muss hier bis zum Abend drinnen bleiben. Oder den Jungen bitten, mir eine Hose von sich zu borgen.«

Groß genug waren sie ja. Allerdings verwarf ich den Gedanken wieder, weil das Wasser nicht tief genug war, um etwa auf dem Grund unbemerkt die Hose wechseln zu können.

»Unsinn, ich hol dir einen Bademantel.« Glänzende Idee. Leider besaß ich gar keinen Bademantel, ich hätte den aus dem Hotel mitnehmen sollen. Meine Frau brachte mir stattdessen ihren. Er war sonnengelb, recht kurz und saß auch sonst ziemlich knapp. Besser als nichts. Ich zog das Ding an und ging mit wippendem Röckchen zurück zu unserer Liege. Vielleicht lag es an diesem Auftritt, dass wir in Lake George mit niemandem sonst ins Gespräch kamen, außer mit einem Kanadier, der sogar ein paar Brocken Deutsch sprach, weil er vor Jahren mal als Profi in Iserlohn Eishockey gespielt hatte. Wahrscheinlich brachte er mir deshalb so viel Vertrauen entgegen, dass er mir seine gewaltige Axt lieh. Ich brauchte sie, um die Holzscheite zu zerkleinern, die ich aus Old Forge mitgebracht hatte, die aber viel zu groß waren, um damit ein vernünftiges Feuer in Gang zu bringen. Der Kanadier war der Einzige, der mir ein Beil lieh, entweder, weil die anderen keines hatten und nur Kanadier das Holzfäller-Gen in sich tragen, sodass sie nie ohne Axt aus dem Haus gehen. Oder weil die anderen mich nach meinem Auftritt am Pool für derart merkwürdig europäisch hielten, dass sie mir lieber nichts Gefährliches anvertrauen wollten.

Ich hielt es für klug, mich künftig weniger auffällig zu verhalten, trug deshalb von nun an auch ein Basecap und dachte daran, mir eine Axt zu kaufen. Also fuhren wir unter dem Abbrennen zahlreicher Lagerfeuer weiter durch Massachusetts an Boston vorbei nach Cape Cod, das ein bisschen Ähnlichkeit mit Sylt hat. In Connecticut gelangten wir an einen Platz, der Strawberry Fields oder so ähnlich hieß, drei Swimmingpools besaß, mehrere Sportplätze und für den Abend Karaoke ankündigte. Ist ja wie in Europa, dachte ich und wollte schon weiterfahren, aber es war spät am Abend und der Strawberry Park würde unsere vorletzte Station sein. Für unseren Sohn ging damit ein knappes Jahr USA zu Ende. Vielleicht lag es daran, dass wir uns derart stritten wie nie zuvor auf dieser Reise. Dabei hätte es schon vorher Anlässe genug gegeben, wenn man so dicht aufeinandersitzt, wie selbst ein großer Wohnwagen das erzwingt. Man ist ja praktisch nie allein, nie mehr als einen dünnen Vorhang vom Rest der Familie entfernt. Nur mal angenommen, man will mit seiner Frau allein sein, kann man sich nur zusammen in der Toilette einschließen, weil das der einzige Raum im ganzen Wohnmobil ist, in dem man hinter sich die Tür zumachen kann. Oder man schlägt sich abends in die Büsche, wo einen dann der Bär holt oder ein Park Ranger wegen Erregung öffentlichen Ärgernisses verhaftet. Oder man zieht den Privacy Curtain zu, ein nachtblauer Vorhang, der an einer Schiene um das elterliche Ehebett läuft und verhält sich sehr, sehr ruhig. Als die Kinder noch klein waren, haben wir abends draußen gesessen, bis sie drinnen eingeschlafen waren. Siebzehnjährige schlafen nicht vor ihren Eltern ein, kann man die ganze Nacht drauf warten. Wahrscheinlich hat Frau Wartner das gemeint, als sie sagte: »Der Junge braucht Zeit.«

Der Junge hatte übrigens auch keine Intimsphäre mehr. Bei den Lettermans hatte er noch ein eigenes Zimmer gehabt, hier hatte er nicht einmal mehr ein eigenes Bett, er teilte das – immerhin sehr große – Bett mit seiner Schwester. Ich hatte allerdings nicht den Eindruck, als ob das irgendwie ein Problem gewesen wäre. Die beiden wirkten so miteinander verschworen wie vor Florians Highschool-Jahr.

Gestritten haben wir uns über den freien Zugang zum Internet. Im Strawberry Park hatten wir WLAN auf der Parzelle, allerdings flog man dauernd raus. Und wir beide, Florian und ich, mussten dringend ins Internet. Wobei mir der Junge nicht verriet, warum. Wahrscheinlich musste er nach Monaten der Abwesenheit daheim ankündigen, dass er bald wieder da wäre. Ich fand mein Anliegen wichtiger: Ich musste einen Stellplatz in Beaver Pond reservieren. Das würde unsere letzte Station sein, ein Campingplatz im Harriman State Park, strategisch günstig unmittelbar vor New York gelegen. Zu den Mietbedingungen gehört nämlich, dass man den Camper bis zehn Uhr früh abzugeben hat. Und von Beaver Pond würde es ein Katzensprung zum Wohnmobilhof sein. Allerdings sah ich im Buchungsportal, dass es nur noch einen einzigen freien Stellplatz gab. Und immer vor dem letzten entscheidenden Knopfdruck stürzte das Portal ab.

»Jetzt bin ich dran«, forderte der Junge nach meinem dritten Fehlversuch.

»Du bist dran, wenn ich hier fertig bin«, sagte ich lauter als nötig.

»Immer geht es nach dir!«, brüllte der Junge zurück. »Ich bin dir doch völlig egal.«

Ich erinnerte mich an ein Vorkommnis vor fünfzehn Jahren, Florian war gerade zwei und saß im Auto angeschnallt auf dem Rücksitz, ich fuhr. Plötzlich und unerwartet krähte sein Kinderstimmchen vom Rücksitz: »Wenn ich groß bin, sitzt du hinten.« Nichts weiter, nur diesen einen Satz. Damals hatten wir herzhaft gelacht, meine Frau und ich, vergessen hatte ich den Satz nie. War das jetzt der Moment, an dem er dachte, er könne mich auf den Rücksitz schicken? Ein Jahr Amerika kann einen ja schon verändern. War ja bei mir schon nach drei Wochen so. Ich nahm das Basecap ab. Und schob ihm das kleine Laptop rüber. »Aber nur zehn Minuten«, sagte ich. Er brummte irgendwas.

Nach zehn Minuten nahm ich ihm das Ding weg, wir hatten nur Zugang für eine Stunde gebucht. Ich hätte natürlich vorlaufen können zur Rezeption und noch eine Stunde ordern. Allerdings war es wieder einmal ewig weit bis zur Rezeption, und draußen regnete es. Weshalb wir nun alle relativ gedrängt um den Tisch saßen. Ich loggte mich ein und stellte fest, der letzte Platz war weg. Ich tobte, schimpfte, brüllte.

»Bloß weil du deine Partys organisieren musst, haben wir jetzt kein Dach über dem Kopf.«

Er brüllte zurück: »Ich zieh aus, ich habe genug von euch.«

Dann brüllte Sophie: »Ich will zum Karaoke.«

Nur meine Frau brüllte nicht, die weinte. Ich dachte an die kommende Nacht. Würden wir die auf einem Supermarktparkplatz verbringen? Im fahlen Schein der Lichtmasten. Es gibt Vierundzwanzig-Stunden-Supermärkte, da darf man das. Ich rief bei der State-Park-Verwaltung an, eine Frau war dran, ich erklärte ihr meine Lage. Sie sagte, da seien noch genügend Plätze für Zelte frei. Und für ganz kleine Wohnmobile. Was soll ich damit?, gab ich ein wenig unfreundlich zu bedenken. Nun, dann könne sie uns leider nicht helfen. Das heißt, eine Parzelle gäbe es, aber irgendjemand hat die blockiert. – Blockiert? Ja, jemand habe sich eingetragen, aber die Buchung nicht zu Ende gebracht.

»Was für ein Trottel«, meinte ich, wobei mir schon ein

Verdacht kam, was da passiert sein könnte. Musste mit meinem Absturz zusammenhängen. »Und was ist, wenn der sich nicht mehr meldet?«

»Dann ist die Parzelle nach einer Stunde wieder frei zur Buchung.« Mir blieb nichts anderes übrig. Ich ging durch den Regen zur Rezeption, orderte noch eine Stunde Internet-Zeit. Zurück im Wagen nahm ich den Laptop, setzte mich auf die hydropneumatische Matratze, sagte, ich möchte eine Stunde lang nicht gestört werden, und zog den Vorhang zu. Durch den Stoff hörte ich den Jungen schimpfen, Sophie fragte, ob irgendjemand mit ihr zum Karaoke gehen würde. Ich starrte auf den Bildschirm. Und nach fünfundvierzig Minuten hatte ich die Parzelle.

Anderntags brachen wir schweigend auf. Ich hoffte, die Stimmung würde in Beaver Pond wieder besser. War allerdings ein wenig unsicher. Im Harriman State Park würden wir weder Strom- noch Wasseranschluss haben. Der Wagen würde zeigen müssen, was er kann. Nach ein paar Stunden des Schweigens erreichten wir den Park. Die Rezeption war in einer Feldsteinhütte, drinnen saß ein streng aussehender Ranger, der mir mehrere Blätter mit den Parkregeln aushändigte. Wichtigster Punkt: In Beaver Pond herrscht absolutes Alkoholverbot. Toll. Wie soll man denn da richtig Abschied feiern? Der Platz selbst sah leerer aus als erwartet, die Parzellen lagen relativ weit auseinander. Selbst wenn er denn ausgebucht gewesen wäre, hätten wir da locker zwischengepasst!

Die größte Überraschung aber war das Publikum: Beaver Pond hatte eine vollkommen andere Klientel als jeder andere Platz, auf dem wir bis dahin in den USA gewesen waren. Der Platz war kaum mehr als vierzig Kilometer von Manhattan entfernt, über eine Schnellstraße in wenig mehr als einer halben Stunde zu erreichen und so etwas wie der touristische Hinterhof von New York City. Es gab hier keine Hillbillies, keine Gewehrträger in Pick-ups, keine karierten Hemden. Unsere unmittelbaren Nachbarn im Umkreis von hundert Metern waren ein Lehrerehepaar, die mit ihrem erwachsenen Sohn den weiten Weg aus ihrer Heimat Oregon bis hierher in einem Kleinwagen zurückgelegt hatten, eine frankokanadische Großfamilie in einem Klappfix, das ist ein Anhänger, halb Zelt, halb Wohnwagen, wie man ihn auf Campingplätzen am Mittelmeer häufiger sieht; in den USA war es das erste derartige Modell, das ich sah. Dann war da noch eine frankokanadische Familie mit einem winzigen Tabbert-Ei, das ist ein tropfenförmiger Wohnwagen aus deutscher Produktion, wie ich ihn hierzulande bislang auch nicht gesehen hatte, sowie eine hispanische Großfamilie mit mehreren Zelten und einer ausgeprägten Vorliebe für Mariachi- und Blechblasmusik.

Während ich noch versuchte, das Wohnmobil durch Rangieren auf unseren winzigen Keilen in die Horizontale zu bringen, hatte der erwachsene Sohn unserer Nachbarn aus Oregon schon mitgekriegt, dass wir aus Deutschland kamen. Er verwickelte meine Tochter in eine Diskussion über Atomkraft, während seine Eltern – die drei waren auch gerade erst eingetroffen – zwei winzige Zelte aufbauten. Ich dagegen hatte auch im dritten Anlauf unser Mobil nicht geradegekriegt.

»Hat keinen Zweck«, sagte ich, »ich brauch irgendetwas, woraus ich eine Rampe bauen kann.« Ich stieg aus, sah mich um und entdeckte eine Hütte in dreihundert Meter Entfernung. Aus der Nähe bemerkte ich, dass es sich wohl um den Betriebshof der Rangerstation handelte. In einer Ecke lagen Balken und behauene Steine auf einem Haufen, sehr gut geeignet für meinen Zweck. Allerdings antwortete niemand auf mein Rufen. Es waren nur ein paar Schritte durch das offene Tor, die Steine und die Balken sahen so aus, als ob sie schon sehr lange und vollkommen nutzlos dort gelegen hätten. Ich nahm zwei kurze, dicke Hölzer, legte zwei Steine drauf. Mit meiner Last ging ich zurück zum Tor. In dem Moment, ich befand mich immer noch auf dem Betriebsgelände, fuhr ein Geländewagen vor, auf den Vordersitzen saßen zwei Männer in der beige-grünen Kluft der Park Ranger. Das war jetzt unangenehm. Einer der beiden stieg aus, er hatte bemerkenswert lange Haare, was ihn trotz seiner Uniform ein bisschen weniger offiziell aussehen ließ. Der andere wirkte dafür umso korrekter, er blieb im Auto sitzen und beugte sich durchs Fenster, ein Walkie-Talkie in der Hand.

»Hi«, sagte ich bemüht lässig.

Die beiden sagten gar nichts.

»Ich hätt' gern diese Sachen hier, um mein Wohnmobil auszurichten, bring sie auch morgen zurück.«

Der Korrekte sprach in sein Walkie-Talkie, berichtete, hier sei ein Tourist und hätte sich ein paar Steine genommen, um sein RV damit auszubalancieren. Ob das in Ordnung gehe. Es knackste im Gerät, dann kam die Antwort, gut zu verstehen, selbst aus ein paar Metern Entfernung: »Definetely not.«

»Haben Sie das verstanden?«, fragte mich der Ranger.

»Definetely yes«, sagte ich.

Nun fühlte sich mein Gegenüber offenbar berufen, eine längere Erklärung abzugeben. »Was Sie da in der Hand haben, ist Eigentum des Staates New York. Und wenn wir Ihnen erlauben, damit Ihr Wohnmobil abzustützen, und Sie kommen dabei zu Schaden, weil der Balken bricht, das

Wohnmobil umfällt, explodiert und den Wald entzündet, dann könnten Sie den Staat New York verklagen, weil der Staat New York durch sein Verhalten den Unfall erst möglich gemacht hat. Verstehen Sie das?«

»Natürlich«, sagte ich, »aber was wäre gewesen, wenn Sie zehn Minuten später gekommen wären, ich mir diese Steine also ohne Ihr Wissen angeeignet und einen Unfall verursacht hätte? Da hätte Ihnen doch niemand einen Vorwurf machen können?«

»Korrekt«, meinte der Ranger mit dem Walkie-Talkie.

»Was halten Sie davon«, setzte ich nach, »wenn ich Sie gar nicht mehr frage und Sie nicht bemerken, wie ich das hier nehme?«

»Das wäre doch eine Möglichkeit«, mischte sich der Langhaarige ein und guckte zu seinem Kollegen mit dem Walkie-Talkie.

»Okay«, nickte der Walkie-Talkie-Mann, »wir gucken jetzt da drüben hin, und Sie verschwinden.«

Mit den Steinen gelang es mir, den Wagen kerzengerade auszurichten. Zufrieden nahm ich mir ein Bier aus dem Kühlschrank, kippte es in einen leeren XXL-Colabecher – nein, das mit dem Alkoholverbot hatte ich nicht vergessen – und ging wieder raus. Draußen diskutierte unsere Tochter immer noch mit den Nachbarn. Von der Atomkraft waren sie inzwischen weg, jetzt ging es um vegane Ernährung. George, so hieß der Lehrer, fragte mich, was ich denn in der Rangerstation gemacht hätte. Ich erzählte ihm meine Geschichte. »Typisch«, sagte er und lachte. Und mit dem Alkoholverbot hier verhalte es sich genauso wie mit den Steinen, die ich mir ausleihen wollte. Den Rangern wäre es vollkommen egal, was wir trinken, aber wenn wir betrunken über irgendeine Wurzel stolpern und uns dabei das Knie brechen, können wir wenigstens den Staat nicht verklagen, weil wir mit unserem Trinken gegen die Regeln verstoßen hätten. Und es sei praktisch unmöglich, hier irgendetwas kaputt zu machen, ohne gegen irgendeine Regel zu verstoßen.

George wollte uns zu seinem veganen Barbecue einladen, aber ich erklärte ihm, wir hätten allerhand zu tun, weil wir den Wagen für die Übergabe fertig machen müssten. Tatsächlich hatten wir noch ein paar Mikrowellengerichte im Gefrierschrank, was ich ihm aber nicht erzählen mochte. George hatte so eine gute Meinung von uns Europäern. Mein Plan war also, die Packungen heimlich drinnen zuzubereiten. Leider gehörte die Mikrowelle neben der Klimaanlage und der Kaffeemaschine zu den einzigen Geräten, die ohne Strom von außen nicht funktionierten. Es sei denn, man würde den Generator anwerfen. Was ich bis dahin nie getan hatte. Ich wollte das aber unbedingt einmal tun. Dröhnend sprang das Gerät auf Knopfdruck an. Der Lärm war ungeheuer. Wie ein LKW im Leerlauf.

»Das geht gar nicht«, stellte meine Frau fest.

»Wir können den Kram ja verschenken«, schlug ich vor, überhaupt hatten wir allerhand Zeug angeschafft, vom Riesenkochtopf über die Klemmlampe bis hin zum Toaster, das wir nicht mehr brauchen, also auch gleich verschenken könnten. Nur wem? George würde sich sicher nicht über ein Packung Mikrowellen-Hühnerfrikassee freuen. Ich ging rüber zu unseren Latino-Nachbarn und begann eine zwanglose Unterhaltung. »Schöne Musik«, sagte ich zur Eröffnung, »meine Frau mag Mariachi-Musik.« Am Ende nahmen sie mir alles ab, was wir übrig hatten. Und die Musik machten sie auch lauter.

»Himmel!«, rief meine Frau, »kannst du sie nicht mal bitten, das ein bisschen leiser zu machen?«

»Geht nicht, hab ihnen gerade gesagt, du magst das, und jetzt haben sie sicher lauter gemacht, um dir eine Freude zu machen.« Ich versicherte ihr aber, sie müsse sich da keine Sorgen machen, gegen zehn sei hier Zapfenstreich, so sehen es die Parkregeln vor.

Gegen zehn ging die Party erst richtig los. Inzwischen war nämlich auch New Yorks schwarze Community im Harriman State Park eingetroffen. War ein schöner Anblick, all die Lagerfeuer, und wirklich an jedem wurde Musik gemacht. Meine Frau war längst versöhnt. Eigentlich war es der stimmungsvollste Abend der ganzen Reise. Und obwohl Beaver Pond die strengsten Regeln von allen Plätzen an unserer Route hatte, war es auch einer der entspanntesten. Ich glaube, wir haben erst hier, auf einem Campingplatz vor den Toren von New York City, richtig verstanden, wie dieses Land funktioniert.

11
In See stechen

Manchmal werde ich im Büro gefragt, wie das denn sei, mit dem Camping. Von Lisa zum Beispiel, das ist eine von diesen Stilbewussten. Die fährt nie in den Urlaub, jedenfalls nicht wie wir, mit Kind und Kegel, Lisa fliegt zum Shoppen nach New York, zu irgendeiner Vernissage oder übers Weekend nach Istanbul. Wenn mich also Lisa fragt, dann sage ich gern: »Im Prinzip wie eine Jacht an Land.« Die gleichen Leute, die den Wohnwagenfahrer gern in die Nähe des Kleingärtners rücken, sehen doch einen Bootseigner in dem Moment, in dem sein Schiffchen über eine Kabine verfügt, mit ganz anderen Augen. Geht mir ja selbst auch so. Mehr als einmal habe ich schon in Jachthäfen gestanden und mich dabei ertappen müssen, auf die dort vertäuten Boote zu gucken. Ach, wäre das toll, wenn man mit dem Wohnwagen auch einfach in See stechen, jederzeit irgendwo in einer einsamen Bucht den Anker fallen lassen könnte, allein mit sich und den seinen.

Erschwerend kommt hinzu, dass ich von jeher eine maritime Ader habe. Mein Lieblingsbuch in jungen Jahren war »Robinson Crusoe«. Gut, da geht es jetzt um Schiffbruch, das ist noch einmal ein bisschen was anderes. Aber ich mag auch »Master and Commander« mit Russell Crowe, und natürlich habe ich alle vier Folgen von »Fluch der Karibik« mit

Johnny Depp als Captain Jack Sparrow gesehen. Der Haken ist nur, dass ich in der Praxis von der Seefahrt keine Ahnung habe. Das größte Boot, das ich je selbst steuerte, war ein Zweierkajak, mit dem ich mal im Rheinsberger Rhin auf Grund gegangen bin. Für alle, die jetzt mit märkischer Geografie nicht so vertraut sind, der Rhin ist ein schmales, nicht besonders wildes Flüsschen nordwestlich von Berlin. Ich und Tom, mein jahrelanger Paddelgefährte, hatten uns nicht auf einen gemeinsamen Kurs einigen können. Weshalb wir auch nicht wie jeder andere Kanute an dieser Stelle links oder rechts an dem Felsen vorbeigefahren waren, der da genau vor uns in dem kleinen Flüsschen aufragte, sondern mittenrauf.

Der »Kamerad«, so hieß unser Kanu, wurde daraufhin von diesem fiesen Riff in der Mitte des Bugs aufgerissen, und zwar genau in Höhe der Wasserlinie. Durch das faustgroße Loch strömte binnen Sekunden genug Wasser, um das Boot mitsamt unserer Campingausrüstung, also mit Zelt, Schlafsack, Erbsensuppe in der Dose und zwei Sechserpack Bier, zu versenken. Zum Glück war der Fluss kaum mehr als einen Meter tief, die Bergung also eine leichte Übung, trotzdem waren Zelt und Schlafsack danach nass. Das Ganze war eine derart deprimierende Erfahrung, dass ich für die nächsten Jahre sehr zurückhaltend war, wenn es darum ging, meine nautischen Neigungen eigenhändig in die Praxis umzusetzen. Das letzte Mal, an dem ich von dieser Regel abgewichen war, in Frankreich an der Ain nämlich, war ja auch nicht allzu gut gelaufen.

Doch als ich dieses eigenartige Gefährt im Hafen von Waren an der Müritz liegen sah, warf ich alle guten Vorsätze über Bord – um mal im Bild zu bleiben. Das Ding war mehr eine Autofähre als eine Jacht. Es handelte sich um eine Art Plattform, die auf zwei Pontons befestigt war. Darauf war ein Wohnwagen festgezurrt. Über dem Heck türmte sich in beträchtlicher Höhe ein Steuerstand, einem Achterkastell der alten Segler nicht unähnlich, mit denen schon Kolumbus die neue Welt entdeckt hatte. Donnerwetter. Ich zog Erkundigungen ein, erfuhr, dass man Vergleichbares auch in einem kleinen Havelhafen nicht weit von Berlin mieten könne. Ich guckte mir das Ganze auf der Karte an, sah, welch riesiges Wasserrevier von dort zu erreichen wäre. Flüsse, Seen, ja, theoretisch könnte man bis zur Elbe vorstoßen. Mein Entschluss stand fest, ich würde unserem Wohnwagen das Schwimmen beibringen und Skipper werden an Bord unserer eigenen Jacht. Das wäre doch einmal etwas vollkommen Neues. Und es würde bestimmt auch unserer Tochter gefallen, die uns begleiten sollte. Der Junge war inzwischen für Campingurlaube zu alt, wie er uns erklärte.

»Du meinst, dass du das kannst?«, fragte meine Frau ein wenig skeptisch.

»Schatz«, antwortete ich so selbstbewusst wie nur irgend möglich, »natürlich kann ich das. Du weißt doch noch, wie oft ich früher mit Tom paddeln war.«

Das war der Moment, in dem sie mich an unseren Hausbooturlaub in Irland erinnerte. Tatsächlich waren wir einmal zu viert mit dem Hausboot auf dem Shannon gefahren, bevor wir Kinder hatten, wir beide, mein Paddelfreund Tom und seine Frau. »Damals hast du dich geweigert, das Boot zu fahren!«

»Geweigert, würde ich das jetzt nicht nennen. Es war nur so, dass Tom einen Bootsführerschein hatte und ich nicht. Da habe ich ihm eben den Vortritt gelassen.« In Wahrheit hatte mir der eckige Kasten damals Angst gemacht und mich an mein Gelübde erinnert, zurückhaltend zu sein, wenn es um das Steuern eines Bootes ging. Ich war heilfroh, als Tom sich breitschlagen ließ, das Ruder zu übernehmen. Man muss zugeben, er hat das dann auch ziemlich gut gemacht, was nicht zuletzt daran lag, dass er von Hause aus das Gemüt einer griechischen Landschildkröte hat. Selbst in kritischen Situationen, zum Beispiel an jenem Tag, an dem wir unser Paddelboot versenkten und in einer wirklich unangenehmen Lage waren, habe ich ihn nie aufgeregt erlebt. Gemeinsame Freunde, die Tom kennen, äußerten deshalb schon den Verdacht, er sei als Kind in einen Eimer Valium gefallen. »Außerdem, wenn du dich recht erinnerst, dann müsstest du wissen, was für ein eingespieltes Team Tom und ich waren. Schließlich, was ist der Steuermann ohne seinen Navigator.« Die Pleite vom Rhin ließ ich an dieser Stelle mal unerwähnt. Da waren wir ja auch noch sehr jung, inzwischen strahlte ich deutlich mehr Gelassenheit aus. Also verglichen mit damals. Ich war schon sehr aufgeregt, als das auf dem Rhin passierte. Muss man sich mal vorstellen, unser ganzes Zeug, die Schlafsäcke, einfach alles vollkommen durchnässt.

Ich rief also in Mildenberg an, um die Details zu klären. Diese Wohnwagen sind ja nicht wirklich autark. Ohne Strom von außen fließt nicht einmal Wasser aus dem Hahn. Und ich konnte mir auch nicht vorstellen, dass man sein Abwasser einfach in den Fluss leiten dürfte. Obwohl ich schon von Bootseignern gehört hatte, die genau das taten. Der Vermieter erklärte mir, dass der Wohnwagen im Hafen in der Regel an dafür vorgesehenen Steckdosen angeschlossen werden könne, ganz so, wie wir das von Campingplätzen kennen würden. An Bord würde der Caravan mit einer außerordentlich starken Batterie verbunden. Das Frischwasser bringt man wie sonst mit, das Abwasser fängt man ebenfalls wie an Land auf und entsorgt es im nächsten Hafen.

Ich nahm mir vor, mehr Kanister als sonst mitzunehmen. Manch ein seefahrender Entdecker ist schließlich schon am Wassermangel gescheitert. Dann kam die alles entscheidende Frage: »Haben Sie einen Bootsführerschein?« Den hatte ich natürlich nicht, was aber nichts machte, wie mir der Vermieter versicherte, ich müsse eben bei ihm einen Charterschein machen. Dauert drei Stunden, und der würde für meine Zwecke vollkommen genügen. Außerdem würden seine Boote über ein Seitenstrahlruder verfügen, das mache die Sache einfach, »das kann wirklich jedes Kind.« Ich erinnerte mich an die Worte des Campingplatzwirtes in Frankreich, dessen Worte hatten ähnlich geklungen, als er mir ein Boot vermietete. Aber da hatten wir uns ins Wildwasser begeben. Am besten, ich käme möglichst früh am Morgen, dann könne ich vielleicht noch am Mittag auslaufen. Ich war begeistert. Nur meine Frau hegte weiterhin Zweifel.

»Und du meinst, du kannst das?«, fragte sie mich erneut.

»Na klar, wer einen Wohnwagen fahren kann, kann auch ein Boot mit Seitenstrahlruder steuern, das ist doch wie eine Jacht an Land.«

Die nächsten vier Wochen verbrachte ich damit, seemännische Knoten zu üben, mir die wichtigsten Verkehrszeichen zu Wasser einzuprägen und nautisches Kartenmaterial unseres künftigen Wasserreviers zu studieren. Schließlich erläuterte ich meiner Frau den von mir entworfenen Kurs, immerhin würde sie navigieren müssen, wenn ich am Steuer stünde. Ich wähnte mich optimal vorbereitet.

Als wir in Mildenberg eintrafen, war unser Boot noch gar nicht da. »Macht nichts«, sagte der Vermieter, ein langer, schlaksiger Kerl mit ungezähmten Locken und Dreitagebart, was ihm durchaus etwas Seemännisches verlieh. »Wir beginnen eben einfach schon mit der Ausbildung.« Ausbildung? Ich stutzte. »Keine Sorge, das schafft jeder!« Er hatte ein mehrseitiges Heft mitgebracht. Meine Frau und ich – »kann ja nicht schaden, wenn Ihre Frau auch Bescheid weiß« – vertieften uns in die Theorie. Wir lernten, welche Zeichen welches Flussufer markierten, nicht unwichtig, weil man seine Flusskarte sonst leicht falsch herum halten könnte, wie der Ausgang aus einem See beschildert ist und wie der Eingang. Durchaus nützlicher Kram also. Dann kam endlich das für uns vorgesehene Boot. »Tut mir leid«, sagte unser Vormieter, kaum dass er an Land war, »die kleine Verspätung war nicht vorgesehen.«

Es stellte sich heraus, dass er gestern Abend in einer schönen kleinen Bucht im Kuhwallsee bleiben wollte, aber als er den Anker über Bord warf, löste sich das Seil, an dem er befestigt war, »und klatsch, war der Anker weg!« Mein Vormieter, ein auffallend gebräunter Mensch, dessen Züge jenen Grad Verwitterung aufwiesen, der gemeinhin als interessant gilt, sagte das mit Triumph in der Stimme, als hätte er da etwas besonders Großartiges vollbracht. Ich bin mir nicht sicher, ob ich das genauso gut hätte verkaufen können, wenn ich meinen Anker über Bord geworfen hätte, ohne ihn vorher festzumachen. Der Vermieter jedoch ließ sich durch den schneidigen Vortrag nicht blenden und blieb skeptisch.

»Und dann?«, fragte er, wobei er wohl im Geist schon mal die Kosten für den Anker von der Kaution abzog.

»Dann habe ich das Boot an einem starken Ast festgemacht, der vom Ufer her weit genug auf den See reichte, und heute früh bin ich tauchen gegangen.«

Respekt, wir hatten für Ende April wirklich schönes Wetter, aber als ich heute Morgen nur mal die Hand in die Havel gehalten hatte, war mir klar, dass ich nur im allernötigsten Notfall freiwillig in dieses Wasser springen würde.

»Der steckte so tief im Schlick!« Mein braun gebrannter Vormieter beschrieb mit beiden Händen schätzungsweise einen halben Meter.

Ich staunte »echt?«, aber darauf ging er gar nicht ein, stattdessen bückte er sich hinter die Reling und tauchte stolz mit dem Anker wieder auf, den er aus unergründlichen Tiefen zurück ans Licht geholt hatte, als wäre es eine märkische Perle. Dann machten wir uns erst helfend daran, seinen Wohnwagen von Bord zu schieben. Um anschließend unser mobiles Heim an Bord zu hieven. Was unglaublich lange dauerte, weil unser Vermieter eine Seilwinde zum Einsatz brachte, die den Wohnwagen Zentimeter für Zentimeter an Bord zog.

»Käpt'n«, erlaubte ich mir einzuwerfen, »geht das mit der Hand nicht schneller?«

»Ich denke, Sie wollen hier Urlaub machen«, antwortete der Mann an der Winde, »da nehmen Sie das hier doch schon mal als erste Entspannungsübung.«

Ich versuchte also, mich zu entspannen. Es ging nicht. Nicht, solange ich der Winde bei ihrer Zentimeterarbeit zusah.

Endlich aber war unser Wagen verzurrt, hatte ich auch die gut fünfzig Liter zusätzliches Wasser in Kanistern an Bord gebracht und unter einer Luke verstaut. Nun lernte ich Ronnie kennen. Ronnie kam aus der Gegend, und er hätte jederzeit den Ortsvorsitzenden der lokalen Rockergang abgeben können. Ronnie trug eine Cargohose zum schwarzen Harley-Shirt, das sich um seine tätowierten Arme spannte. Man konnte das gut sehen, weil die Lederweste, die er darüber trug, keine Ärmel hatte. Das lange Haupthaar hatte er zu einem Zopf zusammengebunden, der ihm hinten auf die Weste fiel. Natürlich kam Ronnie nicht mit dem Boot, sondern mit dem Motorrad. Aber es war nicht so sehr sein Auftritt, der Ronnie eine natürliche Autorität verschaffte. Es war die Tatsache, dass er gewissermaßen mein Ausbilder war. Ronnie wollte mir erklären, wie das hier alles funktionierte, und würde später darüber entscheiden, ob ich hier und heute in See stechen dürfte. Ich muss zugeben, obwohl Ronnie mir diese Nachricht mit einem Lächeln überbrachte, wurde ich nervös.

Genau in diesem Moment fuhr ein Auto vor, das ich gut kannte. Mein Schwiegervater stieg aus, rief: »Hallo, gerade rechtzeitig, wollte doch mal sehen, wie ihr zurechtkommt!« Und kaum waren seine Worte verhallt, zückte er eine kleine Kamera und begann zu filmen. Erst vom Ufer aus, dann aber, die Kamera weiterhin im Anschlag, kam er an Bord.

Ronnie war gerade dabei, uns zu erklären, dass er nur einen Charter-, keinen Führerschein ausstellen würde, der von ihm ernannte Skipper wäre aber während des gesamten Törns Chef dieses Bootes, Herr über die gesamte Mannschaft. Die müsse natürlich ohne Murren seinen Anweisungen folgen, jedenfalls solange man sich auf dem Wasser befinde. Aye, aye, dachte ich, so streng geht es nun einmal zu in der Seefahrt, und guckte auf meine Mannschaft, die aus meiner Frau, meiner Tochter Sophie und unserem Hund bestehen würde, den wir seit zwei Jahren hatten und der noch nie zur See gefahren war.

»Ihr habt's gehört«, sagte ich, »unbedingter Gehorsam ist auf See unabdingbar. Das gilt vor allem für den Hund.« Dessen Anschaffung, ich glaube, ich habe das bereits angedeutet, war nicht meine Idee. Seine Anwesenheit an Bord erst recht nicht. Er würde alles verkomplizieren. Denn was soll werden, wenn wir in einer lauschigen Bucht vor Anker liegen, und der muss mal? Ein Beiboot gab es nicht, und Gassi gehen fällt ja an Deck schon mal aus. Keine Frage, das würde schwierig. Überhaupt dieser Hund, eine Promenadenmischung in Weiß und rötlichem Beige, die mir genau drei Tage lang gehorcht hatte, nachdem meine Frau und meine Tochter ihn aus dem Tierheim mitgebracht hatten. Zufällig waren das genau jene drei Tage Probezeit, innerhalb derer man ihn hätte zurückgeben dürfen. Unmittelbar nach Anlauf dieser Frist hatte Duffy – so hatte Sophie unser neues fusseliges Familienmitglied getauft – damit begonnen, mir in meinem eigenen Haus meinen Platz auf dem Sofa streitig zu machen. Zum Glück war Florian ja nicht mit an Bord, da war eine Koje frei, die konnte jetzt der Hund haben.

Trotz dieses Vorbehalts nahm ich mir vor, in den kommenden vier Tagen während meiner Herrschaft auf See nicht zu streng zu sein. Seit der Meuterei auf der Bounty, die bekanntermaßen damit endete, dass die Besatzung ihren eisenharten Kapitän in ein Beiboot setzte, hat sich auch in maritimen Kreisen die Erkenntnis durchgesetzt: Übertriebene Strenge ist nicht gut für die Disziplin an Bord. Außerdem hatten wir wie gesagt gar kein Beiboot.

Ronnie erklärte, was wir alles nicht dürften. Im Dunkeln fahren zum Beispiel. Und wir sollten uns vor Sturm hüten, unser Kahn sei ein wenig topplastig. Umkippen könne er zwar nicht, aber windanfällig sei er schon. Weshalb wir nur bis Windstärke vier auslaufen dürften, keinesfalls aber bei stärkerem Wind. Und woran erkennt man, dass die Brise steifer wird? »Fünf«, sagte Ronnie, »ist dann, wenn mir der Zopf vom Kopf absteht.« Er lachte erst, nachdem wir gebührend lange gestaunt hatten. »Wenn fünf ist, werden Sie gar nicht auslaufen wollen.« Ronnie sprach langsam und ruhig, ich bemühte mich, ein gelehriger Schüler zu sein. »Wir haben Verbots-, Gebots- und Hinweiszeichen«, fing Ronnie an zu dozieren, »haben Sie es mit einem rot-weiß-roten Schild zu tun, dürfen Sie da nie, nie durchfahren.« Alles klar, wann sollte es endlich losgehen?

Dann kam die Praxis. Ronnie ließ uns einen benachbarten, stillgelegten Ziegelei-Hafen ansteuern. »Sehen Sie die Spundwand, sehen Sie die Lücke in der Kette zwischen den Pfosten da oben, wir legen da so an, dass die Lücke bei uns in der Schiffsmitte ist. Ganz einfach.« Ronnie machte es vor: »Gegenlenken, damit er gerade läuft, Gang rausnehmen, zwei Meter bevor wir da sind nach links lenken, Gang rein, Gas nach vorne, gegenlenken, rückwärts aufstocken, Gang raus, gerade lenken, und schon liegen wir an der Wand.«

Ich nickte und versuchte verzweifelt, mich zu erinnern, an welcher Stelle jetzt der Gang rauskam. Ich gab Gas. »Tausendneunhundert Umdrehungen«, meinte Ronnie, »nicht mehr.«

Ich starrte auf den Drehzahlmesser, und, um es kurz zu machen, ich verkorkste das erste Anlegemanöver. Beim zweiten driftete mir das Heck weg, beim dritten hätte mir ruhig mal jemand vom Ufer ein Tau zuwerfen können, dann wäre womöglich alles gut gegangen. Stattdessen standen wir quer im Hafen, während ich hektisch am Ruder drehte. »Tückischer Wind«, sagte ich, verhunzte leider auch die Wende raus aus dem Hafen, während mein Schwiegervater weiterhin die Kamera hochhielt und Ronnie sich mit Duffy anfreundete. Von wegen treuer Kamerad. Ich dachte daran, dass dieser Film wahrscheinlich noch in zehn Jahren auf familiären Weihnachtsfeiern laufen würde. Ich sah Basti und Michi, wie sie meine Rolle darin kommentierten. Ich kriegte schlechte Laune. Nicht so mein Ausbilder, er blieb der gleiche gutmütige Ronnie, verzichtete auf jeden Sarkasmus, fragte stattdessen, immer noch in jenem emotionslosen Tonfall, in dem er schon über rot-weiß-rote Schilder doziert hatte, ob ich nicht mal einen Kaffee trinken und meine Frau ans Steuer lassen wolle. Mein Schwiegervater filmte auch das.

Was soll ich sagen, nachdem meine Frau dreimal versichert hatte, dass sie im Traum nicht daran denken würde, eine zwölf Meter lange und vier Meter breite Plattform, die eher einem schwimmenden Parkplatz als einem Boot ähnelte, über die Havel zu steuern, tat sie es doch. Und sie machte es ziemlich gut. So gut, dass Ronnie mich am Ende beiseitenahm und fragte, ob es mir etwas ausmachen würde, wenn sie der Skipper wäre. »Ach, i wo«, antwortete ich, »aber woher denn.« Wenngleich ich zugeben muss, dass ich mir die Sache anders vorgestellt hatte. Ich meine, ich war es doch, der davon geträumt hatte, als Kapitän auf eigenem Schiff vorbei an märkischen Mangroven zu steuern. Ich wollte mit unserem Wohnwagen fremde Häfen anlaufen. »So machen wir es«, sagte ich also mit einem falschen Lächeln. Es war ohnehin schon spät, und ich wollte endlich raus aus diesem verflixten Hafen, hatte keine Lust mehr, wieder eine Runde zu drehen, wollte dorthin, wo mich keine Kamera mehr sah.

Tatsächlich kamen wir an diesem Tag gerade mal ein Hafenbecken weiter, dann dämmerte es bereits. Doch das lag nicht nur an meinen nautischen Fähigkeiten. Unser Schwesterschiff mit einem erfahreneren Skipper kam, wie ich hinterher erfuhr, an diesem ersten Tag auch nur die drei Kilometer havelaufwärts bis Burgwall. An diesem Abend revidierte ich also den Kurs, den ich für uns vorgesehen hatte. Ich nahm Abstand von dem Gedanken, in irgendwelchen Buchten zu übernachten. Stattdessen führten wir gemeinsam den Hund aus. Er wirkte zufrieden. Und er würde auch an den kommenden Abenden festen Boden unter die Pfoten bekommen.

Am nächsten Morgen liefen wir aus. Mit tausendneunhundert Umdrehungen, das entspricht etwa acht Stundenkilometern, zogen wir durchs Wasser. Der Kahn zu unseren Füßen wirkte aus den zweieinhalb Metern Höhe des hinteren Sonnendecks, das zugleich unser Steuerstand war, wie ein richtiges Schiff. Wir bauten unseren Campingtisch auf, breiteten darauf die Karte aus. Eine Weile gucke ich durchs Fernglas, aber es gab für einen Navigator hier nicht viel zu tun. Der Fluss mit seinen Windungen bestimmte die Route. Stattdessen ging ich also runter und kochte Kaffee. Das war neu. Normalerweise war man mit dem Wohnwagen im Schlepp während der Fahrt zum Stillsitzen verdammt. Es ist auf der Straße streng verboten, sich unterwegs hinten aufzuhalten, etwa dort ein Nickerchen zu machen. Aus gutem Grund. Ein einziges Mal bin ich im Stau im Wagen aufs Klo gegangen. Und als es währenddessen nur ein paar Meter weiterging, hatte sich meine Frau ans Steuer gesetzt. Die Wackelei war selbst bei Schrittgeschwindigkeit auf dieser Mini-Distanz im Wohnwagen ganz ungeheuer. Man mag sich nicht ausmalen, was da drinnen während einer Autobahnfahrt los ist. Weshalb es dringend geraten ist, jeden Gegenstand fest zu verstauen. Nun aber konnten wir an Bord rumspazieren, Kuchen essen, auf dem Bett liegen und lesen, und trotzdem kamen wir voran, wenn auch langsam. Der Hund schien es sogar richtig zu genießen, auf dem obersten Deck die Ohren im Wind flattern zu lassen.

Weil es noch früh im Jahr war, waren nur wenige Boote unterwegs, obwohl die Sonne schien. Ein Angler stand im Uferschlick und sammelte Würmer, ein Reiher hob sich träge aus dem Schilf, ansonsten waren wir allein. »Mit dem Hausboot willst du fahren?«, hatte mich ein Kollege vorher gefragt und mir dann erzählt, wie er als Fünfzehnjähriger mit seinen Eltern durch England geschippert sei. »Gott, war das langweilig.« Ich dachte an unseren Sohn, der mit fünfzehn mit uns in Frankreich gewesen war. Jetzt stand unsere inzwischen vierzehnjährige Tochter am Bug und langweilte sich zum Glück nicht. Ich war froh, dass wir sie dabeihatten. Besser, man hat in der Schleuse hinten und vorn einen Matrosen stehen, der das Boot am Tau hält. Zumal wir in Irland schon einmal erlebt hatten, was passieren kann, wenn man das Boot dort festmacht. Es hatte dort unseren Vordermann getroffen, der das Tau in der Schleusenkammer an einem Ring verknotet und zu spät registriert hatte, dass das Wasser unter ihm abgelassen wurde. Wir sahen also mit an, wie das Boot regelrecht aus dem Wasser gezogen wurde und das Tau sich innerhalb kürzester Zeit derart spannte, dass es die Besatzung nicht mehr gelöst kriegte. Und schließlich riss die Befestigung heraus und pfiff durchs Schleusenbecken, während das Boot zurück aufs Wasser krachte. Der Vorfall ist mir derart eindrücklich im Gedächtnis geblieben, dass wir diesen Fehler nie machten.

An der Schleuse Kannenburg mussten wir warten, bis das Becken geräumt wurde, das Tor wurde gerade geöffnet. Die Schleuse war eine der wenigen auf unserer Route, die noch manuell bedient wurde. Weil wir damit rechnen mussten, gleich hineinfahren zu können, liefen wir nicht den dafür vorgesehenen Platz am Ufer an, sondern meine Frau hielt das Boot gewissermaßen in der Schwebe, gegen Wind und Strömung. Dann fuhr sie unter den Augen des Schleusenwärters in die geöffnete Kammer und stoppte exakt hinter dem Boot, das vor uns eingelaufen war. Dessen Besatzung hatte sich schon mit Bootshaken bewehrt am Heck aufgestellt, um eine Kollision zu verhindern und uns notfalls abzuwehren. Ich stand bei uns im Bug, war mächtig stolz und sagte an den Schleusenwärter gewandt, der unser Manöver vom Rand verfolgt hatte: »Schleusen macht immer meine Frau, die ist ruhiger.« Meine Güte, irgendetwas musste ich ja sagen. Bei der nächsten Schleuse hatten wir schon Routine: vorfahren bis zur Haltelinie, einen Hebel betätigen, auf einer elektrischen Tafel wurde angezeigt, wie es weiterging.

Mir blieb eine Nebenrolle, die ich mithilfe des Fernglases etwas aufwerten konnte. Es war nämlich nicht immer leicht, auf größeren Seen den richtigen Ausgang zu finden, vor allem, wenn Bäume das entsprechende Seezeichen verdeckten. Also suchte ich mit dem Fernglas die Ufer ab. Einfach mal den Motor ausmachen und nur so rumliegen, ging leider nicht, weil wir mit unserem hochbordigen Kahn ständig weggetrieben wurden. Man hätte den Anker auswerfen müssen. Ich traute mich aber nicht, das zu tun, weil ich unter der Zwangsvorstellung litt, der Knoten würde sich lösen, und ich müsste dann hinterherspringen. Also fuhren wir einfach immer weiter, bis wir irgendwann den Hafen von Templin erreichten.

Durch das Fernglas sah ich auf einem Steg jemanden stehen und uns zuwinken. Beim Näherkommen erkannten wir, dass es der Hafenmeister war, der uns einen Liegeplatz zuweisen wollte. Ich empfand das als hilfreich, besser jedenfalls, als wenn er uns hinterher mitgeteilt hätte: »Hier könn' Se aber nicht liegen bleiben.« Davor fürchtete sich meine Frau am meisten: unter den Augen des Hafenmeisters zwischen den Stegen hin und her zu kreuzen.

Beim Anlegen erwiesen sich dann meine nautischen Vorstudien als äußerst hilfreich. Während der Hafenmeister nämlich netterweise unseren Kahn vorn festmachte, rief er mir zu: »Achtern belegen, aber bitte keinen Hausfrauenknoten.« Ich hätte wahrscheinlich keine Ahnung gehabt, wovon der Kerl redet, so aber wusste ich, er meint, ich solle das Boot hinten festmachen, mit einem Knoten, den man ohne Messer wieder lösen konnte.

Der Mann stand neben mir, als meine Frau den Motor ausmachte und nun die Treppe vom Steuerstand zu uns herunterkam. »Als ich Sie kommen sah, dachte ich noch, wat lässt der denn die Frau fahren. Aber die macht dat besser als mancher Kerl!« Ja, ganz ähnlich hatte Ronnie das auch gesagt.

Als Wohnwagenfahrer fanden wir uns im Hafen schnell zurecht. Es war nicht viel anders als auf dem Campingplatz. Zumal neben uns unser Schwesterschiff festgemacht hatte. Der einzige Unterschied war eigentlich, dass auf dem Campingplatz nie jemand stehenbleibt, um einen zu bestaunen. Das war hier anders. Wir standen im Mittelpunkt des Interesses. Gutes Gefühl. Es kamen sogar Passanten bis auf den Steg und fragten, was das denn für ein Gefährt sei. Ich verteilte Prospekte, die mir der Vermieter mitgegeben hatte, und beantwortete Fragen: Ja, fährt sich eigentlich ganz leicht. Und nein, wir sind nicht aus Holland. Letzteres wollten zwei Kanuten wissen, die doch sehr verblüfft waren, den Weg eines schwimmenden Wohnwagens zu kreuzen.

Am nächsten Morgen legte unser Schwesterschiff zuerst ab. Ich sah mit Genugtuung, wie der Skipper erst den Motor abwürgte und schließlich nur aus dem Hafenbecken kam, weil alle mit den Bootshaken tüchtig nachhalfen. Was Ronnie wohl zu dem Manöver gesagt hätte? Er war eindeutig viel zu streng mit mir gewesen. Auf dem Rückweg durch den doch recht engen Templiner Kanal kam uns die »Uckerperle« entgegen, ein Fahrgastschiff voller Passagiere, die unseren schwimmenden Wohnwagen anstarrten. Souverän wich meine Frau aus. So etwas konnte sie jetzt nicht mehr in Bedrängnis bringen. Dahinter kräuselte sich die Oberfläche des großen Röddelinsees unter einer steifen Brise. Ich hielt ein Stück Schnur in die Luft, als wäre es Ronnies Zopf. Windstärke fünf war's wohl nicht. Die Überfahrt zog sich recht lange hin, unser Schiff stampfte durch die Wellen, schwankte dabei aber erstaunlich wenig. Nicht einmal der Filter fiel von der Kaffeekanne. Und wir wurden auch nicht mehr nervös, als ausgerechnet bei unserem vorletzten Anlegemanöver der Sprit ausging, der Kahn sich im Fluss querlegte und dabei die halbe Havel zustellte, bevor ich unter dem Sonnendeck auf den zweiten Tank umschalten konnte. Zurück an der Basis waren wir nach nur vier Tagen braun gebrannt wie die Seebären, erstaunlich, wie schnell das auf dem Wasser ging. An Land wartete mein Schwiegervater mit seiner Kamera, filmte, wie seine Tochter ein perfektes Anlegemanöver hinlegte. Ronnie war nicht da. Vielleicht hätte er um ihre Hand angehalten.

Und als der Wohnwagen wieder am Haken unseres Autos hing, fragte ich: »Soll ich fahren?«

»Ja, mach«, sagte meine Frau, »ich will mich mal ausruhen.«

Auf dem Heimweg dachte ich ernsthaft darüber nach, einen Bootsführerschein zu machen. Aber bis zu Hause hatte ich den Gedanken schon aufgegeben. Ich fand, mit dem Wohnwagen ist man doch flexibler.

12
Das vorerst letzte Kapitel

»Und pass bitte auf deinen Brustbeutel auf.«

Sophie verdrehte die Augen. Sie hasste diesen Brustbeutel, er gab ihr so etwas Kindliches. Aber das war mir egal, ich hatte auf einem Brustbeutel bestanden. Da steckten jetzt ihr Pass, Bargeld und die Kreditkarte drin. Den Rucksack hielt ich für zu unsicher, ich selbst hatte mal einen auf dem Flughafen stehen lassen. In diesem Röntgengerät an der Sicherheitskontrolle. Ich war einfach weitergegangen und hatte erst im Flugzeug bemerkt, dass ich der einzige Passagier ohne Handgepäck war.

»Mach ich«, eine letzte Umarmung, dann ging Sophie durch das Gate.

»Das war's«, sagte Michi, »mehr kannst du nicht tun.«

Stimmt, jetzt war sie weg. Unsere Tochter, meine Kleine, weg, für ein Jahr. Wir gingen in Richtung Aussichtsplattform, ich wollte dem Flugzeug noch hinterhergucken, mit dem sie nach Amerika fliegen würde. Da ging sie hin wie vor ihr schon ihr Bruder. Ein Jahr Highschool konnte ich ihr ja nicht verbieten, auch wenn mir im Moment danach zumute war.

»Jetzt könnt ihr Urlaub machen wie andere Menschen auch«, sagte Michi, während ich das Flugzeug musterte. Wie andere Menschen auch?

»Wie meinst du denn das?«, fragte meine Frau zwischen zwei Schluchzern.

»Na, das mit dem Wohnwagen braucht ihr doch jetzt nicht mehr, Florian ist weg, Sophie auch. Habt ihr nicht immer gesagt, is' wegen der Kinder?«

»Nein«, sagte meine Frau.

»Doch«, mischte ich mich ein. Ich fand, das war nun wirklich nicht der richtige Zeitpunkt, über den neuen Wohnwagen zu diskutieren. Einen ohne Kinderzimmer, er würde dafür ein größeres Bad haben und ein größeres Sofa. Aber wie sollte ich das Michi jetzt erklären? Ich verstand es ja selbst nicht.

Danke

Es gab und gibt in meinem Leben eine ganze Menge Menschen, die Pate standen für die eine oder andere Figur in diesem Buch. Andere waren mir Inspiration oder haben mir einfach nur auf die Sprünge geholfen – und sei es, dass sie mir sagten, schreib das doch mal auf.

Bei all jenen möchte ich mich bedanken, die da sind: Marko Jacob, mein Agent, der als Erster gesagt hat, dieses Buch möchte er lesen, und Sebastian Leber, der mich Marko erst vorgestellt hat; Katharina Fokken vom Goldmann-Verlag und Antje Steinhäuser mit ihrem ansteckenden Enthusiasmus. Meine Kollegen Esther Kogelboom, Julia Prosinger und Norbert Thomma, die keinen Weg scheuten, um mich in meinem eingeschneiten Schreibexil aufzumuntern, sowie Björn Rosen, der auch gern gekommen wäre, aber einer muss ja arbeiten, sowie Susanne Kippenberger, mein unerreichtes Idol, wenn es ums Bücherschreiben geht. Meine Freunde Christian Beilfuß, Nils Hellberg, Martin Mosch und Sören Müller, nicht zuletzt, weil sie ihr Bestes geben, wenn ich Gefahr laufe, auf der Autobahn zu Schaden zu kommen. Und nicht zu vergessen unser Freund Reemt Reemtsma, der uns großzügig unterstützt hat. Uli Schoele, der Campingsachverständige schlechthin, und seine Frau Karin. Sowie der großartige Skipper Tom Heyer. Unsere lieben Mitcamper, vor allem die aus Belgien, Hamburg, den USA, Frankreich, dem Ruhrgebiet und den Niederlanden, die uns unvergessliche Stunden bereitet haben, einige der Geschichten konnten Sie hier nachlesen.

Besonderer Dank gilt meinen Schwiegereltern Gerhard und Edith Blume, die mich in die Kunst des Campings eingeweiht haben und meiner Mutter Ingeborg Austilat, die das gar nicht erst versucht hat. Meinen Brüdern Stephan und Oliver sowie meiner Schwägerin Dagmar Austilat, die ganz anders ist als Carola.

Meinen lieben Kindern Konstantin und Katharina, die mir immer unfassbar geduldige Beifahrer waren. Natürlich meiner Frau Diana, die alle guten Eigenschaften auf sich vereint, von denen in diesem Buch die Rede war. Und noch mehr. Und unserem Hund Duffy, der mir stets guter Kamerad ist, obwohl er vermutlich weiß, dass ich ihn nicht wollte.